A noite
de mil olhos

FLÁVIO MOREIRA DA COSTA

A noite de mil olhos

© 1984 by Flávio Moreira da Costa
© desta edição, 2010 by Editora Nova Fronteira Participações S.A.

Produção Editorial
Ana Carla Sousa
Rachel Rimas
Gabriel Machado

Revisão
Eni Valentim Torres
Paulo Henrique Lopes

Diagramação
Leandro B. Liporage

Capa
Rita da Costa Aguiar

Imagem da capa
© *Michael Hagedorn / Corbis / Corbis*

Esta obra foi publicada anterirmente pela Editora Record sob o título *Os mortos estão vivos.*

Texto estabelecido segundo o Acordo Ortográfico da Língua Portuguesa de 1990, em vigor no Brasil desde 2009.

CIP-BRASIL. CATALOGAÇÃO NA FONTE
SINDICATO NACIONAL DOS EDITORES DE LIVROS, RJ

C872n   Costa, Flávio Moreira da, 1942 -
2.ed.   A noite de mil olhos / Flávio Moreira da Costa. – 2.ed. – Rio de Janeiro : Nova Fronteira, 2010.

Publicado anteriormente como Os mortos estão vivos

ISBN 978.85.209.25.386

1. Romance Policial. 2. Ficção brasileira. 3. Título.

CDD: 869.93
CDU: 821.134.3 (81) - 3

Todos os direitos reservados à Editora Nova Fronteira Participações S.A.
Rua Nova Jerusalém, 345 — Bonsucesso
Rio de Janeiro, RJ — CEP 21042-235
Telefone: (21)3882-8200 — Fax: (21)3882-8212/8313

A Terra gira, o mundo anda, o tempo passa, e nós com eles.

Ao preparar uma nova edição de *Os mortos estão vivos* (1984) acabei alterando muita coisa. Cortei aqui e ali, acrescentei isto e aquilo, mudei nomes de capítulos; mexi um pouco na própria estrutura. Resultado: as alterações apontavam para uma versão dita definitiva, ou mais. Livro novo, título novo? Inspirado numa música de Sonny Rollins, o novo livro (ou o mesmo e o outro, diferente, livro) tem agora novo título: *A noite de mil olhos,* numa alusão, talvez distante, ao Reich de Mil Anos.

Não tem mistério. Ou será que tem?

(FMC)

"O passado é o melhor dos problemas do futuro."
Lord Byron

"A aranha vive do que tece."
Mestre Pastinha (capoeirista, aos 89 anos)

"All this happened, more or less."
Kurt Vonnegut Jr., Slaughterhouse 5.

SUMÁRIO

Prólogo na Praça do Lido 11
Não, não atirem no pianista

Primeira parte 21
A história antes da história

1. Um repórter e suas motivações (1) 23
2. A segunda vida e a segunda morte de A.H. 30
   (Um conto de Mário Livramento)
3. Um repórter e suas motivações (2) 38

Segunda parte 45
O reich da agonia

1. O nazista de Carazinho 47
2. Chuva de Prata 56
3. O cônsul e o rabino 63
4. Com Barbie, em Santa Cruz de la Sierra 66
5. "Em breve estarei de volta" 75

Terceira parte 81
Como o diabo gosta

1. A viúva do conde assassinado 83
2. Perdido na noite 90
3. Ninho de marimbondos 95
4. Jogador de pôquer 102
5. A fuga 108

Quarta parte 115
Der leone have sept cabeças

1. A seringa 117
2. Um dia depois do outro 125

3. Fausto se danou durante a Ocupação 130
4. Dossiê da polícia alemã 135
5. Os leões têm sete cabeças 140

Quinta parte 145
Devaneios, armadilhas e sufocos

1. Devaneios *d'armagnac* 147
2. Alguma coisa de inusitado me aconteceu a caminho de casa......... 153
3. Um dia de sufoco (manhã) 161
4. Um dia de sufoco (tarde) 171
5. Um dia de sufoco (noite) 177
6. A praia e a neve 182
7. O voo antes da hora 189

Sexta parte **195**
O caçador e os sicilianos de Milão

1. Um táxi para Viena D'Áustria 197
2. Os sicilianos 209
3. Os demônios 214

Sétima parte 219
A morte à espreita, a volta por cima

1. Ninguém segue meus passos – por enquanto 221
2. A fortaleza e o procurador 227
3. Fantasmas de carne e osso 235
4. A queda 241

Oitava parte 249
Adeus, Odessa

1. Filho da Pátria amada 251
2. Adeus, odessa; Adeus, Noia 256

Obras de Flávio Moreira da Costa 262

Prólogo na Praça do Lido
Não, não atirem no pianista

(Rio de Janeiro – julho de 1975)

VERÃO É VERÃO E INVERNO É INVERNO — *mas no Rio de Janeiro essas coisas, entre outras, nem sempre funcionam. De dia, um calor africano, inesperado; à noite, um vento quente, depois a aragem que refrescava o rosto e logo agredia o corpo todo das pessoas, e levantava as folhas do chão, a poeira, meio redemoinho, um vento aflito, inquieto, anunciando chuva talvez.*

A Praça do Lido estava cheia.

Cheia de carros, parados em cima do calçadão onde antes fora uma rua. As poucas árvores, escondidas; e quem quisesse andar teria de se desviar dos carros, dos bancos, das próprias árvores ali estranhas, deslocadas, e de uma ou outra pessoa que caminhasse pelo local às onze da noite daquela quinta-feira: homem procurando programa, mulher procurando homem procurando programa — de preferência estrangeiro que pagasse em dólar — e este ou aquele morador em sua última caminhada antes do sono dos justos e dos injustos.

Como um risco numa superfície por sua vez já emaranhada e confusa, um homem atravessou a praça em diagonal, vindo dos lados da Prado Júnior.

Ele entrou no Terazze por uma portinha lateral que dava para o primeiro andar.

Não parecia frequentador habitual da boate, não parecia turista embora algo de estrangeiro tivesse seu rosto, sua postura calada e esquiva.

Subiu os degraus, num silêncio só.

As primeiras notas do piano ainda o pegaram na escada, quase chegando. Eram notas redondas, sincopadas, entre samba-canção e bossa nova. O rosto enrugado daquele homem não respondia àquele incentivo de som e ambiente. Seu rosto nada dizia, cheio de linhas e curvas e pontos, um rosto duro, traços fortes: não era rosto de quem escutasse samba-canção ou bossa nova.

O pianista tocava solitário numa área recuada no canto esquerdo; tocava como se cumprisse uma promessa, um ritual para si mesmo, já que nas mesas só se via um casal distraído consigo mesmo e com bebidas baratas.

Mais afastado, um homem bebia conhaque e, ao ver o velho de rosto duro surgir na porta, teve um contido e imperceptível ar de inquietação. Não se mexeu: limitou-se a desviar os olhos do pianista para o estranho que chegava.

Como se o esperasse, como se esperasse alguma coisa.

O estranho acostumou os olhos à pouca luz; caminhou em direção ao homem que bebia conhaque. Sem pressa — sua entrada não seria percebida não fosse o pianista ter levantado a cabeça dos teclados, notando quem chegava. Num canto, um garçom ocupava-se de alguns copos, sem serviço.

O estranho atravessou o ambiente e sentou-se à mesa do homem solitário com seu conhaque.

Os cumprimentos foram contidos, como se só os olhos falassem.

O pianista emendava música com música, aproveitando a falta de fregueses para treinar pela enésima vez esta ou aquela canção, ou tocando uma peça preferida para ele mesmo escutar. Meio animado — animação mínima dentro de um desânimo maior — com a entrada de um novo freguês, pôs-se a cantar também, emitindo os primeiros versos de "Eu e a Brisa":

"Ah, se a juventude que essa brisa canta
ficasse aqui comigo mais um pouco
eu poderia esquecer a dor..."

O casal ocupado consigo mesmo e com bebidas baratas voltou os rostos ao encontro das palavras lançadas ao ar pelo pianista-cantor, mas apenas constataram a mudança do som e voltaram a se entreter entre si.

Os dois homens de certa idade permaneceram silenciosos ao fundo, embora conversassem, mas sem ouvidos que os ouvissem, sem testemunha ou cumplicidade: sem incomodar ninguém.

O canto do pianista caía no vazio da noite:

"Brisa! ó brisa, fica pois talvez, quem sabe,
o inesperado traga uma surpresa..."

Enquanto isso, no lado de fora...

A BRISA QUE VINHA DO MAR, e um dia a menos de trabalho — "ah, essa fascinante profissão!"

Mário Livramento saiu tarde do jornal e, antes de ir pra casa, pretendia comer uma pizza.

O tempo estava mudando.

Um vinho vai cair bem, pensou.

Mário Livramento chegou no Terazze di Roma e se sentou num puxado que tem na parte da frente, sentindo de longe a brisa que vinha do mar. Pegou o cardápio: Marguerite ou Provençale? Decidiu-se por uma de mozarela.

Mário Livramento não pretendia dormir tarde.

Cabeção, o garçom, trouxe a garrafa de vinho — "tomai e bebei deste que é servido por mim, e em memória minha" — e depois a pizza — "tomai e comei deste que é servido por mim, e em memória minha".

Mário Livramento, que não era religioso, às vezes se lembrava de algumas frases soltas de sua infância protestante. Mas se concentrou em degustar a pizza e o vinho, como quem tem fome e sede e sabe muito bem o que está a fim de comer e beber. Não era sofisticado: gostava de pizza, de cuba-libre e de mulheres de todos os matizes, cores e gostos — também de um licor depois da comida. E de Humphrey Bogart, de Dashiell Hammett, Raymond Chandler, de fazer reportagens e de...

— A pizza está boa, doutor?

— Oh, Cabeção, quantas vezes te disse para não me chamar de doutor? Sou jornalista, cara, sem essa de doutor.

— Está certo, doutor.

Mário Livramento riu.

Há dois anos, desde que se separara e se mudara para um apartamento na rua Duvivier, frequentava o Terazze, e Cabeção estava cansado de conhecê-lo, mas não perdia a mania de chamá-lo de doutor, principalmente quando andava meio tocado, o que não era raro. Enchia a cara na cozinha, mas não perdia o prumo: Mário Livramento conseguia perceber que estava pra lá de Marrakesh quando ele falava com o rosto próximo ao seu. Era um abrir a boca, e o outro quase caía duro — bafo de onça.

— O doutor... quer dizer, você não vai querer dar uma subidinha?

— Subidinha pra onde, Cabeção?

— O patrão inaugurou um bar na parte de cima. Tem um cara lá tocando piano.

— Deixa pra outro dia. Quem é o cara?

— É... Pera aí, vou ver...

E Cabeção colocou os óculos para ler o nome escrito à mão num cartaz colocado no vidro da porta interna. Antes que chegasse lá, Mário Livramento conseguiu ler de longe:

DE SEGUNDA A QUINTA
JOHNNY ALF
E SEU PIANO

Cabeção voltou, Mário Livramento falou antes:
— *Já sei, Cabeção: Johnny Alf. Talvez eu mude de ideia.*
Pensou: Johnny Alf, quem diria, transformado num "cara que toca piano..." O que não deixava de ser verdade. Mas poderia ter acrescentado: como poucos! E canta. E compõe. E foi um dos fundadores da Bossa Nova que, aliás, nasceu ali perto, na mesma rua Duvivier onde morava, no Beco das Garrafas. Um mulato que americanizou o nome (João Alfredo, se não se enganava) agora tocando ali, sem espaço nos jornais, sem publicidade a não ser aquele cartaz escrito à mão. Só Brasil mesmo. Ou burrice do dono. Ou má fase de vida dele que, para sobreviver, aceitava qualquer coisa em qualquer lugar. Culpa do chamado "som discoteca", uma música que não era rock, não era jazz — muito menos.
Boa matéria, pensou Mário Livramento. Não era da sua editoria, mas poderia dar uma colher de chá pros coleguinhas do Caderno B; chegava e dizia: o fundador da Bossa Nova, o criador de "Eu e a Brisa", está tocando num barzinho da Praça do Lido para meia dúzia de gatos-pingados, pelo jeito. Dava samba, sem trocadilho.
Seu lado boêmio venceu seu lado cansado: Mário Livramento resolveu dar uma olhada — rápida, tomaria um licor, não pretendia dormir tarde, dizia pra si mesmo.
Ainda na escada, foi ouvindo um som familiar que podia envolver as pessoas como um papel celofane — era "Georgia On My Mind".
Vazio.
Que tristeza, pensou: um artista que já tocou para grandes plateias e que poderia tocar em Paris ou Nova York — nos palcos do Brasil mesmo não fosse aqui a vida artística tão ingrata — dedilhava seu teclado com a mesma ou melhor ainda mestria, com a mesma emoção, feeling. E para apenas cinco pessoas, assim mesmo contando o barman.
Mário Livramento olhou para o músico, depois se virou e pediu:
— *Me vê um Strega.*
— *Sinto muito, patrão, vamos ficar lhe devendo.*
— *Um Cointreau, então.*
— *Também não tem. Só tem licor de cacau.*

— Então me vê um cuba-libre — disse Mário Livramento, resignado por ver-se vencido por seu lado boêmio, ainda mais quando em fase de dor de cotovelo, como era o caso.

A música: sentiu a leveza. De "Georgia On My Mind", Johnny Alf emendou com um clássico da bossa nova — adivinhem? "Desafinado". Era, sim, de se ficar ouvindo: ele deslizava, espichava, fazia variações jazzísticas e de repente a música era outra, não era apenas "Desafinado": era Johnny Alf em determinado momento tocando, dando sua interpretação de "Desafinado".

FOI A DESAFINAÇÃO GERAL.
Pegou todo mundo de surpresa.
De repente...
De repente houve um movimento brusco na mesa perto da parede onde dois homens conversavam em silêncio e bruscamente o silêncio deles e o rumor suave da música foram rompidos por um, dois tiros.
Dois tiros!
Mario Livramento viu um dos homens se levantando ainda com o revólver na mão e viu o outro cair duro de bruços em cima da mesa, derrubando o copo de conhaque — conhaque e sangue se espalhando pela toalha.
Mário Livramento, com o cuba-libre a caminho da boca, ficou com o copo parado na mão, olhos se arregalando.
— Fiquem quietos — disse o homem, com sotaque estrangeiro.
E foi saindo.
Mário Livramento, junto ao balcão e quase ao lado da porta, olhou bem quando ele passou perto, notando num relance — quando ele levantou a mão esquerda — que lhe faltava uma falange no polegar. Viu também o rosto, um rosto que o faria lembrar mais tarde de um ator francês, Alain Cluny, um rosto talhado a machado — era, enfim, um rosto velho e duro que lembrava ainda (seus olhos registrando tudo em segundos) o rosto do general Geisel.
O homem com revólver na mão e que bebia conhaque e que parecia Alain Cluny ou Geisel desapareceu pelas escadas abaixo, abrindo caminho aos empurrões por entre os primeiros garçons que subiam para ver o que estava acontecendo.
Mário Livramento seguiu seu primeiro impulso que foi o de descer atrás do homem, mas lá embaixo já encontrou armada uma pequena confusão.
O que foi, o que não foi.
O homem que bebia conhaque com o outro homem que bebia conhaque — e que agora jazia lá em cima, morto — correra para longe, desaparecendo no emaranhado da praça cheia de carros — na brisa, no vento.

NINGUÉM FOI ATRÁS.

Nem Mário Livramento, que não era herói nem nada. De cabeça fria, desistiu do impulso inicial.

Alguém falou em chamar a polícia.

Mário Livramento esperou o gerente ligar e ligou em seguida para o jornal. Explicou.

O redator de plantão disse que só daria pra pegar o segundo clichê, o jornal já estava rodando; até às três da manhã ele esperava. Mário Livramento pediu um fotógrafo. O outro disse que só tinha um fotógrafo e ele estava cobrindo um desastre no Aterro, só se o fotógrafo chegasse a tempo.

Mário Livramento desligou — Ah, essa fascinante profissão!

Subiu as escadas.

Avistou o cadáver e — que ironia! — a casa cheia. Fregueses lá de baixo subiram pra ver, garçons, todos queriam saber o que havia acontecido e ninguém sabia de nada a não ser o óbvio: um homem puxara um revólver e matara um outro, a velha história de Caim e Abel. Sem mais nem menos, no meio da música, no meio da testa. Conversavam na mesma mesa, não houve antes nenhum sinal de briga ou desentendimento.

De repente, um tiro.

Ou dois.

De repente dois tiros soaram e uma vida acabou.

Nenhum dos homens — matador e seu morto — tinha pinta de marginal. Senhores distintos à primeira vista, de terno e gravata — pareciam estrangeiros.

Mário Livramento se aproximou da mesa com o cadáver debruçado. Sabia que era melhor esperar a polícia e deixar que ela cumprisse seu papel. Mas precisava adiantar seu lado. Convenceu o gerente meio fora do ar de que precisava saber de quem se tratava, encontrar um telefone, avisar algum parente.

A cabeça emborcada na mesa. Não dava nem pra ver o rosto direito.

Com jeito, Mário Livramento se ajoelhou e levou a mão por baixo, procurando o bolso interno do casaco. E apalpou o que parecia ser um passaporte; tirou-o então com dificuldade por causa da posição do morto.

O gerente, Cabeção e mais alguns curiosos colocaram suas cabeças em volta de Mário Livramento para olhar o passaporte. Era um passaporte boliviano em nome de Joseph Debreczen, nascido em Budapeste, Hungria, em 25 de setembro de 1919, filho de Lazlo e Agnes Debreczen, naturalizado boliviano em 22 de março de 1951.

Estrangeiro ainda por cima. Mistério.
Melhor esperar a polícia.
Com alguma dificuldade, colocou o passaporte no bolso interno do morto. Mário Livramento se afastou.
Foi tomar seu cuba-libre que ainda estava intacto em cima do balcão. Gelo derretido. Pretendia dormir cedo. Exato: pretendia! Melhor esquecer a cama, o sono e o sonho. Se a polícia chegasse até a uma hora, daria tempo: dava os dados por telefone dali mesmo e eles lá que se virassem.
Uma hora e três cuba-libres depois a polícia chegou. E foi logo fazendo perguntas, tomou providências, convocou "voluntários" para depor na Delegacia. Mas ninguém havia visto nada, e aí então alguém teve a ideia de dizer que Mário Livramento tinha visto tudo — ele, Johnny Alf e o barman. Mário Livramento não disse que não, se apresentou como jornalista, alegando que ele é quem precisava fazer perguntas pois ainda tinha de escrever a reportagem antes das duas da manhã. Depois de muita argumentação e contra-argumentação, o inspetor concordou que comparecesse à Delegacia no dia seguinte.
Enrolaram o homem numa toalha de mesa — na própria toalha da mesa onde ele "jazia" — e dois pesos-pesados carregaram o cadáver escada abaixo até o rabecão na praça. O "presunto" foi devidamente despachado para o Instituto Médico Legal.
Mário Livramento colheu dados suficientes e ligou para a redação: passou-os todos, e ainda falou das pessoas presentes (o casal se mandou depois dos tiros, sem pagar), mencionando o piano ao fundo de Johnny Alf. No dia seguinte a notícia estaria nas bancas em segundo clichê. Sabia que o assunto daria suítes, como se diz em jornal: outras matérias surgiriam acompanhando "o desenrolar dos acontecimentos", a ação da eficaz, inteligente e eficiente polícia carioca.
Tão eficaz, inteligente e eficiente que a história rolaria por semanas e acabaria caindo no esquecimento: nunca se descobriria o assassino, nem mesmo a identidade do morto, já que o passaporte era falso. O "presunto" foi enterrado como indigente — mais um "indigente" nos cemitérios brasileiros, quem ia ligar?
Escritor de romance policial no Brasil morreria de fome. Esbarraria na atuação da polícia para quem não existe suspense nem mistério: resolvem logo o caso não resolvendo nada, dando-o como encerrado: "Arquive-se."
Mário Livramento foi dormir às quatro da manhã.

Antes de adormecer, o coto do polegar esquerdo do assassino parecia persegui-lo no apartamento escuro. Custou a sair de sua cabeça.

Durante algum tempo Mário Livramento cobriu o caso — o famoso "Crime do Lido" — para seu jornal.

Coisa de rotina.

Depois foi tratar de outros assuntos.

Foi tratar da vida.

Primeira parte
A história antes da história

(Rio de Janeiro – 1982)

1
UM REPÓRTER E SUAS MOTIVAÇÕES (1)

Foi uma dor de cabeça federal.

O Brasil inteiro com dor de cabeça — uma enorme dor de cabeça espalhada por oito milhões e quinhentos mil metros quadrados — quando comecei a rever minhas anotações. Tentava assim (se conseguisse mudar de assunto) que minha própria dor de cabeça passasse, pois não havia melhoral, cibalena ou doril que desse jeito: queria parar de pensar nos 3 a 2 com que a Itália havia mandado o Brasil de volta, desclassificando-o de vez da Copa do Mundo. Como qualquer um, havia discutido à exaustão a derrota; criticando e xingando o técnico Telê; os gols perdidos de Serginho; a confiança antecipada de todos a vibrar por cada vitória anterior, comemorando-a como se já fosse o título definitivo — e acabou dando no que deu.

Coisa de ejaculação precoce, um dos males do país.

Gozar antes do tempo dá nisso.

Pretensão, corrupção, burrice, dívida externa, pouca-vergonha e ejaculação precoce os males do Brasil são.

Cheguei em casa no dia seguinte, depois de ouvir sempre a mesma conversa nos bares e nas ruas; evitei ligar televisão.

Queria ficar quieto no meu canto, pensar em outra coisa.

Me tranquei no apartamento, rodei de um lado pro outro.

Até que encontrei reportagens que pensava publicar em livro, que no fundo livro é o sonho de todo jornalista (pastas e pastas espalhadas, cadernetas, anotações esparsas, entrevistas transcritas e outras ainda na fita, recortes de jornais, fotos etc.) — um livro com o qual andava envolvido há quase três anos, desde que resolvera largar o jornal.

Um levantamento que daria o que falar, segundo Alfredão, o editor.

— Pode até ter repercussão internacional — exagerei no calor da argumentação, vendendo meu peixe.

Funcionou: o editor Alfredão entusiasmou-se e resolveu bancar o plano, coisa rara no Brasil. Ainda mais que eu não era conhecido como escritor — quer dizer, um escritor de livros; apenas como repórter.

(Um bom repórter, aliás, modéstia à parte.)

É verdade que neste intervalo, eu escrevera e publicara dois romances, dois romances "trombadinhas" tipo policial à carioca, devidamente ignorados pela crítica e pelo grande público. Serviram para os editores me conhecerem e para conseguir meia dúzia de namoradas. E queria agora, talvez como uma espécie de adeus ao jornalismo, organizar em livro uma grande reportagem difícil de publicar em jornal.

Há algum tempo fizera a opção de viver como freelancer, que é como se chamam os boias-frias da imprensa. Optara por ficar livre — confiando às vezes até demais no meu taco, é verdade. Mas ficar livre é maneira de dizer. Como frila ganhava menos — por outro lado, estava cansado da tecnocracia do jornalismo atual, e de sua ineficiência. Cansado desta fascinante profissão.

No último emprego, entrei como Repórter Especial — havia Repórter Especial, Repórter A, Repórter B, Repórter C, cada um com diferença salarial, claro. E só. Pois quando descobri que Repórter Especial, significava trabalhar o dobro dos outros, e fazendo matérias sem importância, pulei fora. O chefe de reportagem era um exemplo de saúde mental: completamente pinel. Com raiva, só faltava pular em cima da mesa; satisfeito com algum furo, pegava as laudas à sua frente, amassava uma a uma e começava literalmente a comê-las.

Ambiente sadio é isso aí.

Como frila, meu patrão era eu mesmo e, quando não havia trabalho, dava tempo pra jogar pôquer, ir ao cinema, à praia, namorar, não fazer nada, torcer pelo América ou simplesmente pensar no grande e definitivo romance brasileiro que escreveria um dia. De vez em quando, dava uma tacada e podia ficar parado uns quatro meses ou mais, pensando numa outra boa matéria ou série de reportagens, ou no grande e definitivo romance etc.

Como essa que tinha agora em mãos para um romance ou livro-reportagem.

Ofereci a ideia antes a um editor de jornal. Ele se entusiasmou, disse que daria um livro, mas não tinha condições de financiar o projeto.

Ora, se daria um livro, fui procurar um editor de livro.

Quem?

Ele, o Alfredão.

Não havia pensado antes em escrever livro. (*Mas que mentira, Mário! Está renegando os dois romances-trombadinhas?*) Talvez eu tivesse um velho preconceito contra intelectual, pois não sou daqueles jornalistas que sonham em virar escritor. (*O maior caô, seu Livramento!*) Meu negócio é jornal. (*E sonhando com a glória literária, não é mesmo?*) Mesmo agora, apesar de longe da neurose de cada dia das redações, sou homem de ir pegar a notícia onde ela se esconde; de dormir contente quando um furo meu dá primeira página, para ser esquecido no dia seguinte. (*Quem sabe a Academia?*)

Desta vez eu estava com a matéria da minha vida nas mãos. E, se Alfredão topasse (como topou), o negócio era ir à luta — como fui. Seria publicado em livro e sairia em jornal também. Uma matéria que pautara há muito tempo e que há muito tempo vinha com calma levantando, aqui e ali: em Carazinho, em Santa Cruz de la Sierra, em Viena, em Milão, em Paris, em Lyon — por ceca e meca, como diria meu pai. Não deixei por menos: junto com o adiantamento, incluíra viagens locais e pelo menos duas viagens internacionais em aberto — uma para a Bolívia, outra para a Europa. Ossos do ofício. (*Que sacrifício!*)

Ossos do ofício? Sim, correria meus riscos, como corri — só eu sei! Risco até mesmo de morte — eu vi a morte a dois centímetros do meu nariz —, mas estava agora na hora de tentar colocar em ordem e dar a redação final àquelas anotações sobre fatos aparentemente desconexos e que, bem-alinhavados, me dariam a sensação de missão (até que enfim) cumprida.

Teria muitas horas pela frente diante da máquina de escrever: checar informações e escrever e escrever e reescrever.

O problema no momento era "segurar" Alfredão, o editor; levá-lo numa boa conversa. Passado tanto tempo, imaginava Alfredão preocupado com o dinheiro adiantado, pois nada ainda vira de concreto — e não tinha a mínima ideia do resultado. O editor do jornal também, embora não tivesse feito nenhum adiantamento, mas esse pessoal de jornal está sempre querendo a matéria para ontem, quando não para anteontem. Falar com Alfredão seria pior. Teria de argumentar, dar desculpa, pois estava mesmo atrasado. Preferi escrever um bilhete, tipo "Muito ocupado com o livro; já na reta final; não se preocupe; tudo em cima, em um mês te entrego, um abraço".

Há cerca de dois anos eu viajava, colhia dados, frequentando bibliotecas, seções de pesquisa dos jornais, mafuás, bares, inferninhos, apartamentos e pardieiros, conversando com pessoas numa boa, brigando e apanhando ao encontrar algumas feras pelo caminho, tentando fazer ligações entre esta e aquela informação, checando, comparando, descobrindo às vezes o óbvio, mas o óbvio que ninguém vira antes e às vezes perdendo tempo em descobrir cabelo em casca de ovo. Ia ser, seria, vai ser uma longa reportagem, que, em jornal, pode dar uma série de 15 a 20 matérias, que eles reduziriam, claro, que copidesque é pra isso mesmo. Ou dependeria do editor, como também dependeria do editor deixar o título — *A trama* — que havia escolhido quando fizera o plano do livro.

"Isto é literatura", diria o redator-chefe, e escolheria outro mais direto, mais evidente, tipo *Nazistas na América Latina* ou *A Odessa entre nós* ou *Eu vi a Odessa de perto*.

"Isto é puro jornalismo", diria o editor de livro. Pensando bem, sabia que *A trama* não era nem um bom título para livro, talvez para um desses best-sellers que se escrevem sobre tantos e tantos assuntos e contra os quais não tenho nada contra. Cada qual na sua. Nem todo mundo pode ser Joyce ou Proust. Como nem todo mundo pode ser Graham Greene ou John le Carré.

Outros títulos prováveis: *Os mortos estão vivos*, ou quem sabe *Filho da Pátria Amada*, que nem mesmo um assunto sério como este pode ser levado a sério, pelo menos totalmente, é ou não é?

Mas sobre essa "trama" tudo dependeria do conjunto de dados, do tratamento, da maneira como eu iria utilizar as informações — isso é que faria a diferença. Sabia também que o assunto que já havia levantado e com o qual me envolvera era uma história meio inacreditável;

poderia portanto se confundir com uma narrativa de aventuras ou com mais um livro sobre nazismo, enfim.

Mas o que eu tinha em mãos era um pulo do gato — meu pulo do gato.

Questão de como encaminhá-lo.

Ninguém nasceu ontem, muito menos uma ideia. Se eu trabalhava nesta reportagem há muito tempo, a "história" na realidade brotara dentro de mim há mais tempo ainda. E põe tempo nisso.

Poderia dizer que os primeiros germens de *A trama* entraram em minha cabeça ainda na infância. Não, não como foco de meus precoces interesses, mas como vivência pessoal de quem, por outro lado, nada entendia então do que estava acontecendo.

E estava acontecendo a Segunda Guerra Mundial.

Com quatro ou cinco anos, a guerra terminada, eu nada sabia de política: era moleque de rua, de pé no chão, numa cidade do interior. Era no Sul, chê, e a cidade se chama Santana do Livramento, colada à Rivera, no Uruguai, daí por que me chamo Mário Livramento. (Ainda bem que não nasci na cidade de Não-Me-Toque. Ou de Canguçu.)

Em Livramento, parece, só havia um casal de alemães.

O episódio virou uma questão familiar e só por causa disso é que ainda me recordo: meu pai era juiz de menores e reverendo daquela igrejinha cheia de musgos, a Paróquia Nazareno, que ainda existe na rua Brigadeiro Canabarro, esquina com Rivadávia Correa. Ele se chamava Octacílio. Até que, visto de longe no tempo, um nome comum perto da estranha "nomenclatura" da fronteira, a mais peculiar ou bizarra por metro quadrado de todo o país — ali onde os gaúchos brasileiros, descendentes de portugueses açorianos e guaranis, e os gaúchos uruguaios, descendentes de espanhóis castelhanos e bascos, se encontravam e se misturavam ao longo dos séculos. (Não resisto a lembrar alguns destes nomes, ainda que entre parênteses: Honorival, Livramentino, Celanira, Aldrovando, Pantaleão, Ataliba, Vivaldino, Rigrandense, Olmiro, os irmãos Amador, Amado e Amante, e Honorina e Honorato, filhos de um tal Remígio, admirador de Honoré de Balzac...).

Mas como eu ia dizendo, em consequência da guerra, os alemães, os teuto-brasileiros, foram perseguidos. Aconteceu em Porto Alegre, em São Leopoldo, Novo Hamburgo e também em Santa Catarina e no Rio de Janeiro, em Petrópolis, onde quer que houvesse imigração ou descendentes de imigrantes. Ora, alguns populares de Livramento — logo que foi descoberta a existência de espionagem nazista entre nós — resolveram hostilizar e depredar a casa do solitário casal de alemães. Era uma gente humilde e pelo simples fato de terem nascido na Alemanha não significava que tivessem eles alguma coisa a ver com o senhor Adolph Hitler e seus asseclas. Acuados, os dois encontraram guarista na Paróquia Nazareno, com o D. Quixote que era o velho Octacílio sobrepondo sua voz e seu bom senso à balbúrdia dos populares, e protegeu assim o casal apavorado. Dizer que este episódio me marcou seria exagero, pois de nada disso eu me lembrava. Só bem mais tarde, ao visitar Livramento e encontrar dona Tereza, a viúva alemã, emperrada numa cadeira de rodas, é que fiquei sabendo da ação paterna. Ela mesma me contou, com seu falar arrevesado e emocionado, agradecida até morrer ao meu velho pai, que Deus o tenha.

Tudo começa na infância, dizia Freud, e não podia ser diferente com o assunto do meu livro. Mas pulemos para minha adolescência.

(Não, prometo que não vou fazer autobiografia: tem a ver.)

A Guerra já terminara.

Ninguém em Porto Alegre, onde eu então morava — e aparentemente em qualquer lugar do Brasil —, se preocupava mais com o nazismo. A Segunda Guerra ficara pra trás: os Aliados venceram, houve o Julgamento de Nuremberg e o Plano Marshall se encarregara de reerguer a Alemanha, então dividida.

Mas nem disso sabia eu, então com 12, 13 anos, e preocupado com as peladas de rua e com os acampamentos de fins de semana do grupo de escoteiros, quem diria. Quando não havia acampamento, costumava ir com alguns colegas para uma casa de campo — uma casa de praia — em Vila Elza, do outro lado do rio Guaíba, sete quilômetros depois da cidade de Guaíba, percurso que fazíamos a pé.

A casa tinha sido uma espécie de clube de descendentes de alemães que moravam no Sul; fora tomada pelo Governo depois da Guerra. E acabou doada para a associação de escoteiros. Eram histórias que os escoteiros mais velhos contavam à volta do fogo, no comecinho da noite, mas nem por isso histórias inventadas.

Dali, com potentes sistemas de rádio montados — e que mais tarde soube ser o AFU, o "aparelho-para-espião" fabricado pela Telefunken especialmente para o Serviço de Espionagem alemão (Abwehr) —, esses alemães se comunicavam com os funcionários do almirante Canaris a serviço de Hitler. Era um ninho de espionagem. E, num dos dez ou doze quartos da casa — e logo no que me coube ficar na primeira vez que lá estive, razão para muita gozação —, um desses espiões, ao saber-se descoberto pela polícia gaúcha, pendurou uma corda no teto e se enforcou. Aquele quarto onde dormi bravamente por uma semana era conhecido como o "quarto do enforcado". Nenhum fantasma me puxou o pé. Mas deve ter sido ali, no quarto do enforcado que o assunto enfim me conquistava — o mesmo assunto em linhas gerais que só agora, com mais de trinta anos nas costas, tentava levar adiante.

Na verdade, aos 12, 13 anos, eu nem sequer sonhava em ser jornalista.

Uma ideia às vezes se instala na cabeça de uma pessoa por vias tortuosas e por mais de uma razão ou motivo — como um voo de pássaro.

E agora, nesse dia fatídico em que o Brasil perdeu a Copa do Mundo, examinava alguns trabalhos afins que já havia escrito em outras eras, como o texto que vou reler em seguida.

Chama-se *A segunda morte de A. H.* e o escrevi como se fosse um conto. Foi meu primeiro e único conto, confesso. *Mea culpa*, minha máxima culpa. Corresponde aqui a uma espécie de continuação do que vínhamos dizendo, só que do ponto de vista de um jovem de vinte e poucos anos.

Vou reler esse texto, conto, e convido vocês a fazerem o mesmo.

Seria o caso de dizer — já que na última historinha que relatei eu estava com 15 anos e morando em Porto Alegre e namorando uma alemãzinha — que, por volta da idade do serviço militar, eu havia me mudado para o Rio de Janeiro.

Foi pouco tempo depois de eu fazer o vestibular para a Faculdade de Direito de Petrópolis que encontrei, por puro acaso, com esses estranhos personagens.

2
A SEGUNDA VIDA E A SEGUNDA MORTE DE A. H.

(Um conto de Mário Livramento)

"After the first death
there is no other."
Dylan Thomas

Era 1963.

Fui morar num quartinho de pensão. Eu estava no primeiro ano de Direito.

Entusiasmado com o estudo de Clóvis Bevilácqua e Tobias Barreto, resolvi estudar alemão; e comecei a aprender por minha conta e risco, com um livrinho comprado no sebo.

Quando conheci Hans Castrop, um alemão de mais de oitenta anos, bem-conservado e que falava, mal, o português, vislumbrei a possibilidade de ter uma orientação — já começava a me perder, aprendendo sozinho.

Ele disse que não sabia ensinar, mas que, se eu quisesse aparecer, poderíamos conversar.

Herr Hans Castrop *und Fräulein* Brigitt Castrop eram irmãos — *Sie sind Geschwister* — e moravam numa casa humilde ali perto da fábrica de cerveja e da paróquia da Igreja, em frente ao canal do rio Piabanha. *Herr Castrop war ein Maler.* Quer dizer: o sr. Castrop era pintor. Mesmo com meus parcos conhecimentos de artes plásticas, dava pra ver que ele não era um pintor excepcional; era um pintor correto, acadêmico, pintando paisagens petropolitanas, quadros figurativos.

Hans Castrop se vestia com certo desleixo. Calça, camisa pra fora e um sapato de lona, tipo alpargatas. De vez em quando, eu o encontrava no centro, carregando uma sacola de supermercado. Tinha um ar desligado.

Um dia, ele me disse que tinha acertado com um padre de uma igrejinha do bairro da Mosela para fazer a restauração da pintura do interior.

— *Das ist wunderbar!*

Ele respondeu em português:

— É um trabalho importante, eu gostar muito...

E me descreveu o afresco sacro da igrejinha da Mosela. De vez em quando, usava uma palavra em alemão. Passou em seguida a falar só em alemão. Quando eu não entendia, perguntava o que significava esta ou aquela palavra. E *Herr* Castrop procurava-a no ar, tentando descobrir a correspondente em português — às vezes traduzia por aproximação, e eu acabava entendendo.

Assim eram nossas "aulas".

Eu devia ser a única pessoa que entrava na casa daqueles alemães "esquisitos".

As telas se acumulavam pela sala; havia uma mesa de jantar modesta e velha, além de uma poltrona puída. Geralmente era ali que ele se sentava, e eu, numa cadeira da mesa de jantar.

Herr Castrop tinha um lado ranzinza, mas em geral era simpático. (Sempre gostei de conversar com velhos —, talvez lembrança da figura marcante do meu avô e da minha avó, talvez porque eles nos ensinam alguma coisa: velhice é experiência acumulada.)

Só uma vez tentei conversar sobre política. Creio que falei em socialismo (colegas da faculdade andavam me sondando para eu participar de política estudantil) ou qualquer coisa assim, mas ele me deu uma cortada, dizendo que "isso tudo é bobagem, uma *pouco*-vergonha".

Silenciei.

Uma vez ele me falou de uma longa viagem que havia feito de volta ao mundo e que acabara no Brasil.

Perguntei se tinha sido depois da Guerra.

— *Nein, nein* — disse — foi antes. Eu me formei em etnologia, e os exames finais eram escrever o relato de viagem.

E por que acabou morando no Brasil?

— Porque cansei da velha Europa dominada por comunistas e capitalistas.

Mais uma vez evitei a discussão política. Mas dei corda para que ele falasse da viagem. Disse que saiu da Alemanha para a Turquia; da Turquia parou na Austrália; de lá veio de navio até Buenos Aires e de Buenos Aires, por terra, via Uruguai, chegou ao Brasil, Rivera, Santana do Livramento. (Não me deu nem tempo para dizer que eu nascera em Livramento.) Morou no Rio Grande do Sul, depois em Itatiaia, depois em Barbacena e finalmente viera para Petrópolis, onde "a natureza é muito parecida com a da Alemanha". Ouvira falar que Petrópolis era uma cidade de colonização alemã — ele disse "teuta". E acabou ficando. Morou primeiro numa casa no Quarteirão Ingelheim.

Em outra ocasião — provocado por minhas perguntas — ele contou de sua infância pobre. Falou de um amiguinho que, por ter se reprovado nas provas e temendo a reação dos pais, acabou se enforcando nos bosques de Viena — o que me impressionou bastante.

— Mas — falei, me lembrando que Viena era a capital da Áustria — pensei que o senhor fosse alemão.

— *Natürlich*, sou alemão — respondeu ele. — Mas meus pais se mudaram para lá na ocasião. Eu nasci em Heidelberg.

Às vezes tinha a impressão que *Herr* Castrop queria desabafar, falar de coisas mais íntimas, mas logo ele mesmo se freava, voltava atrás, mudava de assunto, fingia que não havia compreendido, frente a uma ou outra pergunta que lhe ameaçasse a intimidade. Estranho esse *Herr* Castrop, esquisitão e afável, gentil e mal-humorado, distante e próximo, humilde e arrogante — tudo dependendo do momento, do dia, da hora, do assunto.

Conversar com ele significava ficar de sobreaviso.

Num dia frio — um dia bem petropolitano —, voltei da porta de sua casa. Não pelo frio, bem entendido: já da calçada comecei a escutar um burburinho que foi crescendo à medida que eu me aproximava, até tomar a proporção de uma grande discussão.

Discutiam em alemão, tudo muito depressa, a voz de *Herr* Castrop aos berros... Eu nada entendia, ou melhor, entendi tudo na hora: era clima de guerra. E compreendi, constrangido, que não era o momento para aula de conversação.

Antes de me afastar, ouvi barulho de coisa — talvez louça — se quebrando; e só entendi a voz fina de *Fräulein* Brigitt dizendo que ele estava "neurastênico, neurastênico".

Em briga de casal — ainda que de casal de irmãos — é melhor não se meter.

Passei uma semana sem aparecer.

Dias depois, em frente ao D'Ângelo, na avenida Quinze de Novembro (hoje, avenida do Imperador), avistei Hans Castrop, nervoso, agitado. Ele parou e falou comigo, reclamando "desse povo", que era "muito maldoso, muito maldoso..." O que deu pra entender: fizeram um comentário malicioso sobre seu relacionamento com a irmã. Hans Castrop estava indignado — e com razão, pensei e disse.

Nossos encontros para conversações continuavam, e meu aprendizado de alemão estava em franco progresso. Uma vez por semana eu ia até a sua casa no finalzinho da tarde.

Me lembro que foi no dia do exame de Teoria Geral do Estado — depois da prova, quando eu resolvi andar um pouco pela avenida Quinze — que encontrei com o reverendo, perto do Fórum.

— Já soube o que aconteceu com o sr. Castrop? — me perguntou ele.

— Está internado. No Hospital Santa Teresa. Se você puder, faça uma visitinha. Ele não tem amigos.

— Mas é grave?

— Nunca se sabe, doença de velho. Passe lá.

Passei.

Visitas em hospitais me constrangem. Mas alguma coisa parecida com gratidão — afinal, ele nunca quis receber nada pelas aulas de conversação — me impelira até o hospital.

Fräulein Brigitt estava na salinha de recepção do quarto. Ela disse que ele dormia. Perguntei como ele estava, se era grave.

— Felizmente, não — respondeu. — O médico disse que amanhã ele já pode voltar pra casa.

Conversamos mais um pouco, e de repente houve um barulho dentro do quarto.

Fräulein Brigitt entrou e em seguida voltou:

— Acordou. Você pode entrar.

Entrei e saudei-o, tentando ser simpático, ensaiando aquele ar construidamente positivo que as pessoas mantêm diante de um doente.

— Não foi desta vez — me disse, em alemão.

Conversei um pouco, fiz minha visita e fui embora.

Depois da última prova, entreguei o quarto da pensão, reservando vaga para agosto, e fui passar o mês de julho no Rio.

No meio do mês, aí pelo dia 15, fui a Petrópolis para saber os resultados dos exames. Na rodoviária, me encontrei, surpreso (em outra oportunidade, ele me dissera que há mais de 15 anos não vinha ao Rio), com *Herr* Castrop e *Fräulein* Brigitt.

Eles estavam chegando, e eu estava partindo; mal deu tempo para saudações e troca de endereços.

— Vamos ficar nesse apartamento de um amigo que viajou — explicou *Fräulein* Brigitt. — O médico recomendou que Hans mudasse de ares.

Coloquei o papelzinho no bolso, embarquei, soube dos resultados, peguei o ônibus de volta e cheguei ao Rio.

Fui ao cinema; na saída, dei uma passadinha no apartamento onde estavam *Herr* Castrop e *Fräulein* Brigitt.

Mal toquei a campainha, *Fräulein* Brigitt abriu a porta.

Ela trazia o desespero estampado nos olhos, no rosto.

— Ai, *mein Gott*, ainda bem que você chegou — disse ela, visivelmente fora de si. — Fica um pouco aqui com ele, Hans está mal, está mal, fica aí com ele que eu vou "mandar" um médico.

— Calma, dona Brigitt — disse eu. — Se a senhora quiser, eu vou chamar o médico.

— *Nein, nein* — disse ela. — Tem de ser nosso médico. Fica, porr favorrr.

E saiu. Saiu correndo.

Eu fiquei; fiquei e fui entrando devagar, sem saber o que fazer. Vi um vulto na cama, curvado; ouvi gemidos.

Criei coragem.

Herr Castrop sacudia a cabeça de um lado pro outro, gemia, emitindo alguma sílaba perdida.

— Vai passar logo, *Herr* Castrop — foi o que me ocorreu dizer.

Ele tentou me encarar. Parecia não entender.

— E Brigitt? — conseguiu perguntar; a voz saía em fiapos.

— *Fräulein* Brigitt já vem. Ela volta logo — disse. — O senhor está me reconhecendo?

Ele me olhou — olhou através de mim —, mas conseguiu dizer meu nome.

Ele ainda me olhava, a mão na altura da cabeça.

— Eu vou morrer — disse ele, baixinho.

— O que é isso, *Herr* Castrop! — tentei animá-lo.

Ele me fitava, mas seus olhos pareciam distantes, mergulhados — melhor: boiando — na própria existência, na linha final dessa existência, pois eram olhos aqueles sem olhar, sem visão, olhos de despedida.

Eu tentava controlar meu nervosismo.

Herr Castrop mexia as pernas, a cabeça.

E falava, falava agora de uma maneira descontrolada, incontrolada; e eu com dificuldades em entender o que dizia, precisava pensar e traduzir mentalmente seu alemão veloz, cortado por pigarros e gemidos, uma linguagem de doença e de delírio; ia captando pedaços, às vezes com lacunas, daquele discurso moribundo:

— ...não, não... não posso... morrer... com isso dentro de mim... por favor... eu sou... *natürlich*... ninguém...

— Calma, *Herr* Castrop — eu não sabia o que dizer.

De repente me pareceu mais tranquilo, e seu olhar agora tentava sintonizar com o que estava vendo, sintonizar comigo, com o lado de fora:

— Escuta... muita... atenção... Eu não me chamo Hans Castrop... Meu nome é outro... *Ich bin*... Eu sou... eu sou... um homem marcado... A humanidade... A humanidade não me perdoa... eu precisava desaparecer... Talvez a maneira de eu pagar meus pecados... Castigo dobrado... essa vai ser a minha segunda morte...

Eu não sabia o que dizer. Ele estava delirando. Eu me preocupava com o esforço que fazia...

— *Herr* Castrop, *bitte*... — disse eu.

— Eu não sou Hans Castrop! — foi o mais aproximado de um grito que suas forças permitiram.

— Está bem, o senhor não é Hans Castrop — disse, evitando o silêncio.

— Diabos! — e ele se mexeu na cama. — *Ich bin Adolph Hitler!* Eu sou Adolph Hitler! — e agora ele estava vermelho, quase apoplético, no esforço de gritar.

— Mesmo que ninguém acredite, eu sou Hitler... Preste atenção... A sorte quis... que você ouvisse... as minhas palavras finais: Adolph

Hitler não... não morreu; não morreu *in Deutschland, nein*... armamos o teatro do suicídio... Hitler sobreviveu... eu sobrevivi...

Meus olhos se arregalaram, meu coração bateu mais forte, eu não sabia o que pensar, não sabia o que dizer, não sabia o que fazer...

— Adolph Hitler só morre agora... de velho... e no Brasil, longe de Nuremberg, longe dos comunistas e dos judeus capitalistas que infestaram o mundo... O Terceiro Reich não acabou... vai renascer das cinzas como eu renasci das cinzas de Berlim... O Quarto Reich... Vivi uma outra vida, de simplicidade... anônimo... para dizer... o que estou dizendo agora......... Eva é testemunha .... e, se eu morrer, ela vai morrer também... eu...... ninguém vai acreditar em mim... você precisa... acreditar.... eu.... *ich bin*...................

— *Herr* Castrop! *Herr* Castrop! *Herr* Castrop!...

Meu Deus: ele estava morto.

Morreu...

E não tive tempo nem de pensar: *Fräulein* Brigitt (ou Eva?) irrompia porta adentro, acompanhada de dois senhores, de aparência germânica.

— É tarde demais — disse pra ela.

Ela começou a chorar, mas os dois alemães, depois de me olharem com seus rostos severos, perguntaram pra ela, segurando-a no braço, quem era eu e o que estava fazendo ali...

Fräulein Brigitt respondeu, antes de correr para o quarto, que eu era um conhecido de Petrópolis.

Um dos senhores germânicos praticamente foi me levando até a porta de saída, dizendo em português capenga que eles cuidariam de tudo, que podia ir embora...

Meu pai, que é Juiz de Direito e um homem tido como culto e equilibrado, não acreditou em nada do que eu lhe disse:

— Nem repita isso por aí que vão dizer que você é ingênuo ou ignorante. Hitler morreu em Berlim, em 1945. Está provado. De vez em quando, algum maluco levanta uma teoria de que ele teria escapado com vida. Ora, ficou constatada que a arcada dentária do cadáver incinerado era a de Hitler. Isso prova tudo.

Prova?

É difícil discutir com um homem culto e equilibrado: ainda tentei argumentar o que vinha, desde aquele dia, argumentando e discutindo comigo mesmo: seria mero delírio?

E se, na montagem da peça, naquele teatro do suicídio, tivesse havido o cuidado de se trocar ou se forjar, entre outras coisas, o exame da arcada dentária?

E por que Brigitt ou Eva Braun havia desaparecido assim como todas as coisas da casa de Petrópolis como constatei dias depois da volta às aulas?

Por que Hans Castrop certa vez me falara de sua infância na Áustria, se tinha nascido em Heidelberg?

Que coincidência era aquela de ele ser pintor no fim da vida como tinha sido Hitler antes de se meter em política? E por que aqueles alemães praticamente me expulsaram do apartamento?

E o que fizeram com o corpo? Onde o enterraram?

Por que *Herr* Castrop disse que Brigitt também iria morrer?

Eu, sem dormir muitas noites — só a ideia de como acabara amigo de um inimigo da humanidade já me inquietava —, continuava desconfiando, em dúvidas...

Como não seria possível eu contar essa história em forma de artigo — digo, sem cair no ridículo —, essa história de que Adolph Hitler morreu de velho, em Copacabana, em 1963, escrevi o presente conto, pelo qual assino e dou fé,

3
UM REPÓRTER E SUAS MOTIVAÇÕES (2)

Pois é:

"*Lo cierto que esta no es toda la verdad, pero me parece poco inteligente querer decir toda la verdad de golpe.*"

Quando li tempos depois essa frase de Felisberto Hernández me lembrei de Hans Castrop.

Anos se passaram. Nunca mais ouvi falar de Hans Castrop. Não cheguei a terminar o curso de Direito: veio o Golpe de 1964 e me pegou pela proa. Já repórter da *Última Hora* e participando de política estudantil, acabei preso e não concluí a faculdade — me desinteressei. Depois de viver na pele uma injustiça oficial, não via sentido continuar estudando a "ciência da justiça".

Acabei me esquecendo do episódio da morte e confissão de Hans Castrop — embora não o esquecesse de todo, claro: concluíra (era mais fácil assim) que se tratava de delírios de um moribundo. Poderia ser até mesmo que Hans Castrop fosse um ex-nazista, talvez um intelectual que aderira ao Partido Nacional Socialista e que, na hora da morte, tenha misturado os canais. Mas Hitler?! Claro que alguma culpa no cartório da História ele tinha. Não havia sido sua confissão — porque delirante — "*toda la verdad*" e seria pouco inteligente dizê-la toda, sem pesar as consequências. Imaginem se eu a levasse a sério a ponto de transformá-la em reportagem. Mesmo que tivesse alguma repercussão, a falta total de provas e informações com certeza iria abalar minha ainda nova reputação.

Mas eis que o assunto me perseguia.

Em 1972, fui destacado pelo jornal, na época o *Correio da Manhã*, para cobrir um crime que ocorrera no Centro, na rua Taylor, na Lapa. O morto era um francês de passado nebuloso: fora condenado à morte em seu país natal, por ter colaborado com os nazistas. Muita especulação pela imprensa, eu mesmo colaborei um pouco com isso, mas o crime acabou em poucos dias sendo atribuído ao filho da empregada do morto — a polícia mais uma vez interferindo com sua "eficiência" e terminando com qualquer mistério antes do tempo, lançando mão de um de seus expedientes costumeiros: arrumar um culpado de qualquer maneira, mesmo que ele não o fosse.

Elementar.

E dessa vez com alguns lances tropicais: o "assassino", sob tortura, confessou que havia recebido Exu e por isso matara seu padrinho e protetor.

Era negro, claro, e Exu explicaria tudo. Depois o pobre coitado negou o crime, confessado sob pressão; porrada e pau de arara.

Quem o matara, então?

Por que haviam matado o velho nazista?

Um outro nazista?

O Mossad, serviço secreto israelense?

Até hoje não se sabe. Levantei pela imprensa uma série de suspeitas, mas novamente me vi às voltas com a ausência de provas. De qualquer forma, ficou registrado o assunto nos arquivos dos jornais e no meu arquivo mental, devidamente anotado e observado.

Na época certa, voltaria a ele.

E a época certa era agora, com essa série de reportagens aceita pelo editor Alfredão.

A morte de Jacques-Charles Noel Duge de Bernonville, conde de Lyon, onde atuou com outro criminoso de guerra, então exilado na Bolívia, Karl Barbie-Altmann, era um dos principais focos do meu plano — e por isso estive em Paris e Lyon, e na Bolívia, investigando.

Isso veremos mais tarde.

Por enquanto, continuo com as histórias-atrás-da-história ou antes-da-história, que elas não terminaram.

Em 1975 foi outro crime.

Dessa vez tive a "sorte" de presenciá-lo. Foi quando entrei no *Terazze* di Roma na Praça do Lido para comer uma inocente pizza e depois resolvi subir para ouvir Johnny Alf e seu piano. Mas o barulho que escutei lá dentro foi outro: dois tiros.

Um homem caiu fulminado, o outro desapareceu na noite. Já conhecemos o desfecho: assassino nunca descoberto e morto nunca identificado, que ele possuía um passaporte falso em nome de Joseph Debreczen.

Seria um ex-nazista "justiçado" por um comando de caça israelense? Ou por um companheiro? Mossad ou nazistas, novamente?

Em qualquer desses casos, por que conversaram tanto antes dos disparos?

Uma ação da Odessa, a organização de ex-nazistas, eliminando um companheiro que, por alguma razão, poderia colocar essa misteriosa agremiação em risco? Queima de arquivo?

Conjecturas, só conjecturas — mas ficou na cabeça. (Ah, essa fascinante profissão!)

Quando — vamos dizer, aí pelo meio de 1980 — resolvi abrir mão de um bom e seguro ordenado para tentar viver como freelancer, um trabalho aqui e outro ali, aconteceu de eu ir passar um fim de semana em Petrópolis com uma namorada.

Há muitos anos eu não voltava à cidade onde estudara e onde conhecera Hans Castrop. Estava de namoro novo e convidara a moça para um *weekend* aconchegante na serra. Para falar a verdade ela nada tem a ver com essa história.

A não ser pelo fato de...

Maria Eunice (nome de mentirinha) gostava de antiquários. Ela me pediu para visitar uma dessas lojas de antiguidades. Ali em Quitandinha, na parte anexa do hotel onde antigamente ficavam as cavalariças, havia uma, me informaram.

Nada demais: num fim de semana tranquilo no frio petropolitano, um casal resolve visitar um antiquário, porque a mulher "adorava" peças antigas. São muitos os antiquários da cidade, mas fomos dar uma olhada exatamente naquele ali em Quitandinha.

À beira do lago. Cenário romântico, europeu — e assim por diante.

Enquanto minha amada de plantão examinava com cuidado e olhos de compradora as peças da loja, eu disfarçava minha falta de interesse, observando com uma panorâmica os objetos espalhados: armas, quadros, cacarecos, canetas do tempo do onça, artigos de casa, um pré-histórico projetor de 16mm, leques da *belle époque,* um abajur *art déco* (ela que me disse que era *art déco*: "Olha que beleza!") — tudo jogado sem ordem, um bricabraque.

Mas eis que meus olhos pousaram numa cruz gamada. Examinei a peça em silêncio, sem nenhum comentário. Sabia ser proibida por lei a venda de propaganda ou insígnias nazistas. Como é que... Com pretexto de comprá-la — e pensei em comprá-la, meu faro jornalístico funcionando —, puxei conversa com o dono da loja. Que era alemão. Me apresentei como um curioso da Segunda Guerra, interessado em nazismo. (A simulação é a melhor tática às vezes.) E perguntei:

— Onde são feitos estes distintivos?

— Na Bélgica — responde Helmut, que esse era seu nome.

— Na Bélgica... E o senhor vende muito?

— Bastante. Vendo até uniformes inteiros das tropas de Hitler.

— Uniformes? — e só então os vi, dependurados no alto da parede, uniformes da SS e do Exército e Aeronáutica alemães. — E o senhor tem compradores?

— O que entra, eu vendo. Colecionadores. Tem um pessoal do Museu do Exército que me compra todos.

— Museu do Exército? — (fazer-se de bobo também é uma boa tática).

— Aquele que fica na estrada velha, antes do túnel.

Via Quitandinha: sabia qual era o prédio. O museu não funcionava. Mas, Exército? Engoli em seco. Qual o mistério? Meter o Exército no meio complica. Mas claro que não: eu é que ainda sofria da Síndrome do AI-5. Os tempos estavam mudando: a Abertura não era pra valer?

Comprei a cruz gamada. Talvez me fosse útil.

Em outros fins de semana que passei em Petrópolis, Helmut foi abrindo o jogo. Era uma pessoa simplória e gostava de conversar. Tinha sido soldado das tropas regulares de Hitler; depois da Guerra, cumpriu pena de um ano; quite com a justiça — embora ainda ligado à simbologia e aos ideais nazistas —, veio morar no Brasil, onde sua possível teoria da raça pura fora por água abaixo: ele acabou se casando com uma mulata.

O repórter que mora em mim começou a sacar o assunto que finalmente iria me dominar e o qual eu precisava dominar agora — quase dois anos depois — para entregar o livro ao impaciente (com toda razão) editor Alfredão.

O encontro com Helmut deu-se pouco antes de eu me decidir a fazer meu plano de trabalho. Pesquisei em jornais antigos e em livros sobre o assunto: alinhei cerca de 15 mortes misteriosas (entre elas, morte natural mesmo, só uma ou duas; assim mesmo...). Todas essas mortes tinham em comum duas coisas: em alguma época da vida dessas pessoas, elas haviam sido nazistas; e nunca seus assassinos foram descobertos. Era mistério em cima de mistério — um prato cheio.

Resolvi me fixar na morte recente (em 1980, tão logo eu terminei meu projeto) de Stephen Loncar, um iugoslavo que apareceu morto em Carazinho; o conde Bernonville e suas possíveis ligações com o "carniceiro de Lyon"; e Karl Barbie-Altmann (tentaria encontrá-lo na Bolívia).

Liguei para Alfredão, marquei encontro, entreguei o plano do livro, mostrando como argumento definitivo, a cruz gamada, que continuava na minha bolsa a tiracolo:

— Comprei esse distintivo nazista no Brasil. Como você sabe, é proibida a venda de qualquer coisa que faça propaganda do nazismo. Junte isso ao plano e podemos concluir que a Odessa não é uma história de carochinha.

Não era.

Estava começando a me convencer.

Era morte demais, mistério demais, impunidade demais.

Nas minhas andanças, eu havia encontrado ou soubera da existência de outros ex-soldados nazistas no Brasil, todos peixes pequenos: um húngaro que vivia entre o Rio e Penedo, onde tinha um restaurante dirigido por sua mulher, outra... mulata; uma das garotas que conheci no Lucy's Bar, da Princesa Isabel, "alemã" do Rio Grande, que contou a história do seu pai, preso depois da Guerra e atualmente cuidando de uma fazenda no Amazonas.

E assim por diante.

O mais importante, para eu não perder o rumo da coisa, eram os casos arrolados no meu plano.

Em princípio, uma mera suposição: de alguma forma eles estiveram ligados à Odessa, possivelmente saíram da Alemanha graças a ela — que essa era sua função, no começo. Mais tarde, a Odessa se envolveria com tráfico de armas, o que por si só explicava a força de Barbie-Altmann na Bolívia. Poderia explicar também a morte do editor milionário e esquerdista Feltrinelli; do cônsul boliviano em Bonn, na Alemanha; do chefe da polícia de Milão que examinava o Caso

Feltrinelli; e também — embora hipótese minha — do conde da Lapa e de Lyon.

Odessa ou Mossad?

Havia a hipótese de Bernonville, o conde, estar escrevendo um livro sobre Barbie, cujos originais desapareceram depois do crime. O conde estaria descontente com a "empresa", como ele dizia, que tinha suspendido suas viagens ao exterior. Sentindo-se traído por Barbie, Bernonville, que "adorava" o marechal Pétain, passara a ser um elemento perigoso. Ele sabia que ia morrer: deixou indícios disso, falou com seu afilhado — o "assassino", na versão da polícia carioca. Dissera a ele que precisava regularizar a situação da empregada (e mãe do afilhado), "porque meu prazo está vencido". A polícia italiana, por sua vez, considerou fundamental o depoimento do próprio Barbie (que não aconteceu) para esclarecer a morte de Feltrinelli e do policial Calabresi, "porque tudo indica que três importantes testemunhas, posteriormente assassinadas, estavam vinculadas ao Caso Barbie e envolvidas em contrabando de armas para Israel e para as organizações árabes".

Barbie, rico e apresentado sempre como comerciante (de armas? de cocaína?), era a figura-chave desse quebra-cabeça fatídico.

Como "fechar" essa série de acontecimentos incomuns era coisa que ainda fazia eu arrancar meus últimos cabelos. Eu sou um repórter correndo atrás dos fatos — mas esses fatos estavam adormecidos no tempo e no esquecimento, fechados a sete chaves, protegidos por guardas sem fardas (as fardas estavam nos antiquários da vida), cães de guarda fiéis — e, em determinado momento, os próprios fatos me atropelaram. E como!

Sim, eu corria meus riscos — ah, essa fascinante profissão.

Desde o começo eu sabia que todos os caminhos me levavam a esta palavra, organização, mistério: O-des-sa.

Mas o que era a Odessa?

Ela existe ou é ficção?

Segunda parte
O reich da agonia

(América do Sul – outubro de 1980)

1
O NAZISTA DE CARAZINHO

(Pouco antes de Mário Livramento elaborar seu plano, um nazista, Gustav Franz Wagner, se suicidava em Atibaia, São Paulo.

Dias depois, os jornais noticiavam que um suposto ex-tenente das tropas de Hitler, ou das tropas iugoslavas aliadas ao nazismo, havia morrido em Carazinho, Rio Grande do Sul.

Mário Livramento foi até lá.)

Ele poderia ter morrido e pronto!

Fechava-se o caixão e fechava-se o assunto.

E ele seria enterrado anonimamente. Como qualquer um.

Nem mesmo os parentes — raros e vivendo na Áustria e Iugoslávia — fariam qualquer alarde. É possível que sequer chorassem sua morte, há tantos anos afastado. Os vizinhos, bem, os vizinhos talvez lamentassem, mas como se lamenta alguém que pertence apenas ao nosso universo visual — estavam acostumados a vê-lo todos os dias sentado em frente de casa, pouco falando com quem quer que fosse, olhando para os lados — ou como quem lamenta a morte de qualquer desconhecido.

Pois, mesmo vivendo em Carazinho, interior do Rio Grande do Sul, há mais de trinta anos, ele era um desconhecido.

Mas eis que ele morre e vira notícia nos jornais de todo o Brasil e deve ter merecido algum espaço na imprensa mundial. Porque, embora notícia — e notícia só depois de morto —, ele nunca chegou a ser um personagem importante.

De Carazinho, interior norte do Rio Grande, para o mundo, como e por que nosso iugoslavo entrou para os noticiários?

Foi uma morte natural.

Sem suspeitas?

Parece que sim, embora nada seja impossível nesse assunto.

Os vizinhos notaram, primeiro, que não viam aquele "velho" há alguns dias; depois, alguém sentiu um cheiro esquisito; finalmente se aproximaram da pequena casa de madeira que ele construíra com as próprias mãos e onde morava na rua da Paz — paz na velhice para quem fez a guerra — nº 222, bairro de Vila Princesa. E espiaram através da janelinha.

Viram, estirado no chão, ao lado da mesa, o corpo de Stephen Loncar.

Chamaram a polícia.

A polícia chegou, com o delegado à frente. Arrombaram a casa, não houve jeito. Remexeram prateleiras, armários, vasculharam, procuravam alguma informação, alguma pista — sem nenhum cuidado especial, é verdade —, e levaram o corpo. Ou a ordem teria sido inversa: levaram o cadáver antes, pois ele já estava se decompondo — aquele cheiro. Depois vasculharam etc.

O delegado Rútilo, típico de sua geração numa delegacia do interior gaúcho, gostava de ler sobre a Segunda Guerra e o nazismo. Daí por que ficou intrigado com uma fotografia encontrada entre os pertences do morto: um homem fardado da SS abraçado com uma mulher loira, sorrindo. Chegou a comentar com um jornalista local, que não deu importância ao assunto. Mas, quando conversou com Paulo Fontes, correspondente da *Folha da Tarde* de Porto Alegre em Carazinho e faz-tudo do jornal da cidade, *O Noticioso*, esse inquieto repórter do interior cheirou notícia naquela foto e naquele morto.

E resolveu levantar a lebre.

O fato de Loncar ter sido, por trinta anos, um anônimo e exemplar soldador elétrico da firma Máquinas Marek não o deteve. Debaixo daquela pedra tinha toca de tatu — pensou. Morte natural? E o passado dele, o dinheiro que ele acumulou? Mistérios.

Carazinho não tinha muito assunto: nas suas mãos, agora, uma boa reportagem.

A *Folha da Tarde* publicou a reportagem, que teve repercussão. Jornais de todo o país ficaram de orelha em pé: comentaram, publicaram notinhas. Não havia maiores dados. Editores e chefes de reportagem mandaram repórteres ou correspondentes a Carazinho. A prova definitiva parecia ser aquela foto que intrigara o delegado Rútilo: o oficial da SS seria Stephen Loncar.

Seria?

De São Paulo, chegou o vice-cônsul iugoslavo Jerneg Kosnac, para ver se a herança de Loncar eventualmente poderia ser requisitada para seu país. Ele viu a foto nas mãos do delegado e confirmou que a farda era do Exército alemão e revelou ainda a patente: tratava-se de um tenente de infantaria da Wehrmacht. Tudo parecia certo. *O Estado de S. Paulo*, do dia 17 de agosto de 1980, publicava, ilustrando a matéria "Tudo é mistério na morte deste nazista", a fotografia "comprovadora", com a seguinte legenda: "A foto com a farda identificou o nazista Loncar."

Será?

Eu iria descobrir pouco depois que tanto o delegado quanto o vice-cônsul e os grandes jornais estavam enganados.

JÁ SE PASSARAM QUASE DUAS SEMANAS da morte de Stephen Loncar, mas as pistas ainda estavam no ar, seus pertences possivelmente ainda na casa, as pessoas em seus lugares — e nem mesmo a autópsia havia sido feita.

Os dois legistas de Carazinho, fora de serviço: um de férias e o outro sofrera um derrame. O corpo foi levado para Cruz Alta, de onde, mais tarde, se diria que Loncar havia tido uma "morte sem assistência médica" — e até aí morreu Neves —, motivada por "infarte agudo do miocárdio". Constatei que Loncar já havia tido uma ameaça de infarte em 1977, quando foi acudido por vizinhos e levado para um hospital. Em suma: tudo fazia crer que a morte fora mesmo natural.

Cheguei em Carazinho de avião, embora a cidade não tenha aeroporto. (O aeroporto era o de Passo Fundo.) Menos de uma hora de voo — saindo de Porto Alegre — e o Bandeirantes lotado, de 16 lugares, aterrizou na pista de terra batida.

Dali um táxi me levou até Carazinho.

Pretendia ficar no Hotel Charrua, na avenida Flores da Cunha, mas "pretendia" é bem o termo, pois, ao contrário do que me informaram, não havia nenhum Hotel Charrua na cidade. Como os índios guerreiros que davam nome ao hotel fantasma, ele desaparecera na poeira: devem ter se enganado de cidade. Acabei ficando no Grande Hotel — um hotelzinho bem a gosto dos caixeiros-viajantes do interior, ali mesmo na comprida e central Flores da Cunha.

Do quarto, liguei para Paulo Fontes. Conseguira seu telefone em Porto Alegre. Ele me atendeu como se fosse um velho conhecido, com um acento carregado

— Onde é que tu estás, guri? — e disse que viria logo se encontrar comigo, que eu esperasse no hall do hotel.

Esperei. E logo ele chegou, agitado, pequeno, simples e receptivo — e, a partir daí, foi uma peça fundamental para meu trabalho em Carazinho. Não fosse ele, não teria conseguido a metade das informações — num esforço de reportagem de apenas dois dias na cidade, indo e vindo de um lado pro outro.

O primeiro passo seria uma visita ao local da morte, a casa de Loncar.

Seria possível?

Só havia uma maneira: a chave estava com o advogado Luís Adão de Oliveira.

Em cinco minutos, estávamos em seu escritório. Ele me mostrou a lista dos "pertences" em poder da Justiça, possivelmente nas mãos do promotor (José Garcez). Passei os olhos: carteira profissional, certificado de identidade (17/9/48, n° 77.043), fotos dele (presumia-se) fardado, um *Certification of Identity* fornecido pelo Exército Aliado (?!), passaporte emitido em Porto Alegre (1978), certificado de naturalização etc.

Precisaria ver esse material: iria procurar o promotor Garcez mais tarde.

Por ora, fomos os três — eu, Paulo e o advogado Adão — até a casa de Stephen Loncar, na rua da Paz, em frente ao Colégio Polivalente: era uma casa pequena.

Dr. Adão abriu a porta e entramos.

Fazia calor — um certo ar de respeito ao pisar na casa do morto.

Era uma desolação. A primeira peça — de duas — era pequena, com uma mesa, cadeira, geladeira e papéis espalhados por todos os cantos, principalmente em cima da mesa. Dei uma olhada no quarto e voltei à saleta da entrada: era ali que estavam os papéis.

E era nos papéis que eu ia mexer, com a "assistência" de Paulo e do advogado:

Uma carta remetida por Slavica Rihter, rua Gaspar Vetski, 45 — 620.000 Maribor — Iugoslávia. Quem seria?

Um *Mapa Histórico*, a *Revista de Março* das Forças Armadas com os retratos dos presidentes brasileiros de depois de 1964. (Uma das táticas da Odessa: quando podiam, ficavam amigos das autoridades.)

Um exemplar de *Delo,* jornal de Lubjanca (Iugoslávia) de 9 de agosto de 1977.

Muitas fotos de Loncar em épocas diferentes.

Hesitei. E se levasse uma comigo? Paulo e o advogado não podiam ver, afinal estavam sendo gentis... Mas, ao mesmo tempo, a polícia já recolhera o que julgara importante e alguma coisa poderia ter ficado de fora. Não havia por que ter escrúpulos: se não colocasse no bolso, jogariam tudo no lixo. Uma foto em particular me intrigava: um grupo militar, mas com fardas desconhecidas. Seria do Exército iugoslavo antes de Tito? Coloquei-a no bolso. Coloquei depois várias fotos 3x4 de Loncar, de diferentes épocas. Continuamos bisbilhotando.

Vivia mal esse Loncar: pão-durismo ou disfarce? Vivia espremido nessa casa pequena com bastante terreno em volta. Depois fiquei sabendo que as duas casas laterais — não havia cerca entre elas três — também eram dele.

Voltamos para a cidade.

Agradeci ao dr. Adão, e fomos, Paulo e eu, até o Fórum, procurar o promotor.

A sala da promotoria aberta. Populares na porta.

Entramos.

Paulo explicou a ele, me apresentou. O promotor era jovem; a rigor, não podia me mostrar o que estava em poder da Justiça. Insisti. Falei no livro. Ele disse para eu passar na sua casa, no final da tarde. Tomei nota do endereço.

Fomos a pé do Fórum à Delegacia. Chegamos na hora do expediente terminar. Mas deu pra conversar com o delegado Rútilo. Muita coisa do que ele falou eu já sabia: havia sido publicada. Deixei a conversa correr, fazendo uma pergunta aqui, outra ali.

— Com a venda de suas propriedades em dólares — disse o delegado —, ele passou a perna no imposto de renda.

Não era o único nem precisava ser nazista pra isso, pensei.

Perguntei se não achava estranho o fato de Loncar ganhar pouco e ter tanto dinheiro.

— Por ele ser foragido de guerra — disse o delegado —, pode ser que essas organizações neonazistas lhe concedessem ajuda financeira. Mas isso é só suposição. A gente sabe que essas organizações existem, mas comprovar alguma ligação real é outra história.

A história era outra: organizações neonazistas ou a velha e misteriosa Odessa?

Nesse caso, por que a Odessa lhe daria dinheiro?

Pagando algum tipo de serviço?

É provável que Loncar tivesse tido ajuda da Odessa ao sair da Europa pós-guerra, mas ainda se manteriam em contato depois de tantos e tantos anos?

Conjecturas, especulações.

O delegado estava com pressa.

Saímos.

Paulo precisava voltar para mandar uma matéria pra Porto Alegre.

Eu ficaria no hotel descansando, enquanto não chegasse a hora de visitar o promotor. Antes de me despedir, perguntei a Paulo se ele sabia de algum amigo pessoal do iugoslavo.

— Amigo, amigo, não sei — disse ele. — Mas tem o contador dele que sabe pelo menos das contas de Loncar. Pra mim, ele não quis falar nada.

E me deu o nome e o endereço do contador.

— Ah, me lembrei — disse Paulo. — Tem um outro iugoslavo na cidade. Eles se conheciam. Não cheguei a entrevistá-lo. Talvez fosse interessante.

— Claro — falei. — E onde é que ele mora?

— Ele tem uma oficina. É longe daqui. Lá em frente à AABB.

— Talvez não dê tempo — desanimei.

— Vai amanhã de manhã. Mas, espera. Que dia é hoje?

— Sexta — respondi.

— Sexta. Tu estás com sorte. Hoje é dia dele ir no Chuva de Prata.

— Chuva de Prata?

— É um cabaré que tem na estrada. Qualquer carro de praça te leva lá. Depois das dez, tu encontras ele no Chuva, com certeza. E aproveita para se divertir. As gurias lá são muito bonitas, chê — e Paulo se despediu, rindo.

— Obrigado por tudo — falei.

— Obrigado, nada, chê. Amanhã você está intimado a almoçar comigo. Vai conhecer a patroa e meus guris. Passo no hotel para te apanhar.

Antes de voltar ao hotel, passei no contador, que estava de saída e não quis muito papo. Parecia o famigerado ministro Falcão: "Nada a declarar." Já tinha se acostumado a lidar (mal) com a imprensa.

Falei, falei, mas não consegui arrancar nada dele.

Melhor descansar. Tomar um banho. O verão aqui chegou antes do tempo: fazia um calor brabo, agravado pela terra seca que se levantava das ruas sem asfalto.

Mas a rigor até agora nada provava que Stephen Loncar havia sido nazista, pensava enquanto tomava banho, a não ser a foto dele (seria mesmo dele?) fardado. Ainda enrolado na toalha, eu olhava a foto publicada no *Estadão* e as fotos 3x4 de diferentes épocas, e não me pareciam muito semelhantes. Na verdade, eram bastante diferentes. O tipo claro, europeu, talvez teria alguma coisa a ver. Mas só. No entanto o que me intrigava não era isso: como é que um nazista escondido no Brasil traz consigo e guarda em sua casa, durante anos, uma prova incontestável de seu passado — de um passado que poderia condená-lo ou pelo menos trazer-lhe problemas? Burrice ou descuido?

Fui de táxi até a casa do promotor, que já me esperava em seu escritório.

Havia salgadinhos e uma garrafa de uísque, gelo à vontade e dois copos. Não faltava mais nada.

Esperei que ele me servisse, duas pedras chegam, obrigado, e senti o primeiro gole escorrer pela garganta.

Ele colocou na minha frente um caixão grande: permitiria que eu olhasse os "pertences" de Loncar, mas na sua frente.

A primeira coisa que me chamou a atenção foi a carteira profissional. Pedi licença para anotar os dados:

"Nome: Stephen Loncar
Altura: 1,72m.
Cor: branca
Olhos: castanhos

Cabelos: castanhos
Sinais particulares: falta o falangeto do dedo indicador da mão direita."
(Tremi. Me lembrei da noite em que fui assistir a Johnny Alf lá em Copacabana... O cara que matou... Será que... Não, difícil de acreditar. Continuei:)
"Filiação: Ludwig Loncar e Francisca Loncar
Nascimento: Iugoslávia
Data: 18/12/1909
Estado civil: casado
Instrução: primário
Profissão: soldador elétrico."

Sim, quando li que faltava um dedo me veio logo a lembrança Johnny Alf e o assassino da praça do Lido, em 1975. Mas lembrei que, nele, o que faltava era o polegar da mão esquerda.

Comentei com o promotor sobre o estado civil de Loncar: onde estava sua mulher? Na Áustria, "ao que parece". Estavam separados há muitos anos; durante uns tempos teve uma empregada morando com Loncar, sua amante, mas que tinha ido embora para Porto Alegre.

Bebi mais um gole e continuei a remexer: vi um comprovante de transferência de dinheiro (Cr$ 7.696,50) para Gisela Poindinger, residente em Murok, na Áustria; havia 32 cartas e oito cartões-postais — vindos da Europa ou Estados Unidos. (O que diriam essas cartas? Sugeri ao promotor que mandasse traduzi-las, mas ele não disse que sim, não disse que não. Insisti em xerocá-las: ele disse que não.)

um formulário antigo de imposto de renda;

carta do consulado iugoslavo de São Paulo;

cheque do Dresdner Bank, nº 860/847.374, em nome de Loncar;

passaporte emitido em 31 de maio de 1937, escrito "Hendeber/ Nordharz" (Áustria?), com carimbo de 12 entradas e saídas — viajava o homem, o que poderia aumentar a suspeita...;

um anuário *Iugoslávia 75*, escrito à mão "Cecílio e dos Santos", e impressa, "Jepaslad Dëncar 1977/13 Krät, 300 Dolaerov/ Leta 1977/ a/d ad 1/4 79/ Na Preg.";

o misterioso cartão da Allied Expeditionary Force/ D.D. Index Card/ AO1789962, de 18/12 (o ano estava ilegível, parecendo 1909, ano que ele nasceu: portanto, engano ou adulteração);

escrito num papel comum: "Weinbauer/Johann Koln/ Swettler Strasse 68/3550 Langelois, NO/ Áustria" — e num outro: "Herzliche Grüsse aus Brasilien bin gut amm Gekömen Grüst Euch Loncar" ("Lembranças do Brasil. Cheguei bem. Do seu amigo Loncar" — prova que ele esteve no exterior);

um *Certificate of Identity* emitido pelo International Refugee Organization com a aprovação da Seção Americana da Comissão Aliada da Áustria (escrito em inglês) — e assinado por Francisco de Assis Grieco, do nosso serviço em Viena, dia 28 de setembro de 1948.

Importante: visto de desembarque no Rio de Janeiro emitido em 19 de novembro de 1948.

Parei um pouco, bebi.

Conversei.

Logo retomei:

uma carta procedente de Linz, cidade natal de Hitler: Carlos Sober / 4020 Linz / A.P. Kaplanhof Strasse 24 / Áustria;

um comprovante de doação para as vítimas do terremoto de Montenegro, Iugoslávia, no valor de Cr$ 5 mil;

certificado de naturalização, datado do Rio de Janeiro, 6/4/77, e assinado por Paulo Emílio Queiroz Barcelos, processo nº 65.488/76 — P. C. 192-46.

Havia mais coisas. O essencial eu anotei.

E, ao final de uma hora e quatro uísques — numa boa média, um uísque a cada 15 minutos —, saí da casa do promotor com minha coleta de informações.

Sabia um pouco mais sobre o passado de Stephen Loncar.

Mas ainda precisava falar com o amigo iugoslavo no Chuva de Prata.

2
CHUVA DE PRATA

O QUE SE FAZ AQUI NA TERRA, aqui mesmo se paga: as quatro doses reforçadas de uísque me deixaram meio fora de órbita.
Estava com o estômago vazio; fui jantar.
Pior a emenda (ou a ementa?) do que o soneto: fiquei com sono.
Me debatendo para não dormir: dormindo, perderia o amigo iugoslavo e o Chuva de Prata.
E eram só 9:30.
Tomei um banho para ver se despertava, depois me sentei na cama e comecei a ver as anotações. O trabalho rendera, numa primeira avaliação. Tentei colocar o material em certa ordem:

• Loncar saiu da Iugoslávia para a Áustria — depois da derrota nazista — e dali, em 1948 (conseguiu visto no dia 28 de setembro) partiu para o Brasil, graças ao passe livre (muito estranho) fornecido pelos Aliados (norte-americanos). Desembarcou no Rio de Janeiro no dia 19 de novembro de 1948. Depois de ficar uns tempos na Ilha das Flores, por onde passavam os imigrantes, já no dia 3 de fevereiro do ano seguinte, 1949, estava empregado bem longe dali, em Carazinho, na firma Máquinas Marek. Parecia evidente que algum contato antecipado existira (feito pela Odessa?), já que ele chegou na cidade com o emprego garantido.

• Trabalhou anonimamente durante trinta anos, ao que parece sem nada de extraordinário em sua vida.

• Não só veio para o Brasil como se naturalizou brasileiro (1977), embora nossa legislação não permita asilo ou abrigo a criminosos de guerra.

• Embora recebendo apenas 6.599 cruzeiros por mês (aposentadoria do INPS n° 11290935/0), deixou de 2 a 3 milhões de cruzeiros depositados nas

Caixas Econômicas Federal e Estadual, além de contas bancárias, imóveis e terrenos. (Valores de 1980!)

• Da venda de quatro casas, exigiu que os compradores fizessem remessas em dólares para contas na Áustria e Iugoslávia, supostamente em nome de seus familiares, sendo que essas remessas eram feitas cada vez de um banco diferente e às vezes de cidades diferentes.

Por ora era o suficiente.

Ainda pensei: quanto ao estranho (como falara o delegado) passe livre fornecido pelos americanos, não fora esse o primeiro caso. O serviço de inteligência dos EUA (anterior à CIA) negociou a impunidade de alguns nazistas em troca de informações. Foi assim com o próprio Karl Barbie, que conhecia as fichas de vários comunistas e resistentes e se encarregou de passá-las para os oficiais americanos — era no começo da Guerra Fria — em troca de um salário de 1.700 dólares e, mais tarde, em troca da liberdade — na Bolívia.

Liberdade de dormir, por exemplo, que era o que eu estava precisando.

Mas o dever me chamava, não queria sair de Carazinho sem falar com o amigo de Loncar.

Eram 10:30. Desci e me informei na portaria onde apanhava um táxi.

Vai precisar caminhar cinco quarteirões, me disse o homem.

Pela avenida Flores da Cunha.

Dormiam cedo os carazinhenses. Pouca gente na rua. Deviam estar desligando a televisão, hora de se preparar para dormir. Iria até o Chuva de Prata, falaria com o homem, depois voltava e dormia — num pulo.

Simples.

Havia só um táxi no ponto e, cinco minutos de viagem depois, a cidade de Carazinho ficara pra trás.

Estranhei.

Não seria tão simples quanto pensara. Era longe. O táxi seguia pela estrada, segundo o motorista, a estrada que vai a Passo Fundo, chê — e notei que até uma encruzilhada era a mesma rodovia que me trouxera do aeroporto. Plantações dos dois lados — trigo no inverno e soja no verão, me explicou o motorista. Depois uma vegetação de planalto, nenhum rancho ou casa de fazenda à vista.

Escuro.

Para onde eu estava indo?

Calma. Para um tal de Chuva de Prata, uma *boîte*/boate, como me disseram, mas um puteiro, a zona, como já deixara bem claro o motorista.

Pareceria engraçado se não fosse inquietante: estava eu lá no meio de uma estrada deserta a caminho de uma *puteiro*, procurando um amigo de um nazista (se bobear, ele próprio um nazista).

E com risco de não encontrá-lo. Ou de encontrá-lo e não conseguir arrancar uma palavra dele.

Como iria voltar depois?

O motorista me tranquilizou: tinha sempre um táxi esperando. Menos mal.

Há quantos séculos eu não sabia o que era um puteiro? Saberei agora, dentro em pouco.

De repente o táxi parou na estrada e virou à esquerda — não se via nenhum sinal, nenhuma indicação, só as árvores sombrias na noite e a rodovia — e entrou numa picada, uma rua improvisada.

Era uma área desmatada com seis ou sete casas tipo de colono, de madeira, umas em frente das outras — e todas *boîtes*, "discotecas", *dancings*. Era uma *Broadway* subdesenvolvida — já se ouvia música — no meio do mato, no meio de nada. Vários carros parados me lembraram de que eu estava numa região de soja, muito dinheiro corria por ali.

O motorista me surpreendeu dizendo que havia "gurias de 15, 16 anos" naquelas casas. Seria um insólito cenário para um Roman Polanski ou um Nabokov dos trópicos, mas eu estava mais para Humphrey Bogart.

O Chuva de Prata era a última casa à direita.

Paguei o táxi, desci, entrei.

Entrei na boate ao som alto de uma música trepidante e sob as luzes cambiantes, que davam uma atmosfera apropriada — na pista, casais dançavam; nas mesas, mulheres sozinhas e homens sozinhos e mulheres e homens acompanhados.

Atravessei a pista me desviando dos dançarinos, visando o balcão do bar que vira do outro lado.

Cheguei incólume e me encostei.

Olhava a pista, as mesas. Me virei para o homem do bar e pedi uma cerveja. Perguntei depois se ele conhecia Kovak.

"Quem?", ele me perguntou.

"Kovak, um iugoslavo chamado Kovak."

"Ah, sim", ele disse, "o gringo", e me apontou uma mesa no fundo, do lado direito dele.

O amigo iugoslavo em pessoa. Acompanhado de uma das "gurias"; bebia e conversava.

Eu era um alvo fácil ali sozinho no balcão, digo, alvo para as garotas — as gurias — que começaram a me rondar, se aproximando, passando, me olhando. Apareceu uma, do tipo *mignon*, e se pôs ao meu lado, como quem não quer nada. Linda. Um colono, de suíça carregada, lenço e bombacha, dançava um desajeitado sincretismo: o som era de Donna Summer, mas seus passos mais pareciam os da "Chimarrita" gaúcha.

Virei-me para a mocinha ao meu lado.

Ela me sorria e pediu fogo.

Não, não era linda: era deslumbrante. E ali, no meio do mato — uma beleza daquelas. Ela me perguntou se eu era da cidade. Disse que não.

"De onde então?"

"Sou gaúcho, mas moro no Rio."

"No Rio?"

Não acreditava. Achei engraçado: um bicho raro um carioca perdido naquele fim de mundo. Como bichinho raro era ela, de uma beleza integral que não se encontra todo dia, todo ano. E na batalha. Precocidade. Tivesse ela nascido em outro lugar, seria tão conhecida quanto Brooke Shields, porque mais bonita do que Brooke Shields ela era. Idade e rosto de anjo em corpo e gestos de mulher-menina. Falou que era de Caxias, que estava ali há uma semana, com as duas irmãs — me apontou as irmãs, também bonitas, mas não tanto. E mais velhas: teriam dezesseis, dezoito anos. E ela, quantos anos tinha? dezoito, disse. Se tivesse quinze era muito. Ela não riu e ficou firme na idade que a lei permitiria para estar ali: claro que tenho dezoito.

Perguntou se eu não queria ir pro quarto, lá atrás.

— Por enquanto não, talvez mais tarde — Deus me livre desta tentação, poderia ser minha filha.

Ela então se afastou.

Continuei bebendo minha cerveja e olhei mais uma vez para o amigo iugoslavo de Loncar, que quase me esquecia dele. Continuava conversando e bebendo.

Paciência.

Outra "guria" se aproximou de mim. Puxou conversa, com o mesmo pretexto de pedir fogo. E me perguntou se eu sabia quantos anos tinha "aquela guriazinha" que havia falado comigo.

Disse que não.

Ela: 12 anos.

Quase caio pra trás. Doze anos! Realmente poderia ser minha filha, que aliás não tenho. E já uma profissional. E agora a outra se insinuando e na concorrência derrubava a outra, revelando a idade. Como quem dissesse: cuidado, hein! Alimento o papo e descubro que as garotas ficavam ali apenas uns 15 dias; depois iam embora e surgiam novas meninas. Era exigência dos fazendeiros: queriam sempre "carne fresca e nova". E eu que pensava que prostituição aos 12 anos era produto do Norte ou do Nordeste. Também no meu Sul o "milagre brasileiro" havia deixado esse subproduto, esta prostituição infanto juvenil — com a diferença de não haver aparência de miséria, pelo contrário: as "gurias" eram fortes e pareciam saudáveis.

Desencorajei o assédio da jovem ao meu lado.

Meu problema agora era como falar com o amigo de Loncar.

Fui ao banheiro "desbeber" a cerveja, num jato só de alívio.

Quando voltei, vi que Kovak estava sozinho.

Agora ou nunca.

Pedi mais uma cerveja e fui pra lá antes que outra se sentasse com ele. Parecia até que estava fazendo concorrência com as "gurias".

Fui ladeando a pista — me sentava na mesa ao lado? Não, fui direto pra mesa dele, me sentei e falei:

— Sr. Janez Kovak? Dá licença?

Ele me olhou surpreso, não esperava ouvir seu nome. Não esperei que respondesse:

— Gostaria de bater um papo com o senhor.

— Comigo?

Sorte que ele parecia simpático. Ou estava simpático, aquela garrafa de conhaque em cima da mesa.

— É sobre Stephen Loncar. Soube que o senhor era amigo dele.
— Loncar? O que é que tem?...
— O senhor o conheceu, não?

Ele não respondeu logo. Parecia ir se acostumando comigo.

— Chegamos juntos em Carazinho. Ele, em novembro de 48. Eu, 15 dias depois. Os dois como imigrantes. Eu vim no *Gen. Brack,* um navio americano.

— Vocês já se conheciam antes?

— Já. Nós nos conhecemos na Áustria, dois anos antes de chegar ao Brasil. O engraçado é que eu não sabia que ele vinha, nem ele que eu vinha. Fomos nos encontrar na Ilha das Flores.

— E por que o senhor veio?

— Servi no Exército iugoslavo, depois fui para a Áustria. Lá na Áustria tinha propaganda: vá para o Brasil, lá você tem casa para pagar em dez anos e trabalho à vontade. A situação estava muito difícil, e eu vim. A casa, estou esperando até hoje. Mas não tenho queixas do Brasil — e deu uma risada, mostrando uma dentadura sólida, dentes grandes, como que aparados a faca.

— O senhor esteve no Exército com ele?

— Não. Ele serviu no Exército em 1930. Pelo menos foi o que me disse. Olha, já sei onde você quer chegar.

— E onde é que eu quero chegar, senhor Kovak?

— Nesta história de que ele era nazista.

— Acertou...

— Se vocês querem provar que ele era nazista, é fácil: eles têm uma tatuagem no braço. Moramos juntos durante seis meses, trabalhamos juntos na Marek, e ele nunca me falou em nada disso. É muito feio descobrirem só agora, trinta anos depois, que ele era nazista...

Fingi que não entendi o tom que poderia levar a uma provocação:

— Mas, e a foto dele, fardado de tenente da Wehrmacht?

— Pois é, ainda mais com uma prova dessas... A foto é do marido da irmã dele, que mora na Europa. Em 1948, quando eu estive com Loncar em Murok, na Áustria, o cunhado dele já estava morto. Era esse tenente aí que você está falando. O que eu sei é isso: o cunhado era oficial nazista e morreu há muitos anos.

Razoável. Eu mesmo não havia me convencido, comparando as fotos de Loncar em meu poder com aquela em que aparecia um oficial acompanhado de uma mulher sorridente — e que fora publicada na grande imprensa como "prova" de que ele era nazista. Mas não me dei por vencido:

— É possível que o senhor tenha razão. Mas como explicar a fortuna que foi encontrada depois de sua morte?

— Fortuna? — e Kovak teve um ar de impaciência. — Ora, mais pão-duro do que ele, era difícil. Loncar não ia ao cinema, não vinha na zona, pra não gastar. Até a roupa ele mesmo lavava. Além disso, não fazia outra coisa senão trabalhar, horas extras e mais horas extras. Isso talvez explique o dinheiro. O fato de os jornais dizerem que ele recebia dinheiro dos nazistas é bobagem. Éramos só nós de iugoslavos aqui em Carazinho. De alguma forma eu saberia.

Saberia? Será? Não estaria apenas fazendo uma defesa póstuma do amigo e conterrâneo? No entanto, sobre a foto, ele falava a verdade: uma foto não costuma mentir, era só verificar uma e as outras que tinha comigo. Mas não seria essa figura rude e simples à minha frente, num longínquo cabaré de uma longínqua cidade, também ele um nazista? Afinal, eles não eram poucos nesta região do Rio Grande, em Ijuí, Carazinho, Erexim — e além disso, dissera que servira no Exército iugoslavo (que a certa altura virara pró-Hitler) e logo depois fora para a Áustria (fugira?), que era o caminho natural para os iugoslavos fugitivos. Fora essa a rota de fuga do próprio Loncar.

Saí do Chuva de Prata assim que nossa conversa declinou.

Tive novamente de atravessar a pista de dança em zigue-zague, me livrando dos dançarinos eventuais. Dei uma última olhada na ninfeta mais linda que eu tinha visto na vida — e que, ressentida por eu ter recusado seu convite, fingiu não me ver e mergulhou seu rosto atrás dos cabelos grandes de um jovem gaúcho ao seu lado, num gesto aparentemente muito profissional.

Minha jornada em Carazinho estava no fim.

No dia seguinte, pegaria um ônibus cedo para Porto Alegre; dali um avião para São Paulo, onde ainda pretendia checar certos dados no Consulado da Iugoslávia; e de São Paulo partiria para Santa Cruz de la Sierra, na Bolívia, para um voo mais alto, uma empreitada mais difícil: encontrar e conversar com Karl Barbie ou Karl Altmann.

3
O CÔNSUL E O RABINO

O TÁXI ME DEIXOU EM FRENTE ao Hotel Pamplona Palace, na rua Pamplona, a duas quadras da avenida Paulista.

No quarto, liguei para o Consulado da Iugoslávia, tentaria me avistar com o vice-cônsul Jerneg Kosnac. Consegui marcar o encontro. Liguei em seguida para Bia — se ela não estivesse, ligaria para Mariza ou para Joyce, que uma das três amigas haveria de sair comigo à noite, ninguém é de ferro.

Saí do hotel, rápido como chegara.

De táxi ate o Pacaembu.

O vice-cônsul me recebeu porque é um diplomata — *noblesse oblige* — e de um país socialista ainda por cima. Porque, se dependesse dele, ao saber do que se tratava, não me receberia coisa nenhuma.

Ele era alto, jovem, boa pinta e com aquele ar rural que todo iugoslavo parecia ter. Não, não foi simpático já no seu primeiro comentário:

— Por que o senhor não se preocupa com nazistas alemães? Esses, sim, são muitos no país.

Acredito que o senhor entenda de diplomacia. De jornalismo entendo eu, pensei dizer. Não seria um bom começo de entrevista. Aliás, péssimo. Ele não se mostrou prestativo — não sei se por mau humor, por temer seu nome publicado (e com repercussão em seu país) ou simplesmente porque estava mal-informado. Sua ida a Carazinho, com insinuações, mesmo antes do inventário, de que os bens de Loncar deveriam passar a seu país, mostrava que estava por fora, já que Loncar tinha parentes vivos (um filho na Iugoslávia, uma filha na Áustria, além da irmã). De mais a mais, no caso desses parentes não se pronunciarem, sendo Loncar naturalizado brasileiro, seus bens caberiam ao Poder Público brasileiro, como manda a lei.

Saí de lá sem: nenhuma informação nova, nada do que eu não soubesse. Nem mesmo sobre a foto de um grupo fardado o vice-cônsul conseguiu me esclarecer: e eram fardas de seu país. Ossos do ofício. Ele fechou a guarda e retrucou com o silêncio. Não tinha mais nada a fazer ali.

Levantei-me, agradeci (gente bem-educada é outra coisa) e fui saindo — ah, essa fascinante profissão!

Ainda na recepção, pedi à mocinha licença para usar o telefone e liguei para a Congregação Israelita Brasileira. Queria falar com o rabino Henry Sobel. Já que se dizia amigo pessoal de Simon Wiesenthal, ia tentar um contato por meio dele com o "caçador de nazistas".

A telefonista do outro lado do fio me pôs em contato com a secretária do rabino, que me disse ser muito difícil, só na quinta-feira (era uma segunda), mas insisti: — não sou de São Paulo, na quinta estou viajando, por favor, é um assunto urgente e de interesse do próprio rabino etc.&tal. O máximo que consegui foi ouvir dela que eu aparecesse então, mas sem qualquer compromisso; ela ia ver se ele podia me receber por cinco minutos.

Cinco minutos? Suficiente.

Peguei o primeiro táxi que apareceu e me toquei pros lados da Consolação com avenida Paulista.

Na entrada da Congregação Israelita, guardas armados pediram minha identidade. (Nazistas armados, judeus armados — em que mundo vivemos!) Precisei explicar o que pretendia: falar com o rabino Sobel. Por fim me liberaram e subi no elevador e me dirigi à sala indicada: a secretária pediu que eu me sentasse e aguardasse. Ela disse que a coisa tinha ficado mais difícil ainda, pois o rabino precisava ir a um enterro.

Tomei um chá de cadeira.

Não era meu dia de sorte.

Quase uma hora depois, vi o rabino passar pelo corredor — alto, cabelos compridos, ar de executivo bem-sucedido — e não perdi tempo: abordei-o. Ele disse que me concederia "dois minutinhos" e entrou de novo em seu escritório e voltei eu para a velha e conhecida cadeira.

Mais chá de cadeira, e cigarros, e nenhum jornal, revista ou folheto para passar os olhos.

Quinze minutos depois ele saiu e, sem parar, me disse para acompanhá-lo.

Fui atrás, e entramos numa outra sala, com uma mesa enorme, de reunião.

Fechou a porta. Expliquei o que eu pretendia, Odessa, Wiesenthal, a carta etc. Quando falei Wiesenthal, a primeira coisa que ele disse foi que era seu amigo. Já sabia. Era exatamente por isso que eu estava ali, pois precisava de uma carta de apresentação, e ele disse que ia ver, que infelizmente não podia no momento, ainda tinha um enterro para ir, que eu voltasse na outra semana.

Não era de São Paulo, argumentei, viajara só para tratar desse assunto, já tinha minha passagem marcada — um impasse. Ele então anotou meu endereço: mandaria a carta pelo correio.

A pé até o hotel.

O trabalho não havia rendido muito. Tem dias, para falar a verdade, que você não encontra muitas pessoas simpáticas pela frente.

Pedi uma ligação internacional do hotel. Precisava confirmar com Ieda, uma amiga da adolescência que se casara com um executivo de multinacional e que morava em Santa Cruz de la Sierra, se Karl Barbie-Altmann estava na cidade — ele morava em La Paz, embora ficasse longas temporadas em Santa Cruz. Ieda tinha condições de saber: seu filho era colega de escola do neto de Barbie, e ela frequentava a casa da mãe do garoto, nora de Barbie portanto, e viúva do filho dele (que, para aumentar a complicação, tinha o mesmo nome: Karl Altmann).

Ieda me confirmou o que já me havia dito por carta: Barbie estava na cidade, iria ficar um mês em Santa Cruz de la Sierra.

O dia rendera pouco — mas ainda havia a noite, a noite paulista. Minha amiga Bia, a primeira que liguei, ficou "encantada" por eu estar na cidade — e marcamos encontro no Spazio Pirandello, na rua Augusta.

Mas no dia seguinte, *coño, Bolívia, caray,* aqui vou eu!

Sem saber onde eu estava me metendo.

4
COM BARBIE, EM SANTA CRUZ DE LA SIERRA

Gramei uma semana em Santa Cruz de la Sierra. Andei pelas ruas, praças, arredores, vi prédios, lugares, logradouros, bares, miséria, muita miséria (e alguns prédios de luxo) e voltava para o hotel vagabundo onde me hospedara — e onde, de vez em quando, participava de uma roda de pôquer.

Aliás, até agora esta tinha sido a única coisa positiva: ganhei uns trocados no jogo.

Estava cada vez mais desesperançado de conseguir sequer avistar Karl Barbie, o ex-oficial da SS em Lyon, que se transformara no cidadão boliviano Karl Altmann. O "carniceiro de Lyon", o homem que (pouca gente sabia) teria matado o historiador Marc Bloch e torturado até a morte o líder da Resistência francesa, Jean Moulin, o "Max". E que era uma *bête noire* para os franceses, cujo governo (assim como o alemão) por várias ocasiões havia pedido sua extradição ao(s) governo(s) boliviano(s), pedidos sempre negados, já que o homem tinha boas amizades entre os militares, capitalistas e políticos do país. Era um peixe grande entre os ex-nazistas foragidos pelo mundo — fugitivo da Europa e vivendo entre o Peru e a Bolívia (principalmente na Bolívia, depois de 1972), não só livre, como protegido oficialmente. Martin Borman (que talvez estivesse morto) e Joseph Mengele (que estava vivo, mas ninguém sabia onde) eram mais importantes do que ele — um dos dois seria o novo *Führer* se o nazismo (Deus nos livre) ressurgisse, mas logo abaixo estava Karl Barbie — até que outros *Führer* surgissem.

E Karl Barbie ou Karl Altmann (até ser descoberto pela imprensa mundial no começo dos anos 1970) não dava sinal de vida. Eu já lançara meu anzol, mas o peixe era grande demais e não mordia a isca.

Chegando em Santa Cruz, utilizei o esquema previsto: acionei Ieda, que falou com sua amiga e nora de Barbie, que por sua vez falou com ele. A informação que fizera circular era a de que eu não passava de um ingênuo admirador dele (Deus me perdoe) e que eu não era antinazista (não seria bobo de dizer o contrário) e que estava a fim apenas de conversar (nenhuma palavra sobre jornal ou jornalista) e que, portanto, esperava sua visita ou seu telefonema no Hotel Barcelona, rua tal, nº tal.

E, durante sete dias, esperei.

E, durante sete dias, nada.

Conheci na roda de pôquer, numa sala ao lado do hall (era muita gentileza chamar a entrada daquele hotel de hall, mas vá lá), um brasileiro simpático, bem-tratado, inteligente. A gente alternava: às vezes eu ganhava, às vezes ele — o que deixava os três outros bolivianos meio cabreiros —, até que um dia ganhei uma rodada de fogo: ganhei uma bolada. Ele era bom perdedor, isto é, bom jogador —, e acabamos bebendo juntos e conversando muito.

Fiquei sabendo da história dele e ele ficou sabendo da minha.

O nome dele era Juarez e ele era pequeno traficante e havia levado um "banho federal", como me disse. Ele comprava cocaína por conta própria e ia revender na Europa; não pertencia a nenhum esquema tipo "quadrilha de traficantes", como a polícia e nós, jornalistas, gostávamos de falar. Como eu, era um freelancer, só que nossas "matérias" eram diferentes. E, como já disse, era de boa formação, extremamente inteligente e mesmo culto. Havia morado em Nova York nos *swinging days* da contracultura e gostava de citar frases inteiras de Kerouac e Burroughs. Adorava cinema. Era a quinta vez que ele fazia essa transa com pó, mas só que agora estava se dando mal: entregara a bolada de dinheiro a um intermediário que ficara de lhe trazer a cocaína no outro dia, e o cara simplesmente desapareceu — é o que chamam de "banho". Juarez tentava agora descobrir o endereço do intermediário para ir até lá e "dar um susto nele". Falei que seria se arriscar demais. Juarez, forte como um touro, me disse que precisava reagir, se não as portas se fechariam de vez para ele, e, além do mais, o cara devia ter família e, com uma boa prensa, voltaria atrás. E concluía seu desabafo com essa expressão que repetia sempre:

— Assim não há cu de australiano que aguente.

Ou então:

— É trolha demais, parceirinho. Assim não há cu de australiano que aguente.

Só mais tarde fiquei sabendo como acabou a enrascada em que se metera. Mas falei em Juarez por outra razão: quando lhe disse da quase impossibilidade de me encontrar com Barbie-Altmann, ele me disse que conhecia "um sujeito que era amigo desse tal Altmann".

Como? Fiquei surpreso.

— Deixa comigo — disse Juarez. — É um companheiro de prisão. Você não sabe, mas eu peguei dois anos nos Estados Unidos e nos conhecemos na penitenciária. É o cara inclusive que está me dando guarida para eu recuperar meu dinheiro.

Juarez ficou de fazer o contato. Eu já estava me preparando para voltar ao Brasil de mãos abanando. As esperanças se renovaram: aguardaria mais uns dias. Desconheço até hoje o que meu companheiro de hotel argumentou com seu "colega", só sei que, dois dias depois, eu estava frente a frente com o "carniceiro de Lyon".

Que de carniceiro ou carrasco, é bom que se diga, não tinha muito o chamado *physique du rôle*.

O encontro foi num bar do centro, às duas da tarde. Ele mesmo havia me telefonado marcando. Quase não acreditei. Trote? Mas quem me daria um trote desses? Juarez? Não. E não haveria perigo? Não acreditava: se fosse uma cilada ou qualquer coisa assim, não marcaria num bar do centro em plena tarde. Resolvi acreditar que o "colega" de Juarez era mesmo um bom pistolão.

Fui ao seu encontro sem medo, mas com alguma tensão, claro.

E ei-lo.

Ei-lo finalmente à minha frente, o criminoso de guerra, envelhecido, costas um pouco curvadas, magro, com uma boina e casaco. Falava macio, a voz era firme.

— Afinal, por que o senhor quis se encontrar comigo? — disse.

— Há pouco tempo eu comecei a me interessar pelo nazismo, *señor* Altmann. Tive uma mulher que era filha de um espião nazista durante a Segunda Guerra. Ela é descendente de alemães, quer dizer, o pai dela era alemão. A partir daí, comecei a ler sobre o assunto e minha curiosidade foi aumentando. E, como estava de viagem pela Bolívia, me lembrei de vir aqui e tentar um encontro com o senhor. Apenas para conversar.

Ele me olhou, imperturbável. Lógico, não acreditou numa palavra do que eu disse. Naqueles dias todos de silêncio e espera, por várias vezes tive a sensação (tinha a certeza) de estar sendo seguido e observado; e suspeitava que Barbie estivesse ganhando tempo, levantando informações sobre mim (não sei se conseguiu). Mas, de qualquer forma, e por alguma razão — curiosidade e/ou atenção ao amigo do Juarez —, ele estava ali. Jogando na defensiva, é certo, silencioso, olhando pra fora do bar como se esperasse acontecer alguma coisa na rua — *un tipo despistado*, como dizem os bolivianos.

Tentei quebrar o impasse:

— Uma das coisas que mais aguçam a minha curiosidade é a Odessa.

— A Odessa é como a Máfia: não existe — disse ele, em cima do lance.

Talvez não tenha sido feliz na tentativa de fazê-lo falar. Mas, ao mesmo tempo, sua resposta deixava uma brecha: a Máfia realmente não existia, se existir fosse alguma coisa regularizada, uma sociedade registrada em cartório, por exemplo — mas evidentemente que existe, e há séculos. A Odessa, que tampouco jamais havia sido registrada em cartório, tinha menos anos de vida. Começou no fim da Segunda Guerra, nasceu de suas cinzas. E, ali na minha frente, dizendo que a Odessa não existia, estava presumivelmente — eu tinha certeza — um de seus chefes maiores. Pelo menos um de seus fundadores: segundo os jornalistas Jean-François Khan e Jacques Dérogy, Barbie fundou a Odessa com outros nazistas em 1947, em Augsburg, para ajudar a fuga dos antigos SS.

— Acredito mesmo que ela não exista — disse a ele, cabreiro — porque, se existisse, seria inteligente demais. Pareceria coisa de ficção.

Ele me olhou antes de responder, como se checasse se eu estava falando sério:

— Isso mesmo: pura ficção. Uma história inventada por jornalistas desocupados.

Seria comigo? Alguma insinuação? Saberia que eu era jornalista? Era possível. Mas fingi que não entendi. Bebi um gole do refrigerante e olhei pro lado. Pela primeira vez, notei que não estávamos sozinhos:

duas mesas afastadas, de frente para nós, um homem bebia conhaque. Senti um arrepio por dentro, será que...? Esquece, esquece. Não podia cair em paranoia, não era a hora. Talvez fosse apenas um frequentador ocasional do bar.

— Ao mesmo tempo — continuei — algum tipo de organização entre vocês deve ter existido. Como é que o senhor saiu da Alemanha, por exemplo?

— Muito bem — ele tomou um gole de água mineral. — Já que você está curioso, vou te contar. Nada de mal eu falar: já contei essa história antes. Com o fim da Guerra, fiquei desempregado e me dediquei então a organizar um grupo capaz de promover meios de sobrevivência: falsificávamos documentos, preparávamos contratos de trabalho, levantávamos meios materiais e ajuda pessoal para todos aqueles que estavam perseguidos, na clandestinidade.

Meu Deus! — pensei, enquanto ele parou de falar, sempre olhando para a porta, *despistado*. Ou muito me enganava ou acabava de ouvir uma confissão — sem utilizar a palavra — não só da existência da Odessa como de ter ele ajudado a fundá-la. Barbie olhava para a porta do bar, mas parecia olhar para dentro de si mesmo. Instiguei-o:

— E depois?

Voltou-se então para mim, para o mundo do lado de fora.

— Depois fui preso. Mas não fiquei muito tempo na prisão. Minha fuga foi fácil. Me mandaram de Munique para Augsburg de trem. Um único policial me escoltava. E era um alemão. Hoje, estou convencido que tive minha fuga facilitada. E por isso estou aqui.

E por outras razões, pensei. Novamente o silêncio, o olhar.

(Segundo ainda os dois jornalistas franceses, quando os nazistas vencidos e perseguidos perceberam os crescentes problemas entre as nações vencedoras, EUA e URSS, no que viria mais tarde a se chamar de Guerra Fria, souberam tirar vantagem disso — principalmente do anticomunismo do serviço secreto americano. A Odessa contatou então a OSS, antecessora da CIA, e fechou negócio com ela: trocava informações por proteção. O próprio Barbie, numa de suas únicas entrevistas — no caso, ao brasileiro Ewaldo Dantas Ferreira, em 1972 —, confessara isso: "Os americanos se interessavam principalmente pelos meus conhecimentos da atividade comunista na Alemanha antes e durante a Guerra. Queriam saber sobre minha experiência na Rússia e acabaram se concentrando mais no movimento comunista da Resistência francesa e tudo o que com ele se relacionava. (...) Dentro desse tema eu respondia tudo o que sabia. E não era pouco. Servi no serviço de inteligência desde 1936, e meu trabalho se realizava especialmente neste setor. (...) Respondi tudo o que os americanos me perguntaram. Era uma atitude rigorosamente dentro de minhas convicções. Era parte da minha luta. Até o dia de hoje e até o resto de minha vida, pensarei da mesma maneira."

Depois disso, como duvidar que sua fuga foi não só facilitada como promovida pelo serviço secreto americano, como pagamento dessas informações que o criminoso de guerra lhes fornecera? Na mesma entrevista, Barbie revelara que saiu da Alemanha com a ajuda de simpatizantes croatas — olha os iugoslavos aí de novo: seria muita coincidência se Stephen Loncar, iugoslavo e croata, tivesse sido um deles — e foi para Gênova, na Itália, onde viveu dois anos, antes de vir para a Bolívia.)

BARBIE-ALTMANN DAVA SINAIS DE CANSAÇO. Seu olhar se perdia lá fora, na modorrenta tarde boliviana.

Continuamos conversando, agora coisas banais. Ele falava da vida em Santa Cruz, mas disse que preferia morar em La Paz. Coisas assim. Fazia calor. Ele parecia querer encerrar o expediente. Entre uma frase e outra, o silêncio. E um ar de enfado. Mas não seria eu quem iria terminar o encontro: iria aproveitá-lo até o fim. Tentei mais algumas perguntas, mas esbarrava agora no seu recuo. Por que não ia embora então? Lei da inércia?

Nesse momento morto, peguei, por um instante, o olhar do homem na outra mesa, de frente para nós. Ele tinha o olhar colocado em mim, e, quando o encarei, desviou os olhos e bebeu seu conhaque. Fiquei intrigado. Aquele rosto... Onde o teria visto? Aquela cara não me era estranha. Não conseguia saber de onde o conhecia, mas certamente não era dali de Santa Cruz de la Sierra, onde não conhecia ninguém, só os parceiros de pôquer praticamente. A coisa ficou me martelando na cabeça enquanto Barbie emitia seus últimos silêncios. Cheguei a me desligar dele, sabendo de antemão que ele havia encerrado o expediente das revelações.

Tentei reatar o assunto, puxar mais por ele — em vão. Barbie disse que tinha um compromisso e precisava ir. E se levantou. Apertou a minha mão, e apertei a mão de um criminoso de guerra, sem pensar nisso na hora, claro, mas pensando que pelo menos minha viagem a Santa Cruz não havia sido inútil.

Eu estava na pista certa.

Assim que Barbie-Altmann, com a boina na cabeça, saiu pela porta do bar, nosso quase vizinho de mesa saiu atrás. Claro: era o segurança, pensei. Mas minha surpresa estava apenas começando — a maior surpresa de toda a viagem, maior mesmo do que conversar normalmente com o criador da Odessa, foi quando aquele homem de rosto velho e forte que continuava a me emitir alguma mensagem passou por mim e, ao afastar a cadeira que lhe atrapalhava o caminho, percebi então tudo: ele não tinha o polegar da mão esquerda!

O rosto parecido com o do general Geisel e com o do ator Alain Cluny!

O assassino da boate da Praça do Lido!

Em 1975 — cinco anos haviam se passado... Mas não tive dúvida, percebi na hora e rezei aos céus para que ele não me reconhecesse (e nem teria como: eu havia entrado pouco antes de ele atirar e estava recolhido, junto ao balcão. Quando ele saiu de arma em punho é que o vi claramente, mas ele não teria tido tempo nem clima para fixar meu rosto) — e pedi correndo, ao garçom que se aproximava, mais uma bebida.

Um uísque. Para me tranquilizar.

Claro, o homem sem polegar era o cão de guarda de Barbie e estivera todo aquele tempo ali para assegurar que nada lhe acontecesse — era seu guarda-costas, seu segurança, assassino profissional, qualquer coisa por aí — e engoli uma boa dose do uísque.

Não via a hora de sair de Santa Cruz de la Sierra, terra de bons bolivianos, sem dúvida, mas terra também de bandidos, traficantes, nazistas ou ex-nazistas, assassinos profissionais — a paranoia em forma de cidade.

Terminei o uísque e dei tempo para que eles se afastassem. (Se afastariam? Ou me esperariam na primeira esquina? Bobagem.)

E meia hora depois fui embora.

Era pegar o primeiro avião para o Rio ou São Paulo. Nem mais um minuto ali, pois não havia cu de australiano que aguentasse, como diria Juarez.

Infelizmente não havia mais avião para o Brasil naquele dia. Marquei para o dia seguinte.

Voltei a pé para o hotel. De vez em quando, olhava disfarçadamente para trás.

Não, ninguém me seguia.

Encontrei Juarez no hotel. Para agradecê-lo, convidei-o para uma rodada de bebida e depois jantar. Tudo por minha conta — era uma forma também de devolver a ele o resto de dinheiro que eu lhe tinha tirado no pôquer. Estávamos contentes os dois. Eu, porque conseguira fazer com que o homem falasse alguma coisa e descobrira o assassino da Praça do Lido; ele porque conseguira o dinheiro da transa de volta.

Ouvi dele o fim das suas aventuras em Santa Cruz: descobriu o endereço do cara que lhe dera "o banho"; entrou numa farmácia e comprou dois vidros grandes de álcool puro e foi até a casa do sujeito; chegando lá, simplesmente arrombou a porta e entrou jogando um vidro de álcool no sofá em frente e ficou com o outro na mão, ameaçando botar fogo na casa toda; a mulher se ajoelhou, implorou, que pelo amor de Deus; o homem também pediu, que tinha filhos, chorou, disse que seu contato estava sem o pó, mas que, no máximo no dia seguinte, ele lhe traria a mercadoria ou o dinheiro de volta, que o dinheiro já estava com o contato etc. E Juarez arrematava, rindo:

— Seria trolha demais, parceiro.

Seu companheiro de prisão americana, o grande transeiro, foi quem lhe aconselhara encenar aquele drama todo, que "o pilantra estava precisando de uma pressão". Aliás, ele disse que ia dar um jeito nele, mas aí Juarez se tocou, cheirando morte no ar, sentiu a barra e argumentou:

— Mas morto não paga dívida.

Juarez poderia me levar para uma outra história, mas a rota de cocaína já era matéria explorada, e eu precisava tocar adiante o meu projeto. Ao mesmo tempo, fiquei meio assustado: olhava pra porta do restaurante de vez em quando, esperando que, a qualquer momento, o alemão forte e com cara do general Geisel e sem o polegar da mão esquerda aparecesse — e com um revólver na mão.

Felizmente a imagem não se materializou — chô, alma de gato, chô! Naquela noite não consegui dormir.

Não via a hora de entrar no avião e voar, voar para a tranquilidade do meu Rio de Janeiro, do meu apartamento, da praia e de Denise, Susana e Alice ou de outra mulher bonita, que lá sou amigo do rei.

Era perigo demais pro meu gosto; não sou nenhum James Bond. Pra falar a verdade, estava me sentindo mais pra Policarpo Quaresma, D. Quixote.

E me restavam poucos dias antes de partir para a Europa.

5
"EM BREVE ESTAREI DE VOLTA"

UMA DAS HIPÓTESES SOBRE A MORTE de Jacques de Bernonville, conde francês condenado à morte por trabalhar com os nazistas em Lyon (portanto, com Karl Barbie) e assassinado na Lapa carioca quase trinta anos depois — em 1972 —, foi levantada pelo jornal francês *L'Aurore* na época das entrevistas de Barbie ao jornalista brasileiro.

Houve muita polêmica. Um ministro boliviano, Mario Adett Zamora, negou que o "carniceiro de Lyon" tivesse dado a entrevista. *L'Aurore* foi mais longe ainda: a reportagem era verdadeira, mas seu autor seria Bernonville, que acabara de ser assassinado, e não Ewaldo Dantas Ferreira. Depois tudo se esclareceu: o entrevistador era mesmo o jornalista brasileiro, e *L'Aurore*, um jornal de direita (como o ministro boliviano), estava querendo apenas tumultuar.

No entanto, correram certos rumores em 1972. Um deles era de que Bernonville estaria escrevendo a sua versão (outros diziam: a biografia de Barbie), descontente com as revelações daquela entrevista — e que, por isso, teria sido assassinado. Era plausível e, eu me perguntava agora se o executor do crime não seria aquele homem sem polegar na mão esquerda com quem eu cruzara duas vezes na vida — Vade-retro, alma de gato.

A verdade é que o mistério do assassinato de Bernonville — que corria o risco de ficar para sempre não resolvido — permanecia. E essa era uma das razões por que incluíra a França no meu roteiro de viagens: ia tentar descobrir o passado de Bernonville, suas possíveis ligações com Barbie.

Voltei de Santa Cruz de la Sierra com uma certeza: a Odessa existia. Sabia disso: havia conversado com seu criador e possível dirigente.

Não era mais uma mera hipótese de trabalho.

Sabia também que desvendar a existência da *Kameradenwerk* não era tarefa para um homem só, para um quixotesco exército de um homem só. Precisaria de uma equipe, de apoio de pessoas e instituições em vários lugares do mundo: um sonho. Ora, a realidade é outra. Não sendo eu um superjornalista americano ou europeu, só podia contar comigo mesmo. Já me daria por satisfeito se chegasse ao fim da jornada a levantar apenas um véu sobre o assunto e sobre o que ele representava, alertando para um pesadelo que ninguém mais parecia perceber — que o Nazismo com letra maiúscula poderia voltar e que o nazismo com letra minúscula continuava por aí, acobertado por estranhas forças políticas e econômicas, integrado no nosso dia a dia — e nem notamos.

O perigo dessas ligações eu o sentira de perto pelas ruas e bares subdesenvolvidos de Santa Cruz de la Sierra. Nada impediria que uma faca surgisse ao dobrar de uma esquina e fosse enterrada nas minhas costas ou na minha barriga; que um tiro no escuro atravessasse a longa e lenta noite boliviana e viesse se alojar no meu peito ou coração. Felizmente nada disso aconteceu. (Pensando nisso, talvez fosse até vantagem trabalhar sozinho; despertava menos suspeitas.)

Mas que havia clima, havia.

Depois da aventura boliviana, era natural que eu me recolhesse um pouco — esquecesse nosso Esquadrão da Morte local e todo o aparato repressivo montado no país, primos-irmãos do nazismo-no--cotidiano. Mas não por muitos dias.

Fui à praia, fiquei de calção de banho, tomando chope e jogando conversa fora com os conhecidos da rua.

E jantei com Susana, ouvi música com Denise e fui ao cinema com Alice.

A carta do rabino Sobel não chegou e já era mais do que tempo dela ter chegado. Liguei, mas a secretária deu as desculpas habituais de secretárias de "executivos": está em reunião; viajou; infelizmente não pode — e assim por diante. Ou seja: nada. A carta não viria, me convenci, mas não seria esse detalhe burocrático que me impediria de me encontrar com Simon Wiesenthal em Viena, de pelo menos tentar.

Apressei minha partida.

Recolhi o material para levar, pesquisei mais um pouco em jornais velhos, tomei nota de endereços de conhecidos e amigos e de conhecidos e amigos de conhecidos e amigos meus.

Estava animado. Além do trabalho, me entusiasmava a ideia de rever a Europa, onde eu havia vivido dois anos nos tempos da repressão (aqui): Paris e Lyon e Milão e Viena.

Por enquanto ainda estava no Rio de Janeiro.

Às voltas com papeladas, dólares, passagens, passaporte.

Primeiro contratempo: meu passaporte novinho saiu com meu sobrenome errado. Nascimento — em vez de Livramento. Pra complicar minha vida. O funcionário me garantiu que não havia problema, que não precisaria tirar outro (e esperar mais uma semana) pois eles "averbariam" numa página de dentro que meu nome correto era Mário Livramento e não Mário Nascimento — e assim foi feito, velha eficiência brasileira que alguns chamam de jeitinho. Só esperava que isso não me trouxesse problemas nas alfândegas da vida.

Depois foi o capítulo das despedidas.

Eu voltaria dentro de um mês e meio, pelos meus cálculos — pretexto suficiente para a vontade de se despedir de mim que parece ter batido ao mesmo tempo em Susana, Alice e Denise.

Susana foi a primeira.

Fazia questão de me levar ao aeroporto. Não precisava se incomodar, eu pegaria um táxi. Não houve jeito.

Depois foi Denise.

Impulsiva, ela não telefonou: apareceu em casa às dez da noite. À uma hora estávamos na cama, onde ficamos até às seis da manhã, quando ela resolveu se levantar e ir embora. Ainda pensei em ser gentil (o que é o condicionamento...) e comecei a me vestir, mas ela disse que eu ficasse, o carro estava lá embaixo — me deu um beijo de antes do café da manhã como num samba de Chico Buarque — se comporte, hein, e saiu.

Voltei pra cama. Cheguei a dormir. Não muito: eram dez horas quando o telefone tocou.

Alice.

Que já estava morrendo de saudade, que ia me levar ao aeroporto, que horas ela passava pra me apanhar.

E agora? Como era que. Susana e Alice se encontrando, ia pegar mal.

Ainda sacudi a cabeça pra ver se acordava de vez, disse que, por favor, não, eu tinha superstição, não gostava de ninguém se despedindo de mim em aeroporto; gostava de viajar como quem sai para ir ao médico ou ao cinema. Joguei água fria.

Ela não se deu por vencida:

— Quero te ver de qualquer maneira. Dentro de dez minutos estou aí.

Desligou. Tonto de sono, fiquei com o telefone na mão. Lentamente o coloquei no gancho.

Fui pro banheiro, deixei a ducha fria escorrer pelo corpo. Não conhecia melhor modo de acordar de vez.

Vesti a cueca e fui fazer café. A campainha tocou.

— Chegou na hora do café — disse. — Desculpe os trajes.

Alice me beijou. Lembrei de novo da canção do Chico, só que, como a outra, me beijava antes de "com a boca de café". Tem mulher que já acorda no auge de sua forma e elegância — Alice era assim. Já eu, um bicho da noite, brigo muito com a manhã, sou lento, devagar. E foi devagar, conversando, conversando, que acabamos no quarto e no quarto ficamos até 11 e pouco, quando dei um pulo na cama.

— Que bicho te mordeu? — falou Alice.

— Preciso passar na editora — disse.

Era verdade. Ao mesmo tempo, o campo ficava livre para Susana chegar e me levar ao aeroporto. Não convinha que as duas se encontrassem. Por delicadeza.

Alice desceu comigo. Perguntou se não queria uma carona. Eu tinha vendido meu carro, aceitei.

Ela me deixou na porta da editora.

Peguei com o editor Alfredão uma carta de apresentação tipo "A quem interessar possa" explicando meu trabalho — em inglês, francês e português. Havíamos combinado assim. Poderia ser útil — não sabia o que me esperava.

Em menos de uma hora estava de volta.

Os últimos toques. Separei papéis, juntei-os em envelopes, pastas, arrumei a mala. Quer dizer: consegui colocar tudo dentro dela, depois arrumaria direito. Ficava preparada.

Molhei as plantas pela última vez. Daria a chave a Susana para molhá-las de vez em quando.

No quarto, arrumei os lençóis, me encostei para dar uma revisada nos endereços e telefones que me seriam úteis — e adormeci.

A sensação que tive foi a de ter acordado no meio da noite quando a campainha soou.

Abri a porta, e Susana se pendurou no meu pescoço. Me deu um beijo.

— Que horas são? — perguntei depois de retomar o fôlego.

— Cinco horas da tarde — respondeu, colocando a bolsa de lado.

— Vou vestir uma calça.

Ela foi atrás:

— Não precisa. Ainda temos tempo.

Não havia passado pela minha cabeça a possibilidade de. De novo? Ela já se enroscava em mim como uma cobra, cobra delicada, deslizante, morna, quentinha, não era uma cobra, era uma gata, pantera querendo brincar.

— O que fazer? — já dizia Lênin.

Seria muita descortesia recusar tanta boa vontade, dizer que eu estava cansado e que. Susana já me convencera e cheguei a pensar, antes de cairmos aos pés da cama — porque não acertamos na cama e ali havia um tapete macio — que aquilo tudo estava parecendo cena de filme nacional, com uma mulher atrás da outra na vida do herói — que herói sou eu?

Ai, Susana. Comprei há pouco esse tapete e era um tapete felpudo e acolhia bem o corpo dela e meus joelhos roçando a superfície — do tapete — e tudo na cadência horizontal da dança...

É dura a vida de solteiro.

Tomamos uma ducha. Me despedia daquele corpo familiar, bem-tratado e bem-feito que um dia eu vi saindo do mar e disse quando passou por mim: "Você vem do mar?" — e ela sorriu e logo depois conversamos na areia e conversamos agora debaixo do chuveiro.

Susana me ajudou a fechar a mala.

Vesti uma roupa elegante (por que nos vestimos para viajar como se fosse para ir à missa nos domingos do interior?), me certifiquei que estava tudo certo — tudo em riba, Suzy — e peguei a mala e maleta e bolsa a tiracolo, casacão emprestado para aguentar o frio, fechei o apartamento, dei a chave a ela, que molharia as plantas, sim, claro, e descemos.

Em meia hora, estávamos no Galeão.
Mais meia hora, eu cruzava a porta de embarque
— adeus, Rio;
adeus, Esquadrão da Morte e nazistas nacionais;
adeus, Alfredão;
adeus, Susana;
adeus, Alice;
adeus, Denise —,
em breve estarei de volta, se nada me acontecer, dona Odessa.

TERCEIRA PARTE
Como o diabo gosta

(Paris – novembro de 1980)

1
A VIÚVA DO CONDE ASSASSINADO

Do Aeroporto de Orly peguei o ônibus da Air France até a Gare des Invalides.

Desci na Gare e entrei na fila de táxi. Depois de meia hora de espera, chegou a minha vez.

Mandei tocar para o Hôtel Reine Blanche, barato, numa transversal da Saint-Germain, a uma quadra da Saint-Michel, e, chegando lá, cadê hotel? O gato comeu. Não existia mais, e eu havia descido na esquina, não ia ficar dando voltas de táxi.

O que fazer? (*apud* Lênin). Na calçada, com mala, maleta e cuia, e preocupações, me lembrei que. Bem, se não me enganava, dobrando a esquina, quando a Saint-Germain se encontrava com a Saint-Michel, costumava ter um hotel.

Caminhei, cheio de mãos e malas.

Desta vez o gato do tempo não o havia comido: estava lá no mesmo lugar. A entrada era do lado de um bar, porta e escadinha estreitas.

A portaria era no segundo andar.

Havia quarto livre, sim, e resolvi ficar logo com esse sem ver, que estava cansado. No dia seguinte, procuraria outro hotel, mais em conta e melhor. No dia seguinte. Amanhã, pois. A velha de cabelos oxigenados pediu pagamento adiantado — ah, a tradicional simpatia das hoteleiras e *concierges* de Paris!

Subi mais dois andares com as tralhas, abri o quarto, também estreito, deixei a mala e maleta num canto, sem mesmo abri-las, e me deitei, tentando organizar as ideias. A gripe, os cigarros.

Oito horas da noite. Noite. Ia dormir cedo. Amanhã — *mañana, demain* — ia começar minha romaria, *il faut*, minha roda-viva, Chico Buarque, tem dias que a gente se sente, como quem partiu ou.

Descer antes de dormir. Rever um pouco de Paris, ainda que um canto de rua, uma esquina, um bar.

Não estava disposto a caminhar. Gripe, cigarros. Entrei no bar ao lado do hotel, coladinho. Um chope — *un demi, s'il vous plaît* — e fiquei sentado de frente pra rua, vendo passar as pessoas do outro lado do vidro. Na rua, *boulevard*. O garçom era português mas fingia que não era português, o gajo. Fiz mal em pedir chope. A gripe.

Fiquei ali no aquário parisiense, assistindo o circo passar, vendo a caminhada da noite. Ah, Quartier, Quartier Latin, morei aqui. Vivi. Vi. Minha memória visual era melhor do que eu pensava: reconheci um velho argelino ou *pied noir* dos meus tempos, malandro do bairro, de terno grosso e gravata, sempre correndo atrás de alemã desavisada ou de americana deslumbrada. Passou rápido, sozinho. A noite dele é mais acostumada, lobo solitário.

A gripe ia e vinha, recuava e voltava — recolhida como dizia minha avó. Aquele argelino frequentava o bar da Alliance Française no Boulevard Raspail, fazendo o cerco. Alemã que caía na rede era peixe. Um especialista. E esse frio. A praia longe, coisa e tal. E essas pessoas cinzas entrando e saindo desses prédios cinzas — Paris no inverno é uma festa cinzenta. Baden Powell e o violão por aqui em outras eras: esta cidade é cinza, tudo é cinza, não aguento, quero voltar pro Brasil.

Brasil.

Cinza. Ao som longo de um violongo de outongo, ditongo. Se o mundo fosse só azul e amarelo não existiria o azul e amarelo. Não existiria o cinza. Seria tudo — de que cor? Se o mundo fosse só cinza não...

Mas... Quem?... Claro, será?

Do outro lado do vidro vi pessoas que me pareciam conhecidas. Elas pararam, também me olharam. Que surpresa! Glauber Rocha e Carlos Diegues — o Quartier sempre foi o bairro preferido do pessoal do cinema brasileiro. Glauber segurou no braço de Cacá, gesticulou, olhou de novo pra mim a fim de se certificar que era eu mesmo e entrou no bar.

Me levantei, nos abraçamos. Glauber só conseguia repetir que a gente só se encontrava em Paris, só se encontrava em Paris — e no Quartier. Há quantos anos? Dez? Quinze? Na época de *Terra em transe*. Grandes papos, viagens — Glauber foi um amigo. Generoso. Glauber estava vindo agora do Festival de Veneza, disse que não pensava em voltar pro Brasil, pretendia ficar aqui mesmo ou ir para os Estados Unidos.

Pálido. Ele não podia viver longe da Terra do Sol, embora o tenha vivido por muito tempo devido às "circunstâncias". A repressão. A barba por fazer, pálido. Mas toma alguma coisa, Glauber, acabo de chegar, jamais ia imaginar. Tou com filho pequeno no hotel, minha mulher me espera. Pois é, Glauber, soube do escândalo do Festival de Veneza, você discursando, brigando, é isso mesmo...

Paguei os três chopes e subi pro meu quarto.

A PRIMEIRA PROVIDÊNCIA AO SAIR no dia seguinte de manhã — a cidade confirmara o cinza antevisto na véspera, mas não chovia — foi a de procurar um hotel. Indaguei nos meus conhecidos Grand Hôtel de Suez e Lisbonne — mas, num não havia quarto disponível e, no outro, reformado, a diária estava fora das minhas cogitações. Passei pela rue Cujas, por três hotéis: não havia quarto. Desci a rue Sorbonne, entrei na rue des Écoles, atravessei a pracinha em frente ao Collège de France e dei na pequena rue du Sommerard, onde avistei o Grand Hôtel de la Loire, bem *Au coeur du Quartier Latin*, com *Tout confort*.

Havia quarto disponível. Preenchi a ficha.

Passei no outro hotel para pegar minhas coisas e voltei, carregado — ficavam a duas quadras um do outro. Quatro lances de escadas com mala e cuia. Me instalei, abri a mala, tomei banho e fui pra luta: desci para telefonar que o telefone do quarto era só interno, "*tout confort*".

O mais difícil foi falar com madame de Bernonville, a mulher do conde assassinado na Lapa — na pior, morando aqui, longe dele há tantos anos. Devia ser uma velha caquética. Na primeira ligação, não houve comunicação, não houve jeito dela me compreender — e eu tive o pressentimento de que não era por causa do meu francês, por sinal, razoável. Ela ficou ainda algum tempo dizendo que não sabia do que eu estava falando, pediu desculpas e desligou.

Liguei a segunda vez. Ela foi mais sucinta:

— *Je ne connais pas ce monsieur là, monsieur* — e plip, desligou.

Que coisa. Liguei de novo. Ela estava zangada:

— *Mais vous insistez, monsieur!*

E desligou.

Na quarta vez, ela não atendeu.

Mais essa. Homessa, Odessa! Conto até dez. Começava mal.

Seria importante ouvi-la, saber detalhes por insignificantes que parecessem sobre o passado de Jacques-Charles Noel Duge de Bernonville, executado com a própria gravata de seda no apartamento 1.209 do decadente prédio 31 da não menos rua Taylor, na Lapa, Rio de Janeiro, Brasil, no dia 21 de junho de 1972 — e com quem ela, a velha decrépita, havia se casado e foram infelizes para sempre.

Mas a mulher não queria nem ouvir falar. A condessa resmungona. Que se fechava em copas. Rei morto, rei posto. Conde morto no esquecimento, conde posto no ostracismo. "Não conheço esse senhor." Que foi seu, dela, marido. Estamos malparados. "Mas o senhor insiste." Teimoso, minha avó sempre dizia. Não seria um bater de telefone na cara (no ouvido) que me faria cair do cavalo — essa não. Engana-se, *madame la comtesse*. Só uma palavrinha, o que é que a senhora está pensando? É; sobre Bernonville... Ele foi assassinado, a gravata era de seda — último vestígio do luxo que o título "conde" parecia lhe dar — e tinha uma foto do marechal Pétain autografada no seu quarto de dormir, como num nicho. O herói da Primeira Guerra que abriu as pernas para o causador da Segunda Guerra. De mãos dadas, Pétain e Hitler. E Bernonville. E Barbie. E a senhora, vai bem?

Eu sou um repórter teimoso, *excusez-moi*.

Tomei nota do endereço num papel. Perguntei a Mme. Hugo, *madame la propriétaire* do hotel, qual o metrô que deveria pegar; ela olhou um livrinho e me disse.

Tinha 99 por cento de chances dela não me receber, de não me abrir a porta. Precisava tentar. Se o francês em geral já não espera que alguém chegue sem avisar, imagina ela, sabendo que era o "insistente" brasileiro dos quatro telefonemas. Devia ter estudado uma maneira de chegar a ela. Mas não conhecia ninguém na cidade, pelo menos ninguém que conhecesse uma condessa que fora casada com um conde nazista que viveu no Brasil, incógnito, fugitivo.

Não tinha escolha: ia até lá e batia com o nariz na porta ou — acontecesse um milagre — *madame la comtesse* abriria a porta, me convidaria para entrar e contaria tudo o que sabe e não sabe, entre chás e biscoitinhos. Afinal, a senhora poderia ser minha avó, e eu gostava muito da minha avó — ela também dizia que eu era teimoso.

Alguma coisa haveria de acontecer.

Mudei de metrô na estação de Châtelet. A senhora condessa morava longe, ainda por cima. Direto até Étoile, e lá mudava mais uma vez. Quando morou ela no Brasil? E quando voltara para a França? Quer dizer: chegou ela a ir para o Brasil ou se separou antes dele fugir?

Perguntas.

Ora, acontece que. Quando emergi do metrô para o frio, senti um bafo de vento no rosto — bafo frio. Senti Paris, a Rive Droite, uma rua larga, elegante — pode uma rua ser elegante? Em Paris, sim, há quanto tempo, hein, cidade bem-vestida, cidade bonita, bonita e cinza.

Chuviscava.

Caminhei por uma avenida larga, duas quadras depois dobrei à esquerda. Ia olhando os números até que.

Era ali.

Um prédio sólido, com musgos, um belo pátio interno até se chegar às escadas, elevador. Entrei driblando a *concierge*, olhei rápido nos boxes de correspondência o número do apartamento, subi. Dois andares, no corredor — me senti como um criminoso se preparando para cometer um crime, ladrão da intimidade alheia, de uma velha condessa decrépita. Ou não, senhora condessa, *excusez-moi*. Confirmei o número; em frente. Eu e a porta, diálogo de surdo e mudo. O corredor escuro. Tomei ar, prendi a respiração, criei coragem, me preparei para receber a porta pela cara se fechando antes de abrir de vez, em seu mutismo de tantos anos, batendo no meu nariz — já conheço a história. Já vi esse filme antes. *Je ne connais pas ce monsieur là, monsieur*, pois então. Apertei a campainha, que ressoou cadenciada, misteriosa, comunicação possível do meu dedo indicador direto ao ouvido dela, a condessa. Dei um tempo, apertei de novo. Agora — me preparei para ser simpático, confiante, confiável, ela abriria e. Mas, nada. Coloquei o ouvido na porta, auscultei como um médico no peito de um doente. Ronronava, um ronronar cotidiano, um murmúrio normal — a presença de alguém? Não sabia. Passasse alguém me pegaria com o ouvido na botija, em flagrante delito no local do crime. Mais uma vez. Ouvi o barulho lá dentro, a campainha percorrendo as peças, se espalhando por todos os cômodos.

— Boa tarde, minha senhora, eu vim do Brasil especialmente para trocar duas palavrinhas com a senhora.

Ela não atendia.

— É sobre seu ex-marido, o conde Bernonville.

Não atendia.

Apertei o dedo com força, agora ou nunca. Alguém me olhava pelo olho mágico? Não dava pra saber. Agora ou. Parecia que nunca então, nem uma sombra, um ruído mais forte, denunciador. Viagem perdida. Mas voltaria, tentaria outras vezes. Teimoso, minha avó dizia. Enquanto isso, escrevia um bilhete, que ela não se preocupasse, minha intenção era apenas conversar sobre o passado do seu ex-marido, colaborando (verbo perigoso no caso...) para que se soubesse, pelo menos, quem o matara e por quê. Risquei a parte final da frase, melhor não chamar a atenção sobre o crime. Que eu estava no Hôtel de la Loire, telefone 354-4760, esperando uma palavrinha dela. Não, não queria nem pretendia fazer nenhum sensacionalismo, apenas uma conversa amigável, afinal viera de longe, era um profissional sério, deixa pra lá.

Ser sucinto e gentil ao mesmo tempo.

Minha cara senhora.

Espero que.

Por isso e por aquilo.

Gentilmente do seu.

Coloquei o bilhete debaixo da porta.

Fui saindo como entrei, um gato no escuro.

Atravessei o pátio. De qualquer forma, missão cumprida. Vamos aguardar. Ela ia acabar telefonando. Ia? Ora.

— O senhor não podia ter subido, *monsieur*.

A voz veio de trás de mim, eu já na porta. Virei o corpo. Era a *concierge*.

— O senhor não podia ter subido, *monsieur*.

Mais essa. Não podia, mas subi, minha senhora, como qualquer cartesiano poderia constatar, tanto que já desci, o que é que se pode fazer.

— Quem é que o senhor está procurando?

Em flagrante delito. O crime fora perfeito, mas, no final, eis ali, me acusando, uma *concierge* saída do escuro. Ela continuava perguntando. Olhei bem pra ela:

— *Je ne comprends pas, madame.*

Foi pior. Ela abriu a matraca e parecia que não ia parar. Dei de ombros, repeti que não entendia uma palavra de francês, sinto muito, fui saindo.

Com a voz de gralha atrás de mim me acompanhando, como se eu realmente tivesse cometido um crime.

Quanto mais eu rezo, mais assombração me aparece.

2
PERDIDO NA NOITE

Nos dois primeiros dias ainda fiquei mais ou menos de plantão, na esperança vadia que *madame la comtesse* desse o ar de sua graça sem graça — o telefone não soou. De se esperar. Ainda tentei de novo, telefonei, nada; ninguém respondia.

Fui até lá, e, dessa vez, não subi para evitar choques com a *concierge:* fiquei num bar próximo, bebendo vinho e olhando para a janela sempre apagada e para a porta do prédio, aguardando que a qualquer momento saísse dela uma velha dama (in)digna, *la comtesse* — depois desisti, nem imaginava como seria ela, como se parecia.

Começava a sentir a solidão estrangeira, a solidão parisiense, a solidão. Saíra apenas com a velha amiga Ana duas vezes; Ana, a exilada em Paris depois de 1968, que mudara de nome e de vida. O marido francês estava no Midi escrevendo um livro; fui à sua casa, conheci sua filha, jantamos, os velhos tempos — outro dia, fomos a um cinema.

No quarto velho e amplo do Grand Hôtel de La Loire, revia anotações e me organizava para pesquisar arquivos — o tema que eu perseguia e que me perseguia. Se não me organizasse, ia acabar me perdendo. Era nazismo, eram nazistas demais. E eram eles no passado e hoje — com farda e sem farda.

Na sexta-feira, resolvi me perder na noite.

Tudo o que tinha direito, depois de revirar a cidade de dia, passear por ruas de outros tempos, revisitar bares, cafés; de noite então...

Comecei com o vinho, bebi aguardente de *poire,* passei para o *armagnac* — que é como o conhaque, mas não é conhaque porque é melhor e é *armagnac* — e embarquei no meu *bateau ivre* pelas ruas e bares da cidade.

Ouvi jazz na Place de Contrescarpe, me mandei pra Montparnasse, olhei as longas filas dos cinemas, observei as pessoas, entrei no Select-Parnasse, penúltimo pouso antes de dormir. (O último: jantar em frente, no La Coupole.)

Select-Parnasse: os frequentadores agora são outros. Virou *chic*, chique, *chic* — enricou. Fiquei encostado no balcão apinhado. Pedi um *demi*. O que é que me deu, misturar assim? Talvez a pressão, a pressão do chope, a pressão interna reagindo ao frio, ao isolamento, às preocupações, à pressão externa — salta mais um chope na pressão, garçom, *oui, un demi!* Minha cabeça a mil. Acelerada. Vou procurar minha turma — mas onde? Não tem turma.

Patati-patatá (é carioca mas parece francês) e não sei como, quando percebi estava no meio de uma conversa animada com uma coroa bonita — uma atriz holandesa famosa, assim ela se apresentou: só se for na Holanda — e um francês executivo que havia morado no Brasil. Conversamos — sobre o quê mesmo? O que se conversa em bar. Ela começou a defender não sei por que cargas-d'água — talvez porque eu fosse da América (Latina!) — o *american way of life*, que não havia melhor estilo de vida, que a Europa estava acabando, que se ela fosse mais jovem iria de vez para os United States of America. Que papo! Era bonita. Tzeamericanueioflaifi, *God bless you*. Você já ouviu o último disco da Marianne Faithfull?, ela pergunta. O francês vai até o banheiro. Marianne Faithfull, que foi mulher do Mick Jagger? (Tou por dentro.) Ela quase morreu de tanta droga, agora voltou com toda a força. Ah, é? Bom. Macio. Quando dei por mim, quer dizer, quando dei por minha mão, ela repousava em cima da coxa da famosa atriz, que descansava seu corpo atraente num banco alto, sorridente e falante. Mas o sorriso murchou, as palavras faltaram. Pegou mal. Retirei, retiro o dito pelo não dito, retiro a mão. Ela se mantém discreta, mas o papo michou. Mancada do jornalista subdesenvolvido. Como entender se uma mulher está dando corda ou apenas sendo "parismente civilizada"?

Paguei minha cerveja, pus minha viola no saco, me despedi e saí.

Saí meio tonto, mas aquecido, sem sentir o frio de fora. Fazia calor por dentro. A cabeça é que ameaçava rodar — e era melhor que me segurasse. Estrangeiro e bêbado — já viu, não tem dono. Em cidade estranha, corre sempre o risco, no mínimo, de ser roubado. Quem rouba quem? Ninguém, seu neném. Me sentia tranquilo em Paris, quanto a isso. Não fosse o tempo, a falta de conhecidos, a falta da praia, a falta de tudo.

Atravessei a rua, fazendo força para evitar o zigue-zague involuntário das pernas. Cabeça comanda, pernas não obedecem. Rebeldes. Lei de Segurança Nacional nelas. Dureza. Atravessei a rua, atravessei. São e salvo do outro lado. Comer. Tudo vai melhorar, tudo, tudo vai dar certo.

Entrei no La Coupole. Quer dizer: fui entrando, minhas pernas me levavam, obedientes agora, revoga-se a Lei de Segurança Nacional. Tentando me compor, multidão lá dentro. Dei os primeiros passos, fixei os olhos à procura de uma mesa. Salta uma picanha malpassada — onde é que está o cantor de bolero? Zona Norte aristocrática, gente bem-vestida, gente esquisita, de todo tipo. Não me lembro de ter atravessado o Túnel Novo.

Que túnel? Ah, Paris! Menos mal.

Mas... o que é isso?

Alguém me agarrou pelas costas.

— Esperaí...

— Cuidado que os home estão atrás de você.

Os home. Em português; em bom carioca.

E virei o rosto e vi a cara sorridente de Juarez.

Juarez, o transeiro freelancer que encontrei em Santa Cruz de la Sierra, meu companheiro do desconforto das noites bolivianas no Hotel Barcelona.

— Assim você me mata de susto... — e nos abraçamos — Mas que coincidência. Você era a última pessoa que.'" Mas como é que vai? Chegou quando? O que é que você tá fazendo aqui?

— O mesmo que você — disse Juarez, sempre sorrindo. — Bebendo com uns amigos. Vi você atravessando a rua, mas não reconheci. Quando entrou é que saquei: é ele. Vamos lá pra nossa mesa.

Na mesa, duas garotas, Gina e Luísa, jovens e baianas, e um rapaz feio como a necessidade e magro como a fome, que Juarez me apresentou como:

— Esse aqui é o Filé de Borboleta.

Filé de Borboleta trazia na cabeça um desses bonés franceses que quase escondia o rosto: mal dava pra ver os olhos, o nariz e a boca.

— Por falar em filé — disse, assim que me sentei —, eu estou precisando jantar.

— Aqui fecha cedo — disse Juarez. — Paris é uma província. Daqui a pouco vamos pro Halles.

Bebi mais uma rodada. Gina me estendeu um pratinho com presunto de Parma, enganei o estômago, e desce mais chope, garçom, será que chegarei inteiro a algum lugar? Estava um pouco mais animado, gostava de Juarez — sua profissão ou bico era problema dele — que é o que se chama de um personagem.

Em dois táxis, fomos para o Halles, antigo mercado (no meu tempo ainda existia; hoje não mais).

Deviam ser três da manhã.

Entramos no Pied de Cochon. Lotado. Aguardamos em pé. Uma mesa vagou. Se sair vivo dessa. Senti meu corpo escorregando, deslizando até a mesa. Mundo girando. Garçom, para o mundo e faz descer sobre esta mesa um bom filé, que não seja o de borboleta que já está aqui sentado. Eu queria carne, meu sangue gaúcho pedia carne, chê, barbaridade!

— Salta um *steak au poivre* com fritas. E uma água mineral.

— Evian ou Vichy? — perguntou o garçom.

— Tanto faz — respondi.

— *Pardon, monsieur?*

— Evian, pronto.

O papo continuou animado, mas eu fazia força para fixar os olhos, ouvir, responder. Sentia um sorriso meio bobo nos lábios, um sorriso que não era meu, havia pousado ali, era um sorriso daquele bêbado que havia tomado conta de mim, que se instalara em meu corpo e que.

Não acreditei quando vi o filé. Mas, em seguida, o prato estava vazio. Devo ter batido o recorde mundial, precisava ir pro Livro Guinness de Recordes: brasileiro consegue comer *steak au poivre* no Pied de Cochon em exatamente um segundo e meio — e, mais uma vez, a Europa se curvava diante do Brasil.

Curvava — me curvava eu agora para que Gina acendesse meu cigarro. O isqueiro eu perdi nas minhas curvas de bêbado. *J'ai trop bu, mesdames et monsieurs. Non, c'est pas vrai, madame. Oui, oui. Pas de tous.* Mas me sentia outro depois do *steak* com pimenta.

Juarez me perguntou onde é que eu estava parando.
— No Hotel Barcelona — disse me lembrando de Santa Cruz. Ele riu.
— Num hotelzinho no Quartier.
— Fica gastando dinheiro em hotel, malandro.
— Pois é.
— Se quiser vai lá pra casa.
— É uma ideia — disse. — Com os preços daqui não vou aguentar muitos dias.
— É só falar. As meninas moram lá, eu viajo muito, é só você ir chegando.
— Falou.
— Agora vamos nessa que ninguém é de ferro. Tou precisando dormir, assim não há cu de australiano que aguente. Garçom, a conta.
Eram 6:30 quando cheguei ao hotel.

3
NINHO DE MARIMBONDOS

Ainda no Brasil alguns amigos haviam me advertido que eu estava cutucando onça com vara curta, mexendo em ninho de marimbondo. Estava?

Desconfiava que sim, mas estava convencido que exageravam, que usavam suas imaginações em cima de uma ideia (deles) e não em relação a um trabalho (meu). Eu precisava dizer pra mim mesmo "Esquece e vai em frente" porque senão não haveria cu de marimbondo que aguentasse — ou de australiano. Quer dizer, bastavam as dificuldades reais. Não podia me perder em hipotéticos medos e pavores — terror e miséria de um Quarto Reich. Marimbondo morde, não morde? Onça ataca, não ataca? Pois, se acontecesse de encontrar um ou outro, saberia me defender.

Curti uma boa ressaca no sábado, mas, já na segunda-feira, resolvi, como qualquer trabalhador, ir à luta.

Precisava pesquisar jornais da época, qualquer coisa que me desse alguma pista sobre o conde Bernonville e Karl Barbie.

Tomei nota do endereço do Centre de Documentation Juive Contemporaine e saí.

Antes, levei umas camisas para a lavanderia ali perto, tomei café no bar e voltei ao hotel para que Mme. Hugo (seria tetraneta de Victor Hugo?) olhasse no seu livrinho mágico e me dissesse que metrô eu deveria pegar.

Mas não consegui chegar ao Centre de Documentation Juive.

Consegui chegar à praça em frente do hotel — e só.

Pois foi então que...

Tudo muito rápido, inesperado: um carro parou ao meu lado, e três homens desceram e me colocaram à força no banco de trás. Não deu nem pra pensar e a primeira e automática reação minha sucumbiu ante a ação de surpresa e a força deles.

Jogado no carro, me empurraram para o chão, onde fiquei encaixado, deitado, com os pés dos desconhecidos contra as minhas costas encurvadas.

O carro arrancou, disparou. Inconfortável, com o corpo já doendo, sendo conduzido, levado à força sabia Deus pra onde. Na minha cabeça, um turbilhão: o que é que eu fiz, eles não podem, não podem, filhos da puta, não podem me matar — mas quem são eles?

— O que será isso?

O que iria me acontecer, meu Deus?

Senti medo. Medo é apelido: pavor. Mas me controlei.

O carro andava, nenhuma palavra saiu da boca deles — deles, cujos rostos nem tempo tive de ver.

Vai me acontecer o quê? Qualquer coisa, nada, tudo. Não, eu não estou na Baixada Fluminense sendo vítima de um subdesenvolvido esquadrão da morte; não podia.

Medo, sim, mais susto agora, mais susto que medo — o carro andava. Os pés nas minhas costas. Era preciso a qualquer custo manter a cabeça fria — entregava minha alma a Deus, mas não entregava o ouro pros bandidos. Na hora certa, não tinha saída: precisava reagir. De qualquer maneira. Qual é? Vacilou, dançou. E o carro andava, girava, corria, de vez em quando parando num sinal. Eu ouvia os outros carros, tentava adivinhar o trajeto — o trajeto que não via no emaranhado de uma cidade que não era minha, tudo preto. Como é que dizia aquele autor? Se o azul. Se tudo fosse azul, o azul não. Preto. Me mexo, sinto a pata do marmanjo em cima das minhas costas, tacão. Filho de uma égua, tua mãe trabalha na zona.

Os sinais sonoros agora rareavam — uma autopista? Que viagem é essa? Uma *bad*, péssima *trip* — não era possível, e eu ainda sentia o restinho da ressaca, vai ver ainda estava de porre, não era possível, ai minha cabeça. Cabeça, a cabeça, irmão.

Sequestrado — era só o que me faltava.

Um minuto. Era só o que me faltava. Se hesitasse, dançava. Por quê?

SILÊNCIO, só o barulho do carro.
Numa estrada? Para fora de Paris? Subúrbio?
À mercê dos homens, eu, o que fazer, o que faria? Me concentrei numa ideia fixa: não vacilar, interpretar até o fim meu papel de — jornalista? sequestrado? brasileiro ingênuo?
Sei lá. De qualquer forma.
Não esquecer: viver é muito, mas muito perigoso. Ora se.
Os pés do marmanjo contra minhas costas.
De repente o carro parou.
Passaram-se seis horas dentro da minha cabeça, mas pensando melhor talvez uma meia hora na realidade — e agora?
E agora, José?
Não fiz nada, cuca limpa, consciência tranquila — não se esqueça.
Praticamente me arrancaram de dentro do carro. Não eram eles uns caras delicados, não — alguma dúvida? Me empurraram para que caminhasse em direção à porta da casa — não conseguia ver outras casas na vizinhança, mas deu pra notar que era o pátio interno de uma casa grande, mansão.
Que diabo.
Um dos marmanjos me empurrou com força, que andasse, *merde, alors*.
Dentro da mansão, me conduziram para uma sala enorme no térreo. Entrei, isto é, "fui entrado" com uma pequena ajuda deles.
Uma mesa e um homem.
Mesa grande, homem velho, distinto, de terno e gravata.
Quem era?
Ele tinha uma veia saliente na testa — uma veia que descia em S da raiz dos cabelos quase à orelha, enviesada. Cheguei a pensar, e foi uma impressão que veio e foi-se em fração de segundo, que faltava apenas uma outra veia em forma de S no outro lado da testa para ficar assim marcado no rosto — SS — a crença e a sina dos meus perseguidores.
Agora não tinha mais dúvidas.
Eram eles.
Os algozes, os nazistas, ex-nazistas, neonazistas — as viúvas de Hitler.
A Odessa.

Ainda no carro, cheguei a pensar que o sequestro podia ter alguma coisa a ver com Juarez e o tráfico de pó — talvez a própria polícia, quem sabe.

Mas agora tinha certeza.

Eram eles. Como chegaram a mim, como me descobriram? Isso era outra história, uma história cheia de várias hipóteses e nenhuma certeza.

O homem atrás da mesa e à minha frente me olhava sem me encarar. Era ele o chefão, o *"Führer"*, ou um dos chefões — bem à minha frente. Houve um silêncio de expectativa, de introdução. Queria, sem dúvida, fazer render ao máximo aquele clima de intimidação — sairia com vida desta? Nem pensar. O homem com a veia em S fumava um charuto. Ainda pensei: só faltava o chapéu, aba pra baixo tapando os olhos, como Edward G. Robinson ou James Cagney ou George Raft fazendo o papel de Al Capone ou Dillinger — ou quem sabe Maximilian Schell como comandante de um campo de concentração.

Senti um frio na barriga. Lá dentro, deu voltas, quase subia pro peito. Mas me controlei. Não se tratava de uma aventura da Máfia e muito menos de um filme de Hollywood da década de 1940 ou 1950 — um filme policial ou um filme de guerra.

Sabia muito bem — engoli em seco.

Aguardava.

Não seria eu que.

Ora, ora.

Aguardava uma palavra que detonasse o diálogo, ou o interrogatório. Uma palavrinha apenas. Só uma. Estava em minoria, sequestrado, levado à força, uma situação periclitante, como dizia meu pai, que Deus o tenha e que não me falte nesta hora porque se não.

Ele mordeu o charuto e, pela primeira vez, me olhou fixamente. Não desviei os olhos: encarei. O chefão dos chefões ou o *"Führer"* local? Ou simplesmente um louco? Meu Deus: eles existiam mesmo, não se tratava de história da carochinha; por mais que já soubesse, só o sabia teoricamente, na minha cabeça, mesmo depois da conversa com Barbie, das desconfianças, das informações já levantadas. Agora começava a sabê-lo na pele — as coisas se concretizavam: Edward G. Robinson existia, tivesse ele o nome que tivesse.

— Muito bem — ele falou.

Muito bem, era verdade. Um bom começo, não vou negar. Previsível, mas. Pior ainda: atrás dele, dois mastodontes, daqueles que, em qualquer país, você não sabe se são meganhas, armários de ossos e carne, leões de chácara ou simplesmente assassinos profissionais.

Eu me controlei, tentei controlar meus nervos, meus músculos, as pernas, as mãos, os fios de cabelos.

— O senhor anda fazendo perguntas demais... — disse o "Edward G. Robinson" num francês cheio de sotaque.

— Curiosidade é a minha profissão — consegui responder, também em francês, com sotaque americano de um Philip Marlowe.

— Mas ser curioso não significa ser inteligente — retrucou ele, revelando um sotaque alemão, ou seria impressão minha?

— Sou repórter. Curiosidade é a minha profissão.

— Não vai acontecer nada ao senhor a não ser que. Só queremos saber a razão de tanta curiosidade.

— Já disse: sou repórter.

— É melhor não brincar que o assunto é sério — e jogou o charuto aceso no enorme cinzeiro.

— Muito bem — respondi, tomando respiração. — Pela força das circunstâncias, já me considerava sequestrado; agora me considero ameaçado.

— O senhor não está entendendo — e ele se levantou. — Ameaçado, sim. E por muito menos, muita gente boa já pagou com a vida — e pegou novamente o charuto, mordendo-o com raiva, um resto de cinza sujou-lhe o casaco, antes de cair no chão.

— Vida a gente só tem uma — tremia por dentro; mas estava resolvido a não fraquejar. — E, no meu país, costumamos dizer que ninguém morre de véspera. Só peru de Natal.

(Não sei se ele entendeu.)

— Você é um garoto atrevido — e desta vez ele gritou.

(Parece que entendeu.)

— É verdade — mantive o mesmo tom. — E obrigado por me chamar de garoto. Mas, se o senhor me permite, além de curioso e atrevido, pode me chamar também de precavido. Não sou burro, *monsieur*. O adido militar da Embaixada do Brasil tem em seu poder uma lista de nomes, em caso de me acontecer alguma coisa, e o seu nome certamente está nessa lista. — E levantei o pulso e olhei o relógio:

— Nesse momento, são onze horas. O combinado é eu ligar todos os dias entre meio-dia e uma hora pra Embaixada ou pra casa dele. Caso eu não ligue, é porque aconteceu alguma coisa. E, se me aconteceu alguma coisa, ele vai se comunicar com a polícia francesa e com o *Deuxième Bureau*. Portanto, como o senhor também deve ser uma pessoa inteligente, vai me deixar sair daqui são e salvo.

Por essa nem eu mesmo esperava. Se eu fosse um saco de papel teria desandado, mas estava interpretando (um papel?) e tinha de manter até o fim meu olhar seguro e minhas palavras firmes.

Meu discurso inesperado — inesperado para mim mesmo — parece ter mexido com os brios dos dois mastodontes, que olharam para o chefe e rosnaram — ou seria impressão minha? Parecia que iam latir, de qualquer forma.

"Edward G. Robinson" acalmou-os com um gesto de braço. E falou com voz normal:

— Muito bem, seu repórter. E o que é que impede que nós forcemos o senhor, talvez com um revólver apontado para sua testa, a telefonar daqui mesmo pro seu adido militar?

— Eu disse que achava o senhor inteligente. Se é o caso, deve ter percebido que também sou — respondi. — Claro que posso falar daqui, forçado. Mas o que irá me impedir de eu dizer ou deixar de dizer uma palavra-chave que automaticamente avise nosso adido da situação em que me encontro? O senhor não teria imaginado uma coisa dessa? Não acredito.

Ele voltou a se sentar. Levou o charuto aos lábios e soltou uma baforada. Me olhou. Procuraria alguma hesitação em meu rosto, alguma pista de mentira ou blefe? Ele ainda me olhava.

Minha cara estava esculpida em madeira: nenhum músculo se mexeu, meus olhos continuaram enfrentando-o.

(Ah, mas que não fosse por muito tempo...)

— Muito bem — voltou ele, visivelmente noutro tom. — Não vai lhe acontecer nada. Eu só quero saber qual o objetivo dessa sua curiosidade, dessas suas ligações com militares e o *Deuxième Bureau*.

Percebi: o que deve ter lhe posto de sobreaviso foi ter mencionado o serviço secreto francês. Mas respondi:

— Agora quem está curioso é o senhor.

— Volto a lhe dizer que este é um assunto sério.

— Eu sei, seriíssimo. Tão sério que, neste exato momento, até risco de vida estou correndo. Mas já disse ao senhor que sou repórter, apenas e simplesmente jornalista.

— E por que tem perguntado tanto sobre nós?

— Porque sou repórter. Um jornalista pergunta porque quer saber as respostas para poder escrever suas reportagens. É uma lição elementar de jornalismo. É melhor pra mim e para o senhor que eu vá embora. Agora vou virar as costas, atravessar aquela porta ali e sair daqui. Se eu não telefonar dentro de meia hora mais ou menos, todo um esquema vai ser acionado e não se iluda: seu nome vai vir à tona... Portanto...

Era a minha tacada final.

Se ele tinha engolido minha história, engoliria o resto: minhas palavras, minha ida.

Sem vacilar, sem pensar, fui saindo.

Os dois mastodontes pareciam arreganhar os dentes — se eles partissem pra cima de mim, em cinco minutos eu estava transformado em guisadinho. Ou em patê francês.

— Espere — falou "Edward G. Robison". — Você vai embora, sim, mas não sozinho como está pensando. — E se dirigiu aos mastodontes: — Levem ele daqui.

— Serviço completo: leva e traz — ainda encontrei cinismo para comentar, mas em voz baixa.

Edward G. Robinson ou James Cagney ou Maximilian Schell se manteve imperturbável.

Uma incógnita. A única alteração foi o ato de levar o charuto aos lábios, mordendo-o.

Da porta, com os dois orangotangos, um de cada lado, ainda cogitei dizer alguma coisa.

"Quando for a hora, leia as minhas reportagens. Mandarei cópia para o senhor."

Mas me segurei. Percebi que seria exagero. Uma palavra a mais e tudo poderia reverter contra mim.

Agora o silêncio era a alma do negócio.

Ainda consegui ver o olhar da fera, e, se olhar matasse, eu estaria fulminado, na hora.

A veia em S do homem parecia brilhar, latejando.

Fora isso, tudo fazia crer que eu estava conseguindo sair do ninho de marimbondos.

4
JOGADOR DE PÔQUER

A VIAGEM DE VOLTA FOI UM PASSEIO. O desconforto era o mesmo, claro; a mesma posição incômoda, meu corpo tomando a forma do chão do carro, os mesmos pés contra minhas costas — de novo o despiste para eu não perceber as ruas nem saber onde havia estado —, mas desta vez eu sabia para onde estava indo, e estava indo para casa, e por dentro eu ia sorrindo.

Ganhara a batalha (perderia a guerra?) — sobretudo sabia desta vez o meu destino: estavam me levando para algum lugar de Paris e deste lugar voltaria para o hotel. Com todos os ossos inteiros e a cabeça ligada, consciência aguda do perigo que correra e que — nem pensar — poderia correr de novo.

Como um bom jogador de pôquer sabia que havia ganho uma rodada de fogo. Blefando, na verdade, mas.

Me sentia um sobrevivente. Mesmo ali de costas, deitado no chão do carro, sentia que iria respirar os ares de Paris e da liberdade. Poderia ter ficado em casa: na praia de Copacabana. Sentia a chuvinha miúda lá fora. Meus ossos doíam, já acostumados com os pés dos orangotangos nas minhas costelas.

Tentei parar de pensar. Era como se. Um oco na cabeça, vazio. Ai, meu Deus. Ai, meu saco. Meu relógio interno dizia que já rodávamos há meia hora — o mesmo trajeto.

O mesmo?

Como eles haviam me encontrado? Como e por que cismaram comigo? Será que não havia coisa mais importante pra eles fazerem?

Por enquanto, a ideia de ter escapado — de estar escapando — era melhor do que qualquer outra.

Blefara e blefara alto. Tudo ou nada: perdia ou ganhava a rodada. Claro que não havia plano algum de ligar todo dia para o adido militar da Embaixada do Brasil — que aliás nem conhecia; nem o nome dele sabia. Claro também que desconhecia o nome do "Edward G. Robison" — e não havia lista nenhuma, muito menos com o nome dele incluído. Por segundos, teria perdido a partida. Mas é com blefe que se pode ganhar — como também perder — um jogo de pôquer, e de pôquer eu entendia. E do lado de lá da mesa — pego de surpresa pela agilidade do adversário que conseguia disfarçar muito bem sua situação desvantajosa — o mau jogador resolveu não pagar pra ver. E saía eu com as fichas. Em pôquer é assim: numa rodada pode-se ganhar ou perder tudo. Descoberto que o jogador blefa, o adversário não vai cair mais tão facilmente na esparrela e vai querer pagar pra ver — e aí você corre o risco de perder.

Não perder a perspectiva: foi apenas uma rodada de um jogo de vida ou morte.

O carro parou de repente.

Era um trecho qualquer de uma rua qualquer e fui praticamente cuspido do Citroën. Antes, me pegando pelo colarinho, uma voz sussurrante e ríspida no meu ouvido:

— Conta até cem antes de virar pra trás senão leva chumbo.

Chumbo!

Em pé.

De pé, me ajeitei, me reacostumando com a posição, os ossos pareciam dar pequenos estalidos, os músculos.

Me esqueci de contar, mas o cara exagerou: até cem!

Escutei o barulho do carro arrancando e cheguei mesmo a me virar antes da hora e avistei-o longe. Não deu para ver a placa: confirmei que era um Citroën, o que não chega a ser uma pista em Paris.

Tentei perceber onde estava.

Passei a mão na roupa limpando a sujeira.

Meio tonto.

Os prédios, pessoas.

Uma senhora passava por mim e perguntei a ela onde era a *bouche* de metrô mais próxima.

Ela se desviou, assustada.

Mas, para pegar o metrô, eu precisava saber primeiro onde estava. Só então me dei conta: saber o bairro, a rua.

Passava um garotão cabeludo, não ia se assustar. Perguntei que bairro era aquele, como era o nome da rua.

No seu rosto percebi que havia estranhado a pergunta. Deve ter me achado louco, doidão.

— *Mais vous êtes dans le Quartier Latin, monsieur!*

— *Ah, bon!* — foi tudo o que consegui falar.

— *Oui, monsieur, et ici c'est la rue Saint-André-des-Arts.*

Nada como um cartesiano para explicar o óbvio.

Ora, claro, Quartier Latin. Onde me apanharam e para onde me trouxeram: leva e traz.

O cabeludo ainda me olhou antes de seguir seu caminho.

Também eu ia seguir o meu, agora com as coordenadas... Não estava longe do hotel. Iria a pé.

Ajeitei mais uma vez o velho e emprestado casaco de inverno, levantei a gola e fui em frente.

Renascido, aliviado — mas confuso, chocado —, olhava as pessoas, os lugares, tentando me reconhecer neles. O papel que havia representado ao contracenar com "Edward G. Robinson" me deixara esgotado. Agora podia me desfazer dele, jogá-lo fora como uma roupa usada. E me sentia vazio, como se o ato de representar me houvesse exaurido mais ainda do que as próprias e adversas condições objetivas. E, esvaziado do personagem, o medo parecia vir à tona, como se antes não tivesse havido tempo.

A perplexidade.

Como descobriram que eu estava investigando a Odessa?

Como souberam meu nome e me localizaram?

Alguém ainda no Brasil teria avisado da minha viagem e do meu trabalho?

Ou teria sido a viúva do nazista assassinado na Lapa?

Afinal, insistira muito em entrar em contato com ela, sempre rejeitado. Devia ser por aí.

Deixara um bilhete com nome e endereço — que burrice!

Ou a pista de tudo se chamava Karl Barbie-Altmann? Do nosso encontro na Bolívia ele bem que poderia ter tomado suas providências, recomendando a alguns colegas da França que ficassem de olho em mim — a organização funcionando, Odessa, o "trabalho dos camaradas" da *Kameradenwerk*.

Minha cabeça dava voltas enquanto meus pés davam passos a caminho do hotel — e, numa dessas voltas, se fixava na misteriosa *madame la comtesse* que nunca deu o ar de sua graça.

Será? Quase certo. Será? Duvidava. Tantos anos depois da Ocupação, será que ela ainda tinha relações com seus amigos nazistas? Havia pensado nela como uma senhora normal, uma senhora que, em certa ocasião e por razões que só sua história pessoal poderia explicar, havia se casado com um jovem aristocrata francês. Jovem este, por sua vez, que, na França de Pétain e de Hitler e de Barbie, acabou acreditando no nazismo e colaborando com ele. Mas não pensara nesta possibilidade: e se também ela fosse nazista? Se também ela fosse da Odessa? E eu, ingenuamente, deixando meu nome e endereço debaixo de sua porta...

Andava, pensava.

Se eu tivesse um mínimo de bom senso, pegaria minhas coisas e voltaria imediatamente para o Brasil. Nenhuma matéria jornalística, nenhum livro, nenhuma revelação por mais sensacional que fosse valeria uma vida — e muito menos a minha vida. Mas eu não tinha um mínimo de bom senso, caso contrário teria escolhido outro assunto, outra matéria para sair em campo e fazer — teria escolhido outra profissão. Assunto não falta quando o repórter é bom.

Estou dizendo que sou bom, mas estou dizendo também que não tenho qualidades como essa, de possuir bom senso.

Fugir? Mas fugir para onde? Se me descobriram aqui, me descobririam no Brasil. Talvez o pior já tenha passado: eles queriam era me dar um susto. Conseguiram — mas só um susto e dele me recupero.

Desprecavido, não havia contado com as consequências de me avistar com Barbie e tentar falar com a viúva de Bernonville. Antes, tudo parecia exagero, fantasia — se eu tomasse muito cuidado me pareceria que eu estava me valorizando demais a meus próprios olhos.

Meus ossos ainda doíam, as juntas.

Meus ossos do ofício: estava fazendo um trabalho como qualquer outro — uma reportagem.

Daqui pra frente não iria minimizar os perigos em potencial: a partir de agora todo o cuidado era pouco. Desconfiar da sombra, mas sem cair em paranoias, por favor.

Caminhava, olhando para dentro de mim.

Um sequestro — e um sequestro em pleno coração do Quartier Latin e depois de viajar esmagado no chão do Citroën e da "entrevista" com o misterioso *"Führer"*, tudo como num filme — era difícil para mim mesmo acreditar.

Caminhava, olhando para dentro: estava me sentindo sozinho, de novo aquela solidão estrangeira. Desprotegido, uma sensação como há muito não tinha. Talvez na infância. Impotência. Impotência frente a um ninho, sim, de marimbondos, vespas, abelhas africanas, cobras, lagartos, onças, um covil de lobo e almas-de-gato agourando minha vida.

A cidade era estranha. As pessoas eram estranhas. O perigo era estranho e podia vir de qualquer um, de qualquer parte — o perigo que dali em diante iria me espreitar sempre, em qualquer canto, em qualquer esquina, em qualquer rua.

O perigo, uma palavra vaga, com aparência de ficção: Odessa.

Caminhava.

Acabei de sair desta — e com vida.

Tinha tempo até a próxima. Até eles voltarem a me atacar — o que deveria ocorrer com certeza. Mas tão cedo eles não pensariam em fazer nada. Talvez só me vigiar.

Não, não fugiria. Não ia voltar pro Brasil antes da hora e com as mãos abanando.

Tampouco ia ficar no mesmo hotel dando sopa.

Que me cuidasse. Era melhor. Senão. Senão, não, a porca torce o rabo, se torce.

Da Saint-André-des-Arts atravessei para o lado de lá do Boulevard Saint-Germain e andei em direção à Saint-Michel. Atravessei a Saint-Michel e, uma quadra depois, dobrei à direita.

Mais uma esquina e estava no "grande" Hôtel de la Loire.

O frio e a tontura (psicológica? Era possível, embora não seja dessas coisas. Talvez resultado da tensão e do cansaço) não me impediram de fazer todo esse trajeto com o passo firme, olhar vago, distante. De fora ninguém notaria nada — a não ser aquela senhora que nem se dignou a parar e o cabeludo que achou que eu era louco por não saber onde estava.

Onde estava?

Entrei no hotel.

A madame — essas mulheres que atendem nos hotéis baratos de Paris, sempre mal-humoradas, se bem que Mme. Hugo até que era simpática — não estava em seu posto.

Ninguém.

Bati a campainha da mesa, esperei. Nada.

Abri a portinha e peguei eu mesmo a chave no quadro onde havia também dois bilhetes: Ana e Juarez tinham telefonado.

Subi os lances da escada. Me arrastando. Começava a me desarmar de vez. Ia pensando na cama dura e irregular, colchão cheio de ondas, reentrâncias — mas, de qualquer forma, uma cama, uma cama para me deitar assim que entrasse, com roupa e tudo.

Um quarto, por pior que seja, é sempre uma coisa acolhedora, uma boa surpresa para quem, esgotado, procura seu calor: meu reino por um quarto!

A FUGA

Surpresa? Ora, ora, direis: essa fascinante profissão!
Seguramente foi uma surpresa quando torci a chave e abri a porta do meu quarto, mas não uma surpresa agradável nem boa a acolhida que o próprio quarto me dava.
Parado na porta, fiquei olhando.
Fiquei olhando o interior da peça e, à medida que ia olhando, meu rosto ia se transformando — eu sentia, eu podia vê-lo — num rosto apalermado, num rosto de pastel de pastelaria chinesa paulista, num rosto de espanto e choque, enfim.
Não... não acreditava no...
Levantei a mão direita e encostei-a na testa como se dissesse — e devo tê-lo dito:
Meu Deus do céu!
Não acreditava no que via. Uma nuvem passou diante dos meus olhos. Era raiva, uma ira assassina.
Não é que o jogo. Filhos da puta. O jogo de pôquer era para valer, e eles não davam folga, e desta vez eu havia entrado bem, perdi — e havia perdido uma rodada de fogo. Rápida, ligeiro como quem rouba, uma rodada de fogo.
Enquanto eu estava fora, involuntariamente "passeando" pelos subúrbios de Paris, aí então, enquanto uns me levavam, outros...
Tudo revirado.
Tudo de cabeça pra baixo.
Tudo remexido.
Depois de me assegurar com os olhos — e sem sair da porta — de que não havia ninguém no quarto, entrei.

Dei uma olhada. Ainda fui até o banheiro, depois me postei ao lado da cama, imóvel.

A mala. A mala aberta e revirada. Quase vazia. Coisas pelo chão. Em cima da cama. Sapatos e roupas espalhadas. Segurei uma camisa e fiquei olhando, para acreditar no que via — tentava entender.

Fui até a janela. Abri-a, olhei. Olhei lá pra baixo: a vida seguia seu passo normal, franceses bem-encasacados caminhavam para algum lugar, pra Sorbonne, um café, pro calor de suas casas.

Fechei a janela. Voltei pro meio do quarto. No meio da confusão. Estava mesmo no meio do redemoinho. Como o diabo gosta. Roupas por todos os lados. Sinuca de bico. Havia me aproximado da goela do dragão, do covil — cuidado, você está mexendo em ninho de marimbondo, cutucando onça com vara curta! — e saíra de lá inteiro, conseguira me safar, mas eis que me atacavam pelas costas concomitantemente — uns lá no subúrbio, outros aqui no Quartier, assim não tem cu de australiano que aguente!

Alma-de-gato — chô, chô!

Não davam folga.

Não brincavam em serviço.

— Que filhos da puta — falei ou alguém falou dentro de mim, pois não senti meus lábios se mexerem.

Fui até a porta e olhei o corredor.

Ninguém — era um corredor pouco iluminado, lúgubre.

Fechei a porta de novo, passei a chave, êta gostosura de fim de mundo, enrascada braba! É fogo — *"c'est feu dans le vêtement"*, fogo na roupa. Desde que saí de manhã pra pesquisar, me sentia vivendo um sonho esquisito, desconfortável — um roteiro de filme policial maldirigido.

Cabeça fria, cabeça-feita. Eu sou um repórter carioca, filho de Xangô, corpo fechado, saravá!

Arrumar as coisas, depois pensava na vida. A presepada estava armada — em bom português: a cagada estava feita.

Voltei pra junto da cama e comecei a mexer nas roupas. Coloquei a mão na mala aberta, e meus olhos e minha mão, quase ao mesmo tempo, tocaram num objeto que não reconheci, uma coisa estranha.

Era um pacote pequeno, meio arredondado, enrolado em papel-jornal. Esquisito.

Peguei-o e comecei a abri-lo — o que seria? Não, não era meu, não o trouxe comigo... Meio sólido, escurecido. Levei ao nariz. Era. Será que.

Era haxixe!

Mas, quem? O quê!? Coloquei o haxixe de lado e remexi a mala toda. Não encontrei mais nada. Me lembrei então de meter a mão no pequeno compartimento de pano na parte interna da mala. Minha mão sentiu então alguma coisa. Um papel dobrado e muito bem-dobrado, papel fino.

Retirei-o e desta vez sabia antes mesmo de abri-lo e cheirá-lo:

— Cocaína!

Mas o que será que eles estavam querendo?

Botei a cocaína e o haxixe no bolso e comecei freneticamente a jogar minhas coisas dentro da mala, socando tudo, tinha que caber.

Não ficaria nem mais um minuto naquele hotel.

Minha cabeça funcionando rápido, como uma iluminação, acionada pelo perigo: enquanto me sequestravam, vieram aqui e remexeram tudo (onde estariam duas das quatro cadernetas? Devem ter levado. E xerox e fotos. Que azar!) e colocaram droga nas minhas coisas — não se contentaram em deixar haxixe ou cocaína, deixaram um pouco de cada um — e saíram em seguida para avisar a polícia, só podia ser. E a consequência seria prisão e expulsão do país, *mon Dieu de la France*.

Flagrante forjado. Golpe manjado.

Para quem vem do Brasil... Ora, pra quem vem do Brasil é uma história conhecida: nossa polícia é mestra em fazer isso todo dia. Prova de que não estavam a fim de me matar lá na casa afastada. Só de me assustar. E a droga na mala daria uma solução fácil pro meu caso, pro caso deles: a própria polícia francesa se encarregaria de me prender e de me expulsar do país.

E agora?

O que fazer?

Por onde começar?

Golpe baixo.

Claro, o que é que eu estava esperando? Confete e serpentina? Eis o problema: um pouco de malícia não faz mal a ninguém. Plantam a droga em você e depois chamam os "home" — como no Rio, a polícia para dar flagrante detém a pessoa antes e coloca a maconha em seu bolso depois — e o cara vai preso. Flagrante ao contrário. Ficava difícil depois provar que tico-tico não era urubu, que focinho de porco não era tomada.

Peguei o telefone interno. A mulher da portaria custou a atender. Nervoso, me atrapalhei no francês — sabia que cada minuto valia ouro, o tempo correndo contra mim, a polícia com toda certeza correndo também em minha direção — podia chegar e...

— *Oui, monsieur?*

— *Bonsoir.* Por favor, providencie a conta que estou saindo do hotel.

— *Comment, monsieur?*

Precisei repetir. Meu saco. Ela ainda retrucou:

— Mas a diária ainda está no meio...

— Não faz mal, pago a diária completa. Preciso viajar. É urgente. A senhora por acaso... Alguém procurou por mim hoje?

— Só dois telefonemas.

— Obrigado. Estou descendo.

Claro, os telefonemas ela ainda anotou, mas, quando cheguei, ela não estava na portaria: quando os caras chegaram também não; eles abriram a portinha, pegaram a chave e subiram tranquilamente. Muito fácil.

A mala inchou com todas as coisas jogadas de qualquer jeito.

Eu, nervoso.

Não sabia pra onde ir.

Iria para qualquer lugar, precisava sair antes da polícia chegar.

Precisava me safar.

Peguei a mala, maleta de mão, bolsa a tiracolo e desci.

Ainda precisei esperar, talvez dois minutos, parecia uma eternidade.

Mme. Hugo preenchia a nota. Eu não conseguia esconder minha impaciência, olhando de quando em vez para a porta da rua.

Finalmente.

Saí, enfrentando a chuvinha chata, o frio, o cinza.

Procurar um táxi, um táxi, por favor, ali mesmo e logo.

Não poderia ir muito longe com os trastes todos e não podia ficar parado no meio da rua sob a chuva, de mala e cuia.

Mas cadê táxi? Olhei pro lado, nada. Só andando até a rue des Écoles. Peguei com todas as mãos que podia minhas coisas e atravessei a pracinha.

Um táxi! Meu reino por um táxi!
Chegando à rue des Écoles apareceu um.
Fiz sinal.
Ele parou. Coloquei a mala, entrei.
— Hôtel Lisbonne, por favor.
O motorista não gostou. São os mesmos em qualquer lugar: o hotel ficava perto. Ele demorou a dar partida.
Espichei os olhos para ver — através da praça — o Hôtel de la Loire.
Vi um carro da polícia se aproximando.
O carro parou bem em frente ao hotel.
Seria por minha causa? Estavam atrás de mim?
Salvo pelo gongo.
Sim, senhor: que dúvida!
O táxi arrancou, e eu me afundei no banco de trás.
Por um triz.
Por pouco. Salvo pelo gongo. Um minuto a mais e adeus Paris, adeus reportagem, adeus amigos.
Senti uma ardência no estômago. Tentei relaxar. Não consegui, minha cabeça não parava e de repente percebi que não seria nada seguro ir para outro hotel — pelo contrário: eles me descobririam, pelo menos a polícia, pois todas as fichas de hóspedes são diariamente remetidas à delegacia mais próxima. Controle remoto. E agora? Era me registrar, e a polícia ficava sabendo — não tinha saída.
Nem pensar. Falei pro motorista:
— Olha, mudei de ideia. Vamos lá pro Marais.
— *Comment, monsieur?*
Nada simpático o cidadão.
Procurei o papel no bolso.
— Vamos tocando pro Marais; logo lhe dou o endereço.
Quase em frente ao Hôtel Lisbonne. O táxi, depois de diminuir a marcha, arrancou de novo. Meus bolsos. Juarez tinha me dado o endereço, iria pra lá, direto, sem telefonar: a salvação da lavoura. Encontrei o papel ainda no bolso. Sorte.
A rua era a Saint-Gilles. Juarez havia desenhado um mapinha, com traço firme. Em vez de falar, passei o papel pro motorista.
Ele o olhou e depois olhou pra mim pelo espelho. Devia pensar: quem é esse cara que não sabe direito pra onde vai?

Pouco ligando. Fiquei em silêncio. Olhei pra rua. Que o motorista se danasse com seu mau humor.

Juarez estaria em casa? Ou uma das "meninas"?

Não tinha opção: ou ia pra casa da Ana, que era mais complicado, cerimonioso se o marido tivesse voltado do Midi, ou aceitava aquele convite do Juarez feito num fim de noite no Halles. Ele não colocaria obstáculo.

O obstáculo agora — nesta corrida de obstáculos que sem preparo e sem querer eu vinha correndo o dia todo — seria subir quatro andares pela escada (ou teria elevador?) com mala e o resto e chegar lá em cima e não ter ninguém.

Tivesse telefonado. Mas quem disse que deu tempo?

O táxi parou em frente do 11 Bis da rue Saint-Gilles.

Paguei e coloquei a maleta na calçada.

Um bar em frente. Uma ideia. E se o homem do bar?

Entrei no bar, carregado, e pedi ao homem atrás do balcão para guardar minhas coisas por cinco minutos.

— *Attendez, monsieur...*

Pronto. Lá vinha um "Não" como resposta. Entendi e estendi uma nota de cinco francos, linguagem que esse tipo de gente compreende em qualquer lugar do mundo.

A coisa mudou de figura:

— Mas, *monsieur*, não era necessário.

Não era, hein? Mudou de tom na hora, até uma ameaça de sorriso lhe veio aos lábios.

Atravessei a rua e entrei no edifício.

Subi pelo elevador (tinha!), cansado. Sem preparo para tanta correria, tanto "esporte" — e o pior é que a disputa poderá estar ainda longe do fim, longe.

Mas não era eu um bom jogador de pôquer?

Sim, mas não vamos exagerar: há pelo menos que escolher os parceiros.

Quinta parte
Der leone have sept cabeças

(Paris — novembro de 1980)

1

A SERINGA

A CAMPAINHA TOCOU.

Ouvi barulho lá dentro.

Ninguém abria a porta.

Estaria eu sendo examinado pelo olho mágico?

Notei que não havia olho mágico na porta lisa.

Toquei de novo. Percebi claramente alguém do outro lado, auscultando, respiração presa.

Certo clima em mim. Será que... Vai ver. Podia ser que...

Mas por que não abriam?

Toquei de novo. Ouvi então em francês:

— *Qui est-là?*

— Juarez está?

— *Non, il n'est pas là.*

— E Gina?

— *Elle non plus.*

Mas "Juarez" e "Gina" funcionaram como uma senha, e a porta se abriu.

A porta se abriu, e vi na minha frente as mãos e o rosto de uma mulher alta e magra que não conhecia, esbelta, de jeans e botas de *cowboy*, bem à vontade embora com o rosto contraído. Não consegui dizer outra coisa senão confirmar suas respostas:

— Quer dizer que Juarez e Gina não estão...

— Não — respondeu ela, desta vez em português com sotaque. — Juarez viajou e Gina deu uma saidinha, pediu pra eu ficar aqui. Mas pode entrar, sou Michèle, uma amiga deles, como é mesmo seu nome, você aceita um cafezinho?

Elétrica, a moça.

A entrada do apartamento era também cozinha, e ela esquentava a água quando cheguei — atrás da outra porta deviam ficar o quarto ou os quartos e o banheiro.

— Você conhece Juarez e Gina do Brasil?

— Juarez, sim. Quer dizer, da Bolívia. Gina conheci aqui.

— Ela deve estar chegando. Foi comprar cigarro. Aceita um café, não aceita?

Antes que eu responda, ela já tirou a panela do fogo e:

— Você mora em Paris ou está de passagem?

— De passagem — simplifiquei.

— Eu sou da Normandia. Paris é um barato, mas esses parisienses são meio chatos, não acha? Moro aqui há pouco tempo.

Ouvi, com nitidez, um barulho vindo lá de dentro.

Comentei que ela falava muito bem o português.

— Morei na Bahia — e me serviu o café.

— E você trabalha ou estuda?

— Já fiz um pouco de tudo. Atualmente sou tradutora e estudo flauta.

— Flauta?

— É, flauta transversa, conhece? Que tal o café?

Novamente o barulho lá dentro, dolente, como se alguém gemesse. Não, não estávamos sozinhos.

— Ih, meu Deus, acordou — disse Michèle. — Espere um pouco...

Ela foi atrás do terceiro e misterioso gemido — um guincho aflito desta vez. Entrou no quarto e encostou a porta.

Estranho.

Terminei o café que tinha o gosto da primeira gentileza do dia, depois de tanto sufoco.

Eis que ela estava de volta, mais elétrica ainda:

— Me dá um *help* aqui, que eu não sei o que fazer. É o namorado da Gina, ele tá passando mal...

Entrei no quarto e a primeira coisa que vi foi um francês de uns 19 anos, de calça e sapato e sem camisa, deitado num estrado que servia de cama, deitado transversalmente, os pés no chão e a cabeça tocando a parede.

— O que é que ele tem? — perguntei.

— Você sabe lidar com esse pessoal que se aplica?
— Se aplica? — O rapaz deu mais um gemido, se mexia.
— Já vi que não. O que é que a gente faz?
O garoto se contorcia, gemia, gritava agora.
— É pó? — perguntei.
— Pó, sim, mas não é cocaína.
— Heroína?
— Herô, e da braba. Injetada na veia. Ele tá se aplicando há três dias sem dormir e sem comer. A Gina falou pra ele, mas não adiantou.

De repente o francês ensaiou se levantar. Era uma ginástica difícil. Tentei ajudá-lo, apoiando seu braço — mas ele o retirou, com dor. Começou então a se retorcer, braços e as pernas numa estranha e lenta dança, como se feitos de madeira os braços e as pernas e não de carne e osso — uma dança oriental, dança de polichinelo, de robô, o rosto dele se contorcendo, se contorcendo.

Deus do céu, pensei: ele deve estar todo picado.

— Jean-Claude — disse ela, cuidadosa. — Tá se sentindo melhor?

Respondeu com um gemido. Não aguentou e caiu na cama, sempre se retorcendo, os 'ais' agora mais contínuos, baixos, monótonos.

— E agora? — Michèle estava aflita.
— Sinceramente não sei. Talvez deixar ele dormir.
— Fique de olho que eu vou telefonar.

O telefone ficava na cozinha. Olhei o garoto, cabelos *punk*, uma tatuagem no braço, um desespero no rosto. Imóvel, seu semblante era uma careta só, atormentado por pesadelos e dores insuportáveis que não lhe davam alívio.

Michèle largou o telefone e veio pro quarto:
— Me ajuda a levantar ele. O médico disse que ele não pode ficar deitado. O coração pode pifar. Precisa se movimentar.
— Nesse estado?
— A gente tem de fazer ele andar de um lado pro outro.

(E eu que achava que se ele dormisse ia melhorar...)

Pegamos, os dois, Jean-Claude, um de cada lado, os braços dele em volta dos nossos pescoços, cada um segurando um dos pulsos dele, com jeito por causa das dores — e começamos a andar, praticamente arrastando-o pelo quarto.

Só me faltava mais essa, pensei, mas foi um pensamento rápido, pois já estava integrado na Operação Salvamento — com a *overdose* e a falta de alimento, o garotão podia abotoar ali mesmo nas nossas mãos e aí sim que as coisas iam se complicar.

Jean-Claude, como um robô, ia para onde o levássemos: até a porta do banheiro e voltávamos até a parede do outro lado,

ida e volta,

ida e volta.

Suas pernas colaboravam pouco a pouco, se locomovendo, dando incertos passos, pisando em ovos.

Ele abriu os olhos, os gemidos diminuíram.

Suspirou, cabeça baixa de novo.

Ficamos cerca de 15 minutos nessa brincadeira, naquele vaivém. Parecia melhor. Ensaiamos deixá-lo sozinho. Pela primeira vez, ainda que remotamente, Jean-Claude parecia saber, perceber o que estava acontecendo, que havia outras pessoas à sua volta: era como se acordasse — e então olhou pra mim e esboçou um sorriso.

— Você quer um chá? — perguntei.

Ele fez que sim com a cabeça, abriu os olhos.

— Tem chá? — só então perguntei a Michèle.

— Deve ter, na cozinha.

Esquentei a água na chaleira, acendi o fogo, separei um saquinho de chá. Enquanto esperava a água esquentar, pensei comigo no diazinho agitado que estava tendo, meu Deus.

Coisa de louco. Contando, ninguém acreditava. Primeiro, sequestrado e interrogado; depois, a fuga do quarto do hotel onde me prepararam uma bela armadilha — e agora caí nesse ninho com um drogado quase morrendo nos meus braços. Com a Odessa e a polícia me procurando, sei lá...

Precisava de certa segurança.

Segurança, quem falou em segurança?

Coloquei o saquinho de chá na xícara com água quente e voltei pro quarto. Jean-Claude já conseguia permanecer em cima das pernas; continuava andando, sozinho. Entreguei a xícara nas mãos dele, que a segurou com elas em concha.

— Cuidado que está quente.

Ele não falou nada, passou a xícara para a mão direita, dedo na alça, e sorveu um gole com vontade, soprando, e logo engoliu o chá como um esfomeado toma uma sopa.

— Vai te fazer bem.

Ele fez mímica com a face, sorriu com os olhos, agradecendo o que lhe parecia um gesto de carinho. Finalmente falou:

— *C'est bien, oui. Tu t'appelle comment, toi?*

— Mário.

Barulho de chave na porta. Olhei para Michèle e disse em português:

— Deve ser a Gina.

— *Tu es portugais, toi?* — perguntou ele.

— *Non, bresilien.*

— *Bresilien, bien sûr. Comme Gina.*

As duas pareciam confabular lá na cozinha. Depois entraram no quarto.

— O que é que aconteceu com meu gatinho? — disse Gina, abraçando-o.

Jean-Claude recuou.

— Como é seu nome mesmo? — me perguntou a francesa em português.

— Mário Livramento.

— Mário, vá como quem não quer nada — falou sorrindo, como se fosse de outro assunto — até o banheiro, pegue a seringa e jogue fora pelo basculante. Aproveite enquanto Gina está falando com ele. Vai, depois te explico.

Depois ela explicava: eu ia mesmo perguntar, mas percebi que elas deviam estar sacando um lance à frente, o próximo lance que eu não sabia qual era, mas imaginava: assim que se sentisse melhor, Jean-Claude ia querer se aplicar mais uma vez.

Fiz como ela disse. Entrei, tranquei a porta. A seringa estava em cima da pia e tinha um pouco de sangue dentro dela e na agulha: sangue seco. Embrulhei-a com papel higiênico e procurei uma janela no banheiro, joguei tudo fora. Puxei a descarga como se tivesse mijado e saí.

A água ainda estava quente e coloquei-a numa xícara com um saquinho de chá.

Voltei pro quarto.

— Agora é a minha vez — disse em francês, mostrando a xícara.

— Fique à vontade — disse Gina.

Mais à vontade desde que cheguei, impossível, pensei.

— *Vous êtes brésilien, aussi, vous?* — perguntou Jean-Claude, sem entender nada, prosseguindo o papo anterior.

— *Oui. Et vous? Parisien?*

— *Oui.*

Percebi que Gina pegava alguma coisa na camisa de Jean-Claude jogada na cama.

Conversávamos os três — Gina se aproximou. O garoto francês não dizia coisa com coisa e mais ouvia do que falava. Depois sacudia a cabeça, resmungava. De repente começou a andar de um lado pro outro como um peru dentro de casa, e a francesa apenas olhou e depois olhou pra Gina que retribuiu o olhar e disfarçou. Continuamos falando como se nada estivesse acontecendo. Era o que se pressentia: Jean-Claude procurou a droga nos bolsos dos jeans, não achou; procurou na camisa jogada na cama, não achou.

Foi até o banheiro e de lá mesmo ouvimos:

— *Merde, alors!* — bem alto.

Voltou, ficou nos rondando. Estava nervoso, andando pra cá e pra lá, colocou a mão no quadril, parou, olhou pro chão, disse palavras incompreensíveis, palavras que não chegavam a nos atingir, pois se perdiam entre sua boca e o assoalho.

E ele então tomou coragem. Ficou na nossa frente e falou pra Gina sem no entanto realmente encará-la:

— Onde é que esconderam a minha herô, porra!

Gina diz que não sabia de nada, mas ele continuava falando, agora não encarava ninguém, mas ficou ali do nosso lado se agitando como vara verde, falava alto, esbravejava, xingava, de tal maneira que pouco se entendia — tudo se compreendia pelo seu tom de voz. Às vezes conseguia emitir frases inteiras inteligíveis:

— Fico puto quando gente igual a mim, *junkie* que nem eu, quer se fazer de superior, porra, ninguém é melhor do que ninguém, eu quero a minha heroína e a minha seringa, porra, caralho, se eu não encontrar vai ser difícil encontrar outra, puta que o pariu, será que vocês não sabem que as farmácias não vendem seringa sem receita médica, caralho, vou entrar no maior bode, num *bad*, cacete...

Estava uma fera.

Gina e Michèle, tensas, disfarçavam: fingiam não se tocar. Eu também: não era nem comigo — e não era mesmo. E ele, talvez por eu ser um estranho ou por ter cuidado dele, parecia me poupar no seu discurso frenético. Ao mesmo tempo, sua raiva não era só dirigida a Gina, era meio indiscriminada — e falava com ela e era como se não falasse com ela.

Deve ter ficado assim mais de cinco minutos, finalmente pegou sua camisa e seu casaco e ainda segurando-os na mão e xingando, saiu teatralmente.

Escutamos o barulho da porta batendo.

— Não se assuste que é assim mesmo — falou Gina. — Amanhã ele tá aí de novo. Não dá pra segurar esse gatinho.

Se continuar assim, ele vai morrer logo — pensei mas não falei para não parecer moralista. Acabei dizendo a mesma coisa de uma outra forma:

— Ele é muito novo pra ficar nesse estado...

Gina não respondeu. Sorriu, vagamente concordando. Depois falou:

— Jean-Claude é um amor de pessoa, mas *junkie* demais. Já falei com uma amiga dele que é médica, mas ela também não consegue segurar a barra do gatinho. Ninguém consegue.

Barulho de chave. Barulho de porta se abrindo e se fechando. Quem seria?

É Luísa, outra das "meninas" de Juarez, que chegou dizendo:

— O que é que houve com Jean-Claude? — E depois de me ver:

— Ah, o nosso jornalista, tudo bem?

— Tudo bem depois da Operação Salvamento.

— Você precisava ver — falou Gina. — O gatinho quase pifou não fosse a Michèle e o nosso amigo aqui.

O nosso amigo aqui era eu. Claro, já estava em casa. Com todas as possibilidades de perigo que pressentia ali, aquele entra-e-sai, com injeções que não eram para curar gripes nem outras doenças, eu não tinha escolha. Ia ficar ali mesmo; era mais seguro do que me registrar em hotel. Ficaria uma semana, depois via o que fazer.

Surgia uma rodada de chá. Conversa, eu e as três mulheres. Michèle era bonita, um sorriso terno.

Numa hora apropriada, falei com Gina e Luísa, lembrei do convite de Juarez, que não estava querendo continuar no hotel, se não podia ficar ali por uns dias.

— Se não se incomodar de dormir no mesmo quarto que a gente — falou Luísa.

— Claro que não.

Precisava ir lá embaixo apanhar mala, maleta, minhas coisas, antes que o bar fechasse.

Gina pegou um espelhinho, um canudinho e um envelope pequeno e se aproximou:

— Vou preparar uma carreirinha. Quem tá a fim?

2
UM DIA DEPOIS DO OUTRO

Nada como um dia depois do outro. Não é assim que se diz? Original. Nada como um dia. Afinal, não se pode fazer muita coisa a esse respeito: depois de segunda, vem terça; depois de terça, quarta; depois de quarta, quinta — e assim por diante, *per omnia saecula saeculorum amen.*
Tudo uma repetição monótona portanto?
Antes fosse. Pode ser que assim seja para a maioria. Mas não para esse pobre repórter, especialmente nesses primeiros dias franceses: foi eu botar os pés nesta cidade, e a confusão começou. Caí num redemoinho de acontecimentos, uma rede, trama, teia de aranha. E no meio do redemoinho, não dá muito pra pensar, vocês sabem: não deu pra parar, não deu nem pra me coçar.
Quando acordei no dia seguinte, por volta de uma hora da tarde, senti que aquele, sim, tinha sido um sono dos justos, merecido. Confusão demais também cansa, e como! Dá sono. Assim que acordei, comecei a me inquietar, atacado por um leve sentimento de culpa por estar perdendo tempo, embora independente da minha vontade.
Precisava agir.
As meninas do Juarez já haviam saído de casa.
Preparei um café ralo e comi uma bolacha mole. Havia um iogurte na minigeladeira. Comia? Quem sabe? Depois comprava outro. Não, não ia ter tempo. Melhor deixar. Já dera a elas de presente o haxixe e o pó que andaram colocando na minha mala — um presente da Odessa. Não entrei em detalhes. Como vi que elas transavam droga abertamente, ofereci os dois embrulhinhos.
Elas ficaram muito contentes.

Entrei debaixo do chuveiro enquanto pensava como seria o meu dia — ou o meu meio-dia, pois só tinha então a tarde e a noite. E à noite era impossível fazer qualquer coisa, pelo menos aqui nesse apartamento. A água caindo. Não precisava pagar o banho como no hotel. Não só o banho: também a economia da diária. Troquei conforto e privacidade — nem tanta, é verdade —, mas fiz economia. Paris estava cara. Afinal, eu era apenas um jornalista do *Tiers Monde, il faut pas se prendre trop aux serieux, n'est pas?*
Voilà.
A água caindo. Há uns três dias que eu não sabia o que era um banho. *Voilà.*
Mas era preciso levar as coisas a sério. (Quase digo: "lavar" as coisas a sério.) Faria um longo relatório para Alfredão, o editor. Não, minha intenção não era mostrar trabalho — e nem isso era necessário, ele queria era ver o produto final. Eu precisava deixar registrado o que me acontecera: o sequestro, o diálogo esquisito com o *Führer* "Edward G. Robinson" e a droga plantada na minha mala. *Just in case,* como dizem os americanos: em caso de me acontecer alguma coisa de mais grave — eu desaparecer, por exemplo —, ele teria uma pista, um relato para ser divulgado.
Precaução.
Depois iria cuidar de Bernonville. Do conde Bernonville. Do condenado à morte que escapou, não como no filme de Robert Bresson, que ele, o conde, fugiu bem antes de ser condenado. Não era bobo: sabia que ia sobrar pra ele depois da derrota da Alemanha de Hitler e das forças de Ocupação na França.
O conde nazista não saía da minha cabeça. Precisava encontrar alguma coisa sobre ele enquanto estivesse na França. Os dados possíveis de levantar no Brasil, já os tinha. Ao mesmo tempo, continuar em Paris representava um risco. E se eu aproveitasse o susto que me deram — susto em dose dupla — e viajasse logo para Lyon, onde o conde viveu e atuou? Ou fosse logo para Viena me avistar e conversar e trocar figurinha com o caçador de nazistas Simon Wiesenthal? Depois voltava a Paris, com mais calma.
Não. Precisava antes esgotar os arquivos e as possibilidades de pesquisa aqui em Paris. Chegaria a Lyon com mais informações; sabendo melhor o que, quem e onde procurar.

Portanto, mais uma semana em Paris.

Mais uma semana.

Quando eu estava saindo do hotel para ir ao Centre de Documentation Juive Contemporaine é que os marmanjos e orangotangos me pegaram e me levaram. Hoje, meu plano era ir até o Centro — espero que nada aconteça, saravá. Trouxe o endereço do Brasil, um amigo que fez mestrado na Sorbonne me deu a dica.

Procurei num mapa de Paris que estava em cima da mesa. Por sorte não era longe, ficava no mesmo *arrondissement*. Talvez uns 15 minutos a pé. Aproveitaria para olhar as ruas, ver um pouco de Paris; atravessaria a Place des Vosges, iria pela rue de Rivoli, entraria numa transversal mais adiante, uma ruela que dava pro Sena, perto do Foyer des Artistes que conhecia.

Peguei uma das cadernetas — realmente duas outras haviam desaparecido com a invasão dos bárbaros no meu quarto: trabalho perdido —, coloquei-a na bolsa a tiracolo.

Saí. Primeiro a Place des Vosges. No café, parei a fim de. Um *express* cairia bem. Aproveitei para comprar mais um maço de Gitanes como reserva. (Cigarro dá câncer. Não se esqueçam, crianças.)

Atravessei a praça sem muita pressa, como se a visse pela primeira vez. E não era? Não lembrava. Bonita, muito bonita. Paris antiga. Tarde agradável apesar do frio. Colegiais passaram por mim, correndo. Atravessei a praça em diagonal. No outro canto — no outro canto do ponto de vista do café onde comprei cigarro —, vi uma placa na entrada de um prédio. Parei e li:

MUSÉE VICTOR HUGO

A GRANDE GLÓRIA DA FRANÇA havia morado naquele prédio. Li *Os trabalhadores do mar* ainda no ginásio, em Porto Alegre. E se eu entrasse para dar uma olhada? Não, primeiro o trabalho, eu sou um repórter do *Tiers Monde* e meu dinheiro podia acabar. Ninguém segura a inflação, muito menos, parece, Giscard d'Estaing. As eleições vêm aí por falar nisso. Na França, claro. No Brasil, ainda demora. Mitterrand vai ser candidato. Além disso, o Centro de Documentação pode fechar cedo. Bem que eu podia captar alguma coisa do astral desse cara, o Victor Hugo. Será que ele conseguiria fazer uma boa e longa reportagem?

Bobagem. Eu é que não conseguiria escrever um longo poema ou um romance. Victor Hugo. Conde Bernonville. Que diferença. Voltarei outro dia; primeiro preciso saber mais a respeito de Bernonville, que não foi glória da França, muito pelo contrário. A França condenou-o à morte. Um país de gênios e traidores — como qualquer país, aliás. Nas horas de folga, vou me ilustrar um pouco. Passar um verniz de cultura. Claro, um homem culto se interessaria muito mais pelo passado de um dos maiores escritores da Europa do que pelo passado de um reles nazista assassinado na Lapa, América Latina — mas eu não sou um homem culto (modéstia de lado, me olhando) nem estou em Paris para pinçar filigranas não degradáveis, quer dizer, biobibliográficas. Por enquanto Bernonville é mais importante. Sou filho de protestantes, como Dillinger e Glauber Rocha (preciso ligar pra ele), e me sinto com uma missão a cumprir. Não me venham com borzeguins ao leito, com sequestros e intimidações. Depois que ponho uma ideia na cabeça, ninguém tira. Minha avó dizia: êta guri teimoso! Se me apontarem um revólver na testa pode ser que mude de ideia, sou teimoso mas não sou maluco. Mas jogar pôquer é comigo mesmo: o único jogo que incorpora nas suas regras o blefe. Blefando, se vence uma partida. Um blefe aqui, um *royal flash* ali...

Já estava na rue de Rivoli.

Missão a cumprir, protestante. Missão que tinha lá seus encalços e percalços, para dizer o mínimo. Mas não gostava da ideia de "risco de vida", me recusava a levá-la a sério. Parecia que estava querendo me transformar em herói. Herói de quê? Esquece. Risco de vida é andar de ônibus no Rio de Janeiro; atravessar a rua.

Atravessei a Rivoli pro lado de lá e entrei numa ruela, na rua do Centro de Documentação, que ficava num prédio recuado. Entrada pelo lado.

Falei em percalços? Pois disse-o bem: na entrada do Centre de Documentation Juive Contemporaine, um guarda me parou. Não esperava. Precisei mostrar o passaporte. Não foi o suficiente. Expliquei o que pretendia: era repórter, pesquisar. Não bastou. Ele pediu licença e começou a me apalpar. Das pernas às axilas, me vasculhou, me revistou. O policial de plantão. E eu ali, braços pra cima, contrafeito, sem jeito. Me lembrei então que, duas semanas antes de chegar a Paris, um grupo de neonazistas havia colocado uma bomba numa sinagoga. Uma tragédia: muita gente morreu. Não fui eu, não, seu guarda. Mas ele não tinha muito humor. Pediu ainda pra ver minha bolsa: mexeu em tudo. Nenhuma arma, bomba, bombinha. (Ainda bem que entregara as drogas para as meninas!) Temiam, depois daquele atentado, uma nova onda de antissemitismo na França, de grupos de extrema direita.

O guarda me devolveu a bolsa e de novo falou:

— Desculpe. São ordens.

Subi pelo elevador: terceiro andar — são ordens.

Pensei: num dia sou sequestrado por nazistas; no outro, sou revistado minuciosamente pelos judeus. Será que posso chamar isso de ironia?

Estantes e mais estantes.

Havia poucas mesas: só três. Um estudante ocupava uma delas. A biblioteca devia ter de tudo sobre judeus e antissemitismo, antes, depois e principalmente durante a Segunda Guerra.

Uma mulher veio me atender.

Expliquei.

Ela mandou me sentar e desapareceu.

Um, dois anos estudando aqui e se sai especialista no assunto. Não era o meu caso, eu precisava ser objetivo: corria atrás de alguns dados. Específicos. Difícil era localizá-los. Não estava fazendo nenhuma tese de mestrado ou doutorado, *madame*. Ou seria *mademoiselle*?

Expliquei direitinho pra ela o que estava querendo, pelo menos isso eu sabia. *Oui, de Ber-non-vi-lle. A Lyon.* Durante a Ocupação e na época imediatamente posterior, os julgamentos. Não tinha ideia de como estavam classificadas as informações. *Oui*, de preferência material de imprensa da época, mas não só. Sim, tinham arquivos dos jornais, só não sabia se de Lyon. Vamos ver. Depois ela ficou quieta. Pensava? Depois disse ainda que. Não: continuou calada. Só depois é que disse.

Disse que.

E que.

Por isso. Por aquilo.

Sim, senhora. Ou será *mademoiselle*?

Aguardei, aguardava.

Ela voltou com quatro pastas grossas.

Para começar.

3
FAUSTO SE DANOU DURANTE A OCUPAÇÃO

FORAM DIAS INTERNADO NAQUELA BIBLIOTECA, cercado de pastas e arquivos.

FIQUEI SABENDO QUE, EM 1941, existiam 12 jornais diários em Lyon (alguns não passavam de duas folhas), numa tiragem total de 33 mil exemplares. Que, em agosto de 1942, houve um "protesto contra a perseguição de judeus", o que mostra que nem tudo era silêncio e colaboração (além da Resistência). Mas em 1943/1944 esses protestos já não deviam existir, a barra estava mais pesada. Li uma matéria sobre a *Milice Française* — organização paramilitar nazista (ligada a Bernonville) —, que relatava "sua ação contra o QG da Resistência francesa em Lyon". Dizia o jornal: "Ao lado da polícia alemã, é preciso notar a atividade da Milícia, que se entrega a algumas operações a partir de maio de 1944", tendo ela seus cárceres e salas de interrogatório próprios.

HÁ CINCO DIAS, EU PASSAVA PELO GUARDA DA ENTRADA, era examinado (cada vez com menos rigor) e me enfurnava na Biblioteca do Centro de Documentação. Já tinha bastante material, alguns fios da meada, uma referência aqui, outra ali a Bernonville e a Karl Barbie, mas nada — pelo menos nada na imprensa — de significativo sobre eles. Já conseguia saber, naquele emaranhado, que a *Milice Française*, quando surgiu, estava sob as ordens de um outro grupo paramilitar, o *Maintien de l'Ordre*, que era mais burocrático e ao qual pertencia nosso conde assassinado.

Mas o perfil do homem ainda estava por ser feito — a construção do personagem, os detalhes. Seu histórico pessoal. Continuava procurando. E precisaria ir a Lyon, pesquisar em órgãos, instituições, jornais de lá. Precisava também, ainda em Paris, visitar o Comité d'Histoire de la IIème Guerre Mondiale.

Mais tempo na França, portanto, o que não era um castigo, evidentemente, a não ser.

Me absorvera tanto na biblioteca nesses últimos dias que simplesmente me esquecera dos meus invisíveis perseguidores. O próprio sequestro era uma lembrança distante, uma cena de um filme que eu vira há muito, e no qual, ao mesmo tempo, eu tinha sido o personagem principal. Melhor: uma sequência de um filme montada errada, tirada de outra história, de outro clima.

O clima da época já dava pra sentir com a pesquisa no Centro de Documentação.

Le Lyon Républicain, por exemplo, só tratava os *maquisards* (membros da *Maquis*, Resistência) como "bandidos", "terroristas" — era um jornal pró-Milícia, claro.

Em 17 de janeiro de 1944, a manchete *"Enfin des allumettes"* registrava que havia faltado fósforos na cidade.

E, dentro, uma notícia dos *Maintien de l'Ordre* de Bernonville: "82 prisões por atividades antinacionais."

No *Le Salut Publique/Lyon Soir*, um cartum racista intitulado *Boucherie antropophagique* ("Açougue antropofágico") mostrava uma mulher negra com uma cesta, na frente de um açougue, perguntando: "Será que o senhor não tem um pedaço de branco?" Encontrei uma nota sobre o Brasil, emitida de Berlim e publicada no dia 19 de fevereiro de 1944, com o título de "Tropas brasileiras":

"Segundo despachos do Rio de Janeiro que chegaram a Lisboa e foram reproduzidos pela imprensa berlinense, o Corpo Expedicionário Brasileiro não será enviado nem a Brazzaville nem à África do Norte, nem aos Açores..." — e não dizia para onde as tropas seriam enviadas. (Hoje sabemos: para a Itália.)

No Grand Théâtre de Lyon, uma estreia bastante sugestiva: *La damnation de Faust* — pois, durante a Ocupação, parece que Fausto realmente vendeu sua alma ao diabo: se danou.

TIREI UMA SÉRIE DE XEROX ANTES de sair pela última vez do Centro de Documentação Judaica Contemporânea. Esgotara as possibilidades do Centro em relação à minha pesquisa. Precisaria — sobre Barbie e Bernonville — recorrer a outras instituições. O melhor material eu pensava encontrar em Lyon, mas *il faut* que eu aproveitasse minha estada em Paris.

O próximo passo era o Comité d'Histoire de la IIème Guerre Mondiale. Só que levei dois dias para saber — não conseguia descobrir o endereço — que ele havia mudado de nome. Foi nesse intervalo, por sugestão da minha amiga Ana, que eu entrevistei Mme. Geneviève Antonioz, uma ex-resistente. Foi ela que me disse que o Comité chamava-se agora Institut d'Histoire du Temps Present.

Nesse meio tempo, Juarez havia voltado de Londres.

E quando Juarez voltava de viagem havia festa.

Eu já me sentia à vontade no apartamento. Não incomodava ninguém, ninguém me incomodava. Só à noite que era meio movimentado, mas, quando eu não queria movimento, saía, ia a um cinema, Jean-Claude, o jovem *junkie* que quase morrera de *overdose*, aparecia de vez em quando, mas estava melhor — o que não significava que, no meio da conversa, ele não fosse até o banheiro, preparasse sua injeção e se aplicasse. Coisa de rotina. As meninas eram alegres, meio deslumbradas, eu as encontrava de vez em quando, pois tinha dias que chegavam só depois das três da manhã.

Juarez congregava as pessoas. Simpatia, bom papo, uma personalidade generosa.

No dia em que chegou, fomos jantar fora. E, como passava das onze quando se decidiram, fomos direto para o Halles.

Muita bebida e muita comida — Juarez gostava de uma boa mesa. Bebia e bebia, mas nunca ficava de porre. Quanto ao pó, cheirava, mas só quando havia mais pessoas, como se fosse uma forma de sociabilidade. Na verdade, encarava a coisa como um profissional. Várias vezes me disse:

— Cocaína é pra milionário e pra otário.

E encerrava o assunto com uma risada.

Conseguira chegar a Barbie em Santa Cruz graças a ele. Depois, tive oportunidade de perguntar se seu conhecido lá da Bolívia — o que conhecia Barbie — era um grande traficante. Ele disse que sim, "mas não pergunta o nome dele que eu não sei". Perguntei também se ele achava que Barbie também estava metido em tráfico de cocaína.

Isso eu não sei, disse.

E a Odessa?

Nunca ouvi falar, respondeu.

Era mais do que uma possibilidade: era uma hipótese de trabalho. Sabia-se já que a Odessa — e por intermédio de Barbie — fazia tráfico de armas através de firmas legais quando possível. Iriam perder a oportunidade de vender o "ouro branco" boliviano com grandes margens de lucro? Barbie não era amigo — a ponto de atender a um pedido dele, que era o de se encontrar comigo — do ex-colega de prisão de Juarez? Amigo, por sua vez, que era um grande traficante? Pois a pista era por aí.

Mas aí não era mais ninho de marimbondos: era de cascavéis, víboras, aranhas venenosas. Melhor não meter a minha colher.

A minha colher eu colocava na boca, tomando uma boa sopa de cebola no Pied de Cochon. Muito vinho Saint-Émilion.

Juarez era um bom contador de histórias. No restaurante, ele desfiava uma atrás da outra. Contou de sua prisão nos Estados Unidos, cenas violentas do cotidiano — sempre com um sorriso. E pontuando o caso com sua frase de estimação:

— Assim não tem cu de australiano que aguente.

Sobre as pessoas acrescentava sempre um colorido especial. Seria um pintor também se quisesse: pintava com as palavras. Mas ele não queria nada, só queria viver a vida. Gostava de cinema, principalmente de cinema americano. Do francês, só Godard. Com uma memória prodigiosa, era capaz de citar trechos de Burroughs ou Lewis Carrol. Curioso esse Juarez: legalmente, era um bandido; pessoalmente, um ser humano muito rico. E que não se levava a sério. Que não levava nada a sério.

Continuamos bebendo depois da comida.

— Já estou me sentindo bêbado — disse eu.

— Então você é um cidadão do mundo — falou Juarez, enigmático.

— Não entendi.

— Você não viu *Casablanca*?

— Vi.

— Pois então. Tem um diálogo no filme entre o oficial nazista e Ricky, que é o Humphrey Bogart. O oficial pergunta a ele:

"Você se incomoda se eu lhe fizer algumas perguntas? Não oficiais, é claro."

Ricky responde: "Pode transformá-las em oficiais, se quiser."

E o oficial nazista: "Qual é a sua nacionalidade?"

Ricky faz cara de jogador de pôquer e responde: "Sou um bêbado."

O oficial francês, que ouvia tudo, acrescenta: "O que faz de Ricky um cidadão do mundo."

Esta noite somos todos cidadãos do mundo, concluía.

E ria.

Eu ficava impressionado com sua memória.

Voltamos tarde pra casa. Ou melhor: quase de manhã. Com a chegada de Juarez, havia um problema "técnico" no apartamento: só três camas para quatro pessoas. Uma das meninas (não digo qual) resolveu na hora:

— Podem deixar que ele dorme comigo.

4
DOSSIÊ DA POLÍCIA ALEMÃ

Geneviève Antonioz era sobrinha do general De Gaulle. Lutou na Resistência.

Um dia, no período negro da Ocupação, quando ela estava agindo pelos subterrâneos da cidade, deu de cara com uma *blitz* num dos corredores do metrô — era a polícia de Vichy, isto é, aliada da Gestapo.

E Geneviève vinha armada. Se desse meia-volta e fugisse, seria perseguida ou receberia um tiro pelas costas. Não podia recuar.

O revólver na bolsa. Tampouco podia sair dando tiros.

O guarda a deteve para pedir documentos: ela simplesmente abriu a bolsa, levantou-a à altura dos olhos dele e disse com voz firme, olho no olho:

"Resistência francesa!"

Pego de surpresa, o guarda francês olhou o revólver e depois olhou pra ela que, por sua vez, não desviou o olhar. Embaraçado, e talvez se sentindo culpado, o guarda deixou-a passar.

Livre.

Esta era uma das histórias que se contavam sobre Mme. Geneviève Antonioz, hoje uma senhora bem-colocada na vida e tida como heroína da França. Ela me deu uma entrevista, mas não foi ela quem me contou esse episódio: estava na boca do povo. Depois da entrevista, já que não sabia muita coisa sobre Barbie e Bernonville — havia atuado mais em Paris —, Mme. Antonioz me indicou o Institut d'Histoire du Temps Present. Que eu falasse com o diretor Claude-Lévy ou com Mme. Ramson ou M. Bedarrida.

Tirei o dia para seguir seu conselho.

Desci do metrô em Sèvres-Lecourbe. Andei algumas quadras até encontrar o número 80B — antes do Prixunix, *à gauche et à droite*, pois era um edifício atrás de outro edifício.

Fui bem-recebido. Destacaram uma mesa pra mim.

Me trouxeram várias pastas, segundo a data e a região (Lyon). Desta vez não eram recortes de jornais antigos: eram documentos, o que os historiadores chamam de "fontes primárias". A coisa começava a ficar interessante. Precisava descobrir referências a Barbie e a Bernonville naqueles materiais inéditos. Eram folhas, papéis, relatórios da Resistência e da polícia, listas de nomes, históricos pessoais e coletivos da época — escritos à máquina e remetidos especialmente ao Instituto.

O primeiro documento que me caiu nas mãos eram umas "Notas para Servir à História da Justiça da Libertação", datilografadas e enviadas de Lyon, em 12 de fevereiro de 1953, por um tal de Maurice Guérin. Passei os olhos. Nada sobre meus personagens, mas copiei esse trecho:

"A História é um drama que só terminará com a Humanidade. O essencial, para seus atores, é não desempenhar nele papel de traidores."

Traidor — meu objetivo principal de pesquisa era exatamente um ator que havia desempenhado esse papel durante a Ocupação.

(E ator, literalmente, Bernonville havia sido por mero acaso ao participar de um filme nacional dos anos 1960: em *Os mendigos* ele faz um papel, travestido de mulher velha. Mera curiosidade.)

Outro documento me chamou a atenção pelo título: *"Dossier Police Allemande à Lyon"*. Estava ficando quente a brincadeira de esconde-esconde.

Eram muitas páginas, mais de cem. Folheei o documento e vi pela primeira vez o nome de Bernonville.

Era no item que tratava do colaborador André Francis, classificado de "guarda de proteção de Bernonville", e que, em 1940, havia entrado para os Grupos de Proteção (GP) "criados pelo ministro Peyrouton para assegurar a guarda de Pétain, dirigidos em Lyon por Bernonville (nome sublinhado), auxiliado por De Decker e Lediberder". E prossegue: "Depois da prisão de Laval (13/12/40) os GPs são dissolvidos. Bernonville organiza a União Nacional de Trabalho (UNT), da qual A. Francis é diretor de Propaganda — depois de três meses, a UNT tem cerca de 1.500 membros em Lyon."

Finalmente nosso conde assassinado na Lapa apareceu nas páginas de um documento: não era um mero personagem de ficção. Existia ainda nas folhas envelhecidas e esquecidas de um documento inédito. Uma referência indireta, é verdade, mas o item seguinte do "Dossiê" prometia mais: "*Relations avec le cdt. Bernonville.*"

Tentei entender a origem do relatório. Foi redigido pela polícia, certo (e em um francês muito ruim), e a parte que li era um depoimento de um colaborador chamado Mace, preso depois da guerra. Ele contava suas atividades, desde quando apresentado a Karl Barbie (no documento, escrito errado: *le cap. Barbier de la Gestapo*) — entre essas atividades, trabalhou com Bernonville.

Retomei a leitura na altura de suas "Relações com o comandante Bernonville":

"Depois de sua saída da CIE (?), Bernonville entrou na empresa de transportes Morry et Cie., onde era *chef de contentieux* antes da guerra. Mais tarde, depois de haver passado alguns meses no Norte da África como encarregado de missão junto ao Com"

E aqui terminava a página e virei-a e, na página seguinte, começava outro item. Fiquei sem entender. Havia dois tipos de numeração, ambas feitas a caneta: uma, geral, do dossiê inteiro; outra, de cada documento que compõe o dossiê. Pela numeração geral, não havia pulo nenhum, mas pela numeração específica, descobri que faltavam páginas, pelo menos a de número 5. Exatamente onde Mace falaria com mais detalhes de Bernonville.

Muita coincidência! De um dossiê de pouco mais de cem páginas faltava exatamente a que tratava do personagem em questão — e tudo fazia crer a parte que mais o incriminaria! Quem teria retirado a folha? Algum amigo na época em que fugiu para o Brasil? Ou há pouco, alguém, alertado pela viúva Bernonville?

Frustrante. Segui em frente.

A página 6 tratava das "Relações com os alemães" e nosso conde assassinado aparece de novo:

"Julho de 1944. Bernonville (caixa alta) tinha recebido ordem formal de Danari (idem) para trabalhar em completa ligação com a Gestapo. Bernonville estava em má situação em seu trabalho, no qual era suspeito. Ele havia reclamado das violências do serviço e não tinha aprovado o plano de cerco e bombardeio sistemático das regiões ocupadas pela *maquis*. Tendo feito essas observações a Mace e dito a ele que seria mais fácil trabalhar com a Wehrmacht, Mace contou-lhe a visita de Fischer (oficial nazista), e, tendo Bernonville concordado, foi ver Fischer em sua residência na Place Bellecour 26."

A partir daí houve uma reunião em Tassin, cidade ocupada pelo coronel Bernbach, a quem Bernonville foi apresentado no Grand Nouvel Hôtel. Segundo o tal Mace, o coronel alemão Bernbach ficou "encantado" com Bernonville. Entre os dois "relações muito amigáveis se estabeleceram rapidamente, a tal ponto que, para ter razões suplementares para ir a Tassin, Bernonville requisitou ao coronel, por conta do *Maintien de l'Ordre*, uma casa em Tassin". Mas havia rabo de saia atrás desse pedido, pois de repente um romance de amor aconteceu — não com o coronel Bernbach, claro: "Bernonville se apaixona por Charlote, secretária do coronel Bernbach, e eles não se separam mais. Bernonville chega a negligenciar suas funções."

E deve ter se descuidado bastante do trabalho — ou então os oficiais nazistas, mesmo sendo simpáticos, ficavam na defensiva por ele ser francês —, pois "desse relacionamento nada resultou do ponto de vista do serviço". Apareceram certas cópias de informações que "vinham da Resistência, notadamente listas de milicianos, um relatório que dizia respeito a Bernonville". E Mace explicava: "Em geral, a Abwehr (serviço secreto alemão) obtinha seus relatórios graças às datilógrafas que trabalhavam nas organizações da Resistência ou no PPF (?) e que, só usando uma vez os carbonos, remetiam-nos para a Abwehr, que os fotografava."

Mas que fim deu o romance do conde nazista com a secretária do coronel nazista?

Dizia Mace: "Bernonville tinha então pedido para ficar em Lyon para 'manter a ordem'; mas Charlote precisava partir com todo o pessoal da Abwehr, e ele então tomou a decisão de partir ao mesmo tempo. Eles saíram de Lyon no dia 12/8 às 11h, com o primeiro comboio da Abwehr, que se compunha (ao todo) de 15 viaturas. O comboio passou por Dijon, Epinal, Pexome, Klinbach e Bad Kreuznachaí por 15/9 —"

E novamente uma interrupção. Assim perdia a graça. Estavam complicando meu trabalho. Agora eram várias páginas que faltavam.

Parecia até que.

Será que alguém veio aqui e tirou estas folhas na época do julgamento de Bernonville? Ou quando? Recentemente, depois que eu falei com a viúva? Como saber? Logo agora que ia entrar um pouco de amor nessa história sórdida de traição e colaboração.

Continuei folheando o dossiê. No item *"Agents français"* encontrei novamente o nome de Charlote, no que talvez desse para imaginar como o desfecho do romance:

"Maurice. PPF (?). Passou por uma escola de espionagem da IS e trabalhou com Evans. Durante os últimos tempos, amante de Charlote. Usava uniforme alemão mas não tinha atividade."

Fiquei sabendo então que Charlote, ou se passou para os braços desse tal Maurice ou simplesmente andava corneando nosso conde de Lyon e da Lapa.

Mas era tarde. A funcionária do Instituto veio gentilmente me avisar que estava na hora de fechar. Pedi para ela deixar o dossiê separado; voltaria no dia seguinte.

Não ia perder a continuação da história de Bernonville.

OS LEÕES TÊM SETE CABEÇAS

Era cedo. Às seis horas, num cinema de Denfert-Rochereau, passava um filme de Glauber que nunca passou no Brasil: *Der leone have sept cabeças*. (Li no *Le Monde*.)

Peguei o metrô e desci em Denfert-Rochereau. Não avistei Glauber. Paguei a entrada e entrei.

Na saída, Glauber estava lá. Conversava com o dono do cinema, discutiam sobre a qualidade da cópia — aliás, péssima. Glauber me viu e fez sinal com o braço. Barba por fazer, mais pálido ainda do que da outra vez.

Conversamos, ele me perguntou o que é que eu achava do filme.

Ficamos de nos encontrar no final da semana.

Fui pra casa. Para descansar.

Doce ilusão.

O apartamento estava cheio. Luísa e Gina, as "meninas", Jean-Claude com seu ar de zumbi adolescente, o baiano feio como a necessidade que chamavam de Filé de Borboleta e a presença mais agradável da noite: Michèle, com seu perfil de cisne, sorriso branco.

Já que não dava pra descansar, melhor sair. Perguntei se alguém estava a fim de jantar fora. As meninas disseram que não, Juarez talvez chegasse de Roma.

Olhei para Michèle:

— A ideia não é má — ela disse.

— Deixa eu tomar banho e a gente vai — falei.

— Onde?

— Você escolhe.

Entrei no banho. Michèle era uma graça, e eu me perguntava o que é que ela fazia com as "meninas", pois não tinha muito a ver. Talvez fosse viciada. Ou sentia atração por esses *drôles de brésiliens,* tão diferentes da formalidade parisiense. Ela não disse que não era de Paris? Talvez se sentisse também meio deslocada na cidade.

Me arrumei no banheiro mesmo, já que estavam todos no quarto.

Fomos eu e Michèle para a Ilha de Saint-Louis.

Por sugestão dela, para um restaurante de comida típica da Normandia.

Caminhamos e conversamos.

Comemos e conversamos.

Voltamos e conversamos.

Sensível moça bonita.

Acabei dormindo tarde.

Dia seguinte acordei cedo.

Cheguei ao Institut d' Histoire du Temps Présent minutos antes de abrir. Fui pro café esperar os funcionários se prepararem, o expediente começar.

Peguei o mesmo dossiê da polícia alemã e continuei meu trabalho.

O item *"Maintien de l'Ordre"* retomava a trajetória de Bernonville, o fio que se perdera várias páginas atrás. Uma nota de pé de página dizia que as informações foram fornecidas por Mace e que a organização ficava na rue Duquesne, em Lyon (anoto o endereço para visitar o prédio) e tinha Bernonville como *chef de service*.

Mace informou que, depois de passar alguns meses no Norte da África, Bernonville veio a Paris onde foi nomeado *chargé de mission* no Ministério da E.N. (?) No começo de 1944, passou para a *Maintien de l'Ordre* em Lyon. Prosseguia o depoimento:

"Abril 1944. De B. (Bernonville) visita M. (Mace) e explica a ele que vai dirigir uma operação em Vercors; alguns dias depois em Saône e Loire; dois ou três dias depois em Chalon-sur-Saône."

E Mace se dirigiu para esta última região vestido de *milicien,* acompanhando Bernonville e mais dois ou três milicianos armados, numa operação de reconhecimento numa área infestada pela *maquis* — e nem um tiro foi trocado. Mais tarde, em julho, outra operação; desta vez na estrada Vichy-Roanne, onde eles levaram a cabo o cerco de uma vila.

E Mace concluía: "Sem resultados."

Pelo jeito, nosso conde não era dos mais eficientes.

Virei a página.

De novo!

Desta vez faltavam várias folhas, alguém surrupiou. Para aumentar o quebra-cabeça. Me perguntava por que não levaram logo o dossiê inteiro. Talvez despertasse suspeitas nas funcionárias e assim foram tirando uma página aqui, outras ali. E eu que me virasse com tantas lacunas.

Segui em frente.

Na página 118, da relação de "agentes franceses" constava o nome de:

"Bernonville, Jacques — Ex-Cdt. de *chasseurs alpins.* Jogado de paraquedas entre Rambouillet e Epernon, em outubro de 1944, para evitar ir para a Alemanha." (Não entendi). Com ele, caiu do céu Michel Thomas, "estudante de medicina em Paris, miliciano e amigo da família de Bernonville". E nosso conde desastrado levou consigo nesta queda do céu um aparelho de rádio, "exclusivamente para dar notícias a Charlote" — coisa que não chegou a acontecer pois não sabia manejar o aparelho, vê se pode.

A se julgar pelo que Mace pintou sobre Bernonville, consegue-se entender por que os alemães acabaram vencidos na França: não por causa dos Aliados ou da Resistência, mas pela ineficiência dos próprios "colaboradores". Não era à toa que Bernonville acabou perdendo a bela Charlote (esse "bela" é por minha conta) para um tal Maurice.

Concluí a leitura do dossiê da polícia.

Examinei em seguida uma "Lista de Suspeitos da Região de Lyon (22 de julho de 1941)", onde aparecia o nome do conde. Não estava registrado em nenhum lugar, mas dava para se presumir que a lista devia ter sido elaborada por algum grupo da Resistência. O documento sugeria a execução de Robert Moog, chefe do Bureau des Agents Français de Lyon. Marquei com uma folha para tirar xerox, pois a lista explicava a real atividade da *Maintien de l'Ordre* que tinha sob suas ordens "todas as forças da polícia (guardas, GMR/ Grupos Móveis de Reserva, *urbains, garde mobiles)* da região, assim como, naturalmente, os *milicians".* Mais adiante: "Todos os poderes da polícia do prefeito regional são transferidos a Bernonville, que é assessorado por um estado-maior evidentemente cuidadosamente (sic) escolhido" etc.

Informa ainda esse relatório da Resistência que Bernonville morava na rue Duquesne, ao lado da sede dos M.O. — morava com a família, num hotel particular "requisitado" e ocupado por ele, no nº 19.

Pedi para xerocar uma carta (com assinatura ilegível, no entanto) dirigida a *monsieur de Bernonville/delegué chargé de mission au Comissariat Général aux Questions Juives* em Rabat, África. A carta vinha carimbada e datada de 26 de maio de 1942 — e era mais uma prova da participação, sempre em cargos de mando, de Bernonville na administração nazista na França.

Terminei o capítulo Bernonville. Não encontrei mais nada sobre ele ou sobre Karl Barbie — mas, por enquanto, que os leões têm sete cabeças.

Aliás, sobre Barbie, muito menos, mas dava pra entender: na época que esses documentos começaram a circular na França libertada ele estava longe, de volta à Alemanha, vivendo livremente, protegido pelo serviço secreto americano em troca de informações — e os alemães, com toda a certeza, depois de derrotados, procuraram não deixar vestígio por escrito de sua aventura na França. Já Bernonville, como os colaboradores todos, até nisso saiu perdendo, pois mesmo os que fugiram do país deixaram atrás de si dezenas de comprovantes de suas atividades antifrancesas.

Minhas atividades, dentro e fora da pesquisa, estavam sendo bem pró-francesas pra falar a verdade: saí do Instituto e telefonei para Michèle.

Convidei-a pra ir ver comigo *Mon Oncle d'Amérique*. Ela aceitou.

Quinta parte
Devaneios, armadilhas e sufocos

(Paris – novembro de 1980)

1
DEVANEIOS D'ARMAGNAC

A camisa é uma peça do vestuário de todos os dias, e foi só por isso que me dei conta — ah, as camisas! Não é que eu simplesmente tinha me esquecido! Logo depois do banho, me lembrei, quando percebi que só tinha uma limpa.

Antes da minha saída intempestiva — minha fuga, rente que nem pão quente — do Grand Hôtel de la Loire, eu deixara algumas camisas sujas numa lavanderia do bairro. E lá elas ficaram, pois com mudança de rua e de casa, me esqueci — sobretudo com o episódio "Edward G. Robinson", que nem gostava de me lembrar. A nota ainda num bolso, dobrada, amassada.

Meu trabalho estava adiantado, e, antes de eu pegar um trem para Lyon — onde Bernonville e Barbie algumas vezes, em algum ponto da cidade e do passado, haviam se cruzado —, resolvi flanar um pouco por Paris, ainda que por um dia, uma tarde, umas horas.

Um dia sem ninguém para entrevistar, nenhum arquivo para pesquisar.

Fui direto pro Quartier.

Desci do metrô em Saint-Michel e me lembrei que estava perto do hotel de Glauber, será que ele ainda.

Era na rua do cais, de frente para a Notre Dame.

Não estava mais, me informou a mulher da portaria. Não sabia pra onde ele se mudara.

Caminhei até a rua dos cinemas. Michèle me falou com entusiasmo de *The Blue Brothers*. Olhei os cartazes. Quem sabe? Entrei.

As duas horas passaram rápidas, relaxadas. Estava precisando. E me diverti com as estripulias de dois marginais revivendo em tom de comédia a época do rock, de *Jailhouse Rock,* Elvis, Little Richard, minha juventude vivendo o tempo *around the clock,* amigos de James Dean.

Em paz com o mundo.

Ninguém me seguia, a Odessa estava longe. O filme me fez bem.

Caminhei. Entrei na Saint-Germain à esquerda — evitando passar por perto do meu antigo hotel, *you never know* — e fui até a lavanderia. Que estava quase fechando — mas me atenderam. Por sorte não tinham vendido ou desaparecido com as camisas, que eram quatro, bem-passadas, bem-dobradas. Pedi à senhora

— *S'il vous plaît, madame...*

se ela não me arrumava uma sacola; eu não ia direto para casa, *vous savez,* nem morava mais ali perto. Ela resmungou, mas me arrumou uma sacola de butique.

— *Merci, madame, vous êtes très gentile.*

Voltei pra Saint-Germain. A pé até Saint-Germain des Près, talvez tomar um café ou uma bebida mais forte (*armagnac* era minha última descoberta) no Deux Magots. Sartre morrera no começo do ano, senão poderia vê-lo por ali, como em 1967 — em frente de uma xícara de café, lendo *Le Monde.* E outra vez vindo pela rua, pelo meio da rua — se não me engano era a rue Bonaparte — e por coincidência, carregando o que parecia ser um casaco saído da lavanderia. Ele chegou a me olhar — só havia ele e eu na rua, e nos cruzamos —, e o repórter que sempre fui nessa hora simplesmente não funcionou: despistei, baixei os olhos, segui meu caminho. Um súbito ataque de timidez. Ou de respeito. Respeito por quem tinha feito a cabeça da minha geração, quando eu era jovem e pensava em ser intelectual, que, na adolescência, se pensa cada coisa. Hoje me arrependo de não ter falado com ele: devia ter parado o vesgo genial e rendido minhas homenagens. Agora não tem mais Sartre, nem no Deux Magots, nem em Paris, nem no mundo. Imaginei ele chegando no céu e discutindo com são Pedro: e agora, eu sou o Ser ou sou o Nada?

Não sei se foi a lembrança da morte de Sartre que me fez parar no meio do caminho. Resolvi não ir mais ao Deux Magots.

Em frente ao Odéon avistei o Café Danton que frequentava na minha época, e eu estava cansado e resolvi ficar por ali mesmo.

Procurei uma mesa vazia. Avistei uma perto do vidro, espremido. Me sentei — no aquário. Pedir o quê?

— *Un armagnac, s'il vous plaît.*

A bebida certa na hora certa. Fiquei olhando, escutando, observando. Gente entrando e gente saindo. Gente sentada nas mesas e em pé no balcão, que assim a bebida era mais barata. Deu pra notar que o tipo de clientela do Danton havia mudado. Muito latino-americano: colombiano, venezuelano, argentino, uruguaio. Jovens. Cabeludos. Estudantes pobres, artistas sem arte, cineastas sem filmes, haxixeiros, maconheiros, transeiros, músicos sem música — um pequeno folclore, entre um *demi* e outro.

O *armagnac* pousou na minha mesa — e mais um e mais um e mais um — e devo ter ficado mais de uma hora assim, meu corpo relaxando, minha cabeça se soltando, o que é que eu estou fazendo aqui?

Bebendo, ora. Nada, ora, que era o melhor a ser feito neste dia, nesta hora, meu corpo se soltando, minha cabeça relaxando.

Relaxando.

Relaxou tanto que comecei a ficar de pilequinho. Coisa leve, daqueles que vêm surgindo devagar e de repente você está até simpático, comunicativo. Ou inconveniente. Não eu: tinha treino, muita cachaça pelas costas. Não ia marcar bobeira; se segura, malandro. Não caio do cavalo, chê! (É difícil isso de ser cariúcho, carioca e gaúcho ao mesmo tempo.)

Via das dúvidas, resolvi comer alguma coisa. ("Via de regra" não se escreve, segundo um editor que eu tive: é palavrão. Significa a via por onde passam as regras da mulher.)

Um sanduíche, um *croque-monsieur*?

Não, e se eu.

Me deu uma vontade infantil de tomar sorvete. Sorvete? Uma *banana split*. Cheguei a pensar: mas é fome ou carência? Os dois. Deixei o psicanalismo de lado e chamei o garçom:

— *Une banane split, s'il vous plaît.*

Sempre *"s'il vous plaît"*. Até que era fácil falar francês. Não fazer nada nada nada — não pensar nada, meus amigos têm sido campeões em tudo, menos eu, mistura de Policarpo Quaresma e D. Quixote e

Humphrey Bogart, do jornalismo *sous-développé*; não fazer nada, deixar a tardinha escorrer, se esvair, o começo da noite penetrando a cidade, nas ruas, nos invadindo sem pedir licença, e você aí mesmo, você e suas perspectivas, você e nenhuma perspectiva, você e suas circunstâncias, você e nada mais, pois há momentos em que existe certa filosofia em simplesmente comer uma *banana split*, se possível num bar aqui do Quartier Latin; fumar um cigarro num bar, ficar você e seu cigarro, você, seu olhar e seu cigarro, com a vida suspensa, a História suspensa, os nazistas, ex-nazistas e neonazistas suspensos como se não existissem, que seria bem melhor que não existissem, bem melhor que esta reportagem não existisse devido à própria inexistência do assunto.

Assunto? Mas que assunto?

Estou num bar.

Viver o momento, não era assim, Sartre? Ele morava ali ao lado, na rue Bonaparte. O instante — estavam bom o(s) *armagnac(s)*, a *banana split*, esquecer a memória dos mortos, viver a memória dos vivos, o futuro. Passado, presente, presente contínuo — descontínuo. Não pensar no frio, não pensar no calor, na praia — no tempo que o tempo faz. Faz chuva, cinza. Sol. E o Rio, aquela cidade maravilhosa que fica na ponta de uma longa avenida chamada Brasil, estará no mesmo lugar? E as três Marias, Alice, Susana e Denise, o que estariam fazendo? Nem um cartão até hoje, não escrevi uma linha — isso não se faz. Não se faz mas está feito. Malfeito. Amanhã escrevo. Ou quem sabe comprava um cartão-postal, três, e ia escrevendo ali mesmo: cara Alice, cara Denise, cara Susana, como vão vocês? Por aqui tudo bem. Um beijo.

Terminei minha *banana split* e meus devaneios *d'armagnac* quando vi entrando no Danton uma figura, parecia, conhecida. Não era possível. Será... Mas ele também notou que estava vendo uma figura conhecida: eu — aliás, desconhecido. E se aproximou. Não havia mais dúvida, ele era ele e eu era eu.

Ele era Silviano, que há anos encontrava pelos arredores da Praça Gal. Osório — de Ipanema para o Quartier.

— Mas o que é que você faz aqui? — perguntei, me levantando.

— Eu é que pergunto — respondeu ele, sorrindo.

Eu estava em divagações e, de repente, entrava em minha prosa mental um personagem real, de carne e osso. Era bom: voltava à realidade. Do meu cotidiano carioca para o meu estranhamento, parisiense. Era como se me oferecessem cachaça depois do *armagnac*. Não tenho nada contra a cachaça: gosto muito. Gostei de encontrar Silviano, que não era uma cachaça, pensando bem: estava mais para vinho francês.

— O que é que você está fazendo aqui? — perguntamos quase ao mesmo tempo.

— Vim fazer uma reportagem — disse, encurtando para evitar o assunto. — E você?

— Ganhei uma bolsa do governo francês — diz ele.

— Que ótimo. Mas sente.

Nos sentamos. Me esqueci de dizer que eu havia me levantado quando ele chegou à mesa. Ou será que o disse? Detalhes. Achei que seria dispensável. Mas há quem não ache. Gente minuciosa tem em toda a parte. Como eu? Bem, não é isso. Ou será que é? Sentamos de qualquer forma, e, se sentamos, é porque estávamos de pé, ora, pois.

O papo rolou. E foi ele se sentar (de novo!) e comecei eu minha segunda rodada. Tem dias que é assim, não estou pra brincadeiras:

— Garçom, mais um *armagnac*.

Começar tudo de novo. Ele pediu um café. Ou foi chá? Água mineral? Mas Vichy ou Evian? Para melhor andamento da história, melhor Vichy, Marechal Pétain!

Silviano me disse que alugou um apartamento por quatro meses. Legal. Eu estou na casa de uns amigos, disse. E não era? Morando num ninho, está certo, correndo certo perigo, mas Juarez estava sendo meu amigo, não é verdade? Pois então. Fosse eu para hotel, dançava outra vez, de verde-amarelo. Eu vi a Odessa de perto. Eu...

Mas então como é que vai a vida. Silviano me disse que foi a uma festa, encontrou Glauber; Darcy Ribeiro também estava na cidade, parecia que todo mundo estava em Paris — todo mundo menos Denise, Alice e Susana.

E o papo continuou, *armagnac*. Falei em *The Blue Brothers*, ele falou em Peter Handke, e conversamos, coisa&tal, e isso e aquilo — o papo em dia. No meio da conversa, surgiu o nome de um conhecido comum, Maurício, que estava morando em Paris há séculos. Silviano me passou o telefone dele, me deu o seu também. Anotei tudo num papel, coloquei no bolso.

Já passava das dez da noite quando saímos. Peguei minha bolsa a tiracolo e a sacola da lavanderia. Silviano me confirmou a impressão que havia tido: o Danton ficou barra pesada. Muita droga, disse ele. Ali no Odéon, em volta da entrada do metrô, a barra continuava esquisita, gente parada, esperando alguma coisa acontecer — cadê Godot?

Ficamos de nos encontrar de novo, a gente se telefona.

Mergulhei no metrô. Ia precisar fazer duas mudanças, chatas porque longas, de se caminhar muito por debaixo da terra que nem minhoca: em Châtelet e na Bastilha.

Em Châtelet, aproveitei a caminhada subterrânea para ouvir um pouco de rock: três franceses e dois crioulos africanos faziam a banda. Gente assistindo. O som era bom, e me detive por alguns minutos.

Depois segui em frente no meu caminho de volta pra casa, pra cama, pras "meninas" do Juarez que — ele — mais uma vez, parecia, havia viajado. Se é que elas iam me deixar dormir. Tem tempo pra tudo, uma mulher na cama e um pássaro voando. Quem sabe elas não estavam também cansadas — afinal, ninguém é de ferro, só o homem da máscara de ferro de Alexandre Dumas — e já estavam na caminha?

Devia ter comprado cigarro. Ainda tinha alguns, mas. Nenhum *café-tabac* aberto nas imediações. Só lá na Bastilha. A preguiça não deixa.

Desci em Chemin Vert e encarei a rua à esquerda, a rua longa, silenciosa, solitária, onde eu estava morando.

Só quatro quadras e chegava em casa.

Ainda olhei para trás, como que para me certificar de que.

Mas.

Ora, pois.

2
ALGUMA COISA DE INUSITADO ME ACONTECEU A CAMINHO DE CASA

A CIDADE GRANDE ABSORVE nossos pequenos passos — no meio da noite. A grande cidade absorve também gestos, palavras, ações; absorve frustrações, agressões, roubos, violências, pequenos assassinatos — pois tudo acontece, e a cidade como que não vê, se cala, silente, consente. Todos os dias são silenciosos e invisíveis acontecimentos que se absorvem por mecanismos criados por ela mesma, por essas cidades, anulando, minimizando, ultrapassando tudo isso e o céu também — o céu-inferno da cidade grande, paraíso. Porque a vida precisa continuar, as instituições precisam seguir em frente — e quem vai ouvir essas reclamações, esses gritos, medos, berros, aflições?

Quem?

Já com as pessoas, o indivíduo, é diferente: ele reage à sua maneira, ou sucumbe (à sua maneira), pois pode sentir dificuldades em perceber, captar sequer um por cento que seja do que acontece à sua volta, na dita, chamada realidade desses acontecimentos/sentimentos todos, invisíveis — invisíveis, mas reais.

Eram cismas.

Considerações.

Encucações.

Reflexões.

O *armagnac* me fez filosofar um pouco. Mas não só ele.

Foi a rua.

É.

A rua.

Do momento em que saltei do metrô em Chemin Vert, no Boulevard Beaumarchais, e percebi *la rue Saint-Gilles* por onde teria de caminhar — eram só quatro quadras — até chegar ao edifício de Juarez, foi que pensei nessas coisas.

Que coisa.

Quando me vi frente a frente com ela, e eu sozinho naquela rua solitária, e era noite e eu voltava pra minha casa que não era minha casa, eu estrangeiro e a noite estrangeira — foi que cismei.

Uma rua comum e normal de Paris. Talvez o *armagnac* tivesse me ajudado, me deixado predisposto à minha pequena filosofia de uma noite de verão/inverno — talvez.

Mas esquece. Esquece a solidão da rua — noite e frio. Ninguém. Seria um pressentimento?

Gato escaldado depois do encontro com *Herr* "Edward G. Robison" e seus orangotangos.

À espreita.

Eles podiam estar em cada canto, cada dobra, esperando.

Não; paranoia, não.

Não ia cair nessa.

Não havia jeito.

Eles perderam minha pista, graças a Deus e à minha fuga: a cidade tudo absorve, não é?

Portanto, andar.

Seguia meus passos.

Meus passos estariam sendo seguidos?

Bobagem.

Andar é colocar uma perna depois da outra e assim por diante.

Mera impressão. Sabia. Soube disso depois de olhar pros lados, pra trás. E quando passei por uma esquina. Um gato. Eu era uma sombra caminhando lentamente por aquela rue Saint-Gilles, uma sombra com sua bolsa a tiracolo, seu casaco de inverno, sua sacola de compras que não era de compras, mas da lavanderia — e de repente um gato. Alma de gato.

Só minha sombra, mais ninguém.

A rua descia um pouco, em declive. Passei a segunda esquina, a terceira — que dá pra pracinha des Vosges. Continuei.

Mais um pouco.

Mais uns dez metros.

Quinze.

Na reta final, me distraí um pouco, absorto, a cidade absorve, como se o perigo (mas que perigo?) tivesse passado, passado por mim como um arrepio sem me cumprimentar e seguido em frente, em frente — por trás?

Praticamente em frente do prédio foi que meu rabo de olho registrou as pessoas surgidas sabe-se lá de onde — do ventre da cidade grande, alerta.

E que vinham normalmente pela rua.

Da outra calçada? Não deu pra perceber.

Aperto o botão que abre automaticamente a porta do edifício e percebo que eles diminuem a marcha, atrás de mim.

Entro e, antes da porta se fechar, um deles segura-a, e os dois entram também.

Mais essa.

Mas tudo bem. Não dá pra ver direito: só que são jovens. Me tranquilizo: o pessoal do "Edward G. Robinson" era mais velhinho.

Jovens. Talvez sejam amigos de Juarez ou das meninas, é um entra e sai no apartamento.

Talvez.

Ou moram no edifício, estão indo pra casa. Isso.

Caminho os dois metros e pouco do saguão interno e paro em frente ao elevador.

Parado.

Aperto o botão.

Os dois vêm. Um deles — loiro, cabelo encaracolado, talvez francês — começa a subir as escadas. O outro, atrás de mim, diz: "O elevador está chegando."

É o tempo do elevador parar. O loiro desce os primeiros degraus, vem.

Vou abrir a porta com a mão livre, a mão direita, chego a segurar a porta — o loiro do meu lado; o outro, ainda atrás, não dá pra ver —, e então tudo acontece.

Rápido:

o que está atrás de mim me dá uma gravata com força e que é amortecida pela gola grossa do meu casacão e ao mesmo tempo como se tudo fosse feito com gestos ensaiados o loiro agora na minha frente tenta arrancar a sacola que carregava na mão e sem ensaio nenhum mas num ímpeto inesperado dou um safanão com a mão livre e com o corpo todo e consigo me desvencilhar e sinto que o braço que me apertava numa gravata havia se soltado mas o outro insiste agora em agarrar a minha sacola com as camisas e eu começo a berrar para chamar a atenção e ninguém claro acode meu Deus esse edifício não tem *concierge?* e por questões de segundos e o outro que me dera a gravata e que tem agora as mãos livres puxa minha bolsa a tiracolo com força e arrebenta sua alça e ele vai se afastando de costas segurando a bolsa e ele sai correndo e vai saindo e se vira e vai indo embora agora rápido e o outro sai atrás dele e eu saio atrás deles dois e passamos pela mesma porta um atrás do outro e estou na calçada e no meio da rua correndo atrás deles com todas as minhas forças mas eles são mais rápidos e é então que ouço minha própria voz gritando num francês que nem sei se compreensível *"Au moins le passeport! Au moins le passeport!"* querendo dizer que pelo menos jogassem o passaporte na rua, jogassem o passaporte fora mas eles já estão longe e dobram a esquina à esquerda e é aquela esquina que vai dar na Praça des Vosges e eu então paro e percebo meu esforço inútil que só conseguiu salvar a sacola com as camisas e sem fôlego mas que não adianta correr mais e vou voltando a mim e tentando entender tudo e ainda não consigo e ali parado e olhando a rua deserta — e então um berro cresce dentro de mim e aciona meu estômago e meus pulmões e com todas as forças e desta vez em bom e bem soante português e com todas as sílabas o berro sai para fora para a rua para a cidade:

— Filhos da puta! Seus filhos de uma puta! Seus filhos de uma putana!

Meu berro sai, voa, vai, se espalha pela rua vazia e depois volta como um eco e como um eco atinge meus ouvidos — que berro era aquele?

Meu; era meu desabafo, berro que volta como que me chamando a atenção para o desespero contido nele, o desespero momentâneo daquela situação no meio da rua, sozinho, assaltado.

Nenhuma janela, nenhuma porta se abrirá, se abriria — se abriu. Ninguém.

Não adiantava eu continuar correndo atrás deles. Poderia ser pior na possibilidade remota de encontrá-los mais adiante, talvez em volta da bolsa vendo o que conseguiram roubar: quem sabe ali mesmo na pracinha des Vosges.

Se tivessem uma faca, revólver? Não; teriam usado na hora.

E agora? Chamar a polícia? Nem pensar. Havia uma delegacia ali perto, ou um posto, duas quadras acima, já tinha passado em frente. Chamar a polícia seria despertar a atenção para meu nome: o nome daquele brasileiro hospedado num hotel com droga plantada na mala segundo um telefonema anônimo e que abandonou o hotel minutos antes de a polícia chegar.

O bom cabrito não berra.

— Filhos da puta!

Ou melhor: o bom cabrito berra adoidado, mas não vai chamar os "home", depois da confusão em que me metera, a aranha vive do que tece, ora quem manda. E era mais fácil o "Edward G. Robinson" ter bons amigos na polícia do que eu sequer conseguir me explicar.

Só tinha um caminho por enquanto: o caminho de volta.

De volta para o edifício.

Me recomponho, ainda olho a rua mais uma vez — entro.

Preciso me refazer.

Meus músculos tensos, sentia meu rosto palpitar: suo.

Sentia as primeiras reações ao choque, à violência, à surpresa, à agressão — ao roubo: O ser humano é vulnerável. Basta alguém chegar de repente e agredi-lo para descobrir que o ser humano é vulnerável. Que *eu* sou vulnerável — senti na pele. Tão simples quanto apanhar um elevador e alguém vem por trás e nos dá uma gravata e.

Calma — preciso me refazer. Estou suando o casacão. Mas, graças a ele, a gravata foi amortecida. Levaram minha bolsa, seus filhos da puta — com o passaporte, o que é pior.

Estou nu, sem lenço e sem passaporte.

Entro no edifício. Estou lento. Entro. O que mais? O que mais me levaram? Esquece, depois via. Esquece porra nenhuma: meus *traveller's checks* e dois mil francos em notas de cem. Iam fazer uma festa, os viados. Por sorte, continuo com mais dois mil francos no bolso do casacão. Andar com tanto dinheiro; imprudência. Mas receava deixar o dinheiro todo na mala com aquele entra e sai do apartamento — e ainda com pó correndo solto. Agora via: um erro. Teria sido mais seguro deixar na mala. Vai abreviar minha estada. Dois mil francos. Mais dois mil francos nos bolsos dos ladrões; e os *traveller's*: trezentos dólares que sobraram de uma viagem anterior e mais setecentos

— mil dólares. E eu recebo em cruzeiros, seus viados, dinheiro suado. Não sou turista dando sopa. A sacola de compras! Eles devem ter achado que eu era turista. Vai ver me seguiram desde Châtelet, quando parei pra ouvir rock. Turista é a mãe. *Merde alors*, seus merdões, ladrões pés de chinelo.

Estou esperando o elevador há um tempão, mas o elevador estava lá esse tempo todo me esperando. Não havia notado. Olho para a porta do lado que devia ser o apartamento da *concierge:* tudo escuro. Nem acenderam a luz com meus gritos, aquela cena toda.

No elevador, me lembro da chave: e a chave?

Puta merda.

Dentro da bolsa!

Eles levaram a chave do apartamento. Só falta agora as meninas não estarem. Só falta. Devem estar, Deus é grande.

Saio do elevador, ando pelo corredor, meio de farol baixo. Aperto a campainha.

Nada.

Coloco o ouvido.

Silêncio.

Aperto de novo.

Outra vez.

Mais uma.

Desgraça pouca é bobagem, Deus pode ser grande mas não tem ninguém em casa e eu sem chave na mão. Meu saco. O cocô do cavalo do bandido.

Olho o relógio: quase uma hora da manhã. Nada a fazer. Vou pra escada e espero. Com sorte, estariam chegando logo.

Sento, tiro um cigarro.

A luz de vez em quando insiste em se apagar, e eu me levanto e acendo-a de novo. E fumo. E penso. Tento pensar. As ideias fora de lugar, dentro da cabeça, mas em desordem.

O que é que me dava tanta certeza de que se tratava de ladrões comuns? Pivetes à francesa bem-arrumados? Não podiam ser nazistas e jovens, neonazistas? Ou simplesmente terem sido contratados pelo "Edward G. Robinson" para me dar uma prensa, levar minhas coisas, me assustar mais uma vez? Ou apenas drogados sem dinheiro — como aqueles lá do Danton — para comprar suas doses de cada dia?

Em Nova York não era assim, os *junkies* não assaltavam pra comprar a droga diária?

Acendo a luz do corredor mais uma vez e, de repente, me vem o que me parece uma luz interna: eu estava assustado, ainda sob o impacto da coisa; ou ultrapassava tudo, resolvia aquela agressão na minha cabeça — comigo e só comigo —, assimilava o que tinha acontecido, absorvia como a cidade grande absorve tudo, ou então o medo ia tomar conta de mim e de uma forma avassaladora — ia ficar paranoico de vez, dentro de casa, com medo até de sair na rua. Portanto, não havia escolha: *tinha* de aceitar, compreender aquilo por mais desagradável que tivesse sido, que estava sendo, que ainda iria ser.

Levantar a cabeça, pra frente é que se anda. Era assim, assim havia sido — assim. Respira fundo e engole. Relaxa e aproveita. Mesmo sem chave; daqui a pouco as meninas chegam. Estão demorando. Por mais voltas que minha cabeça dê, por mais piruetas mentais que eu faça, não tenho meios de saber com toda a certeza quem e por que me haviam agredido e me roubado. Se a Odessa ou ladrão pé de chinelo, se drogado ou policial, que até nessa possibilidade pensei. Além do mais, como resultado concreto, pelo menos agora, acabava dando no mesmo.

A ideia me reconforta um pouco.

Acendo a luz e acendo um cigarro. Duas horas da manhã. Já.

A luzinha no elevador.

Barulho.

Devem ser elas.

Me levanto, vou pra frente do apartamento; se não forem elas podia parecer esquisito um cara ali sentado na escada às duas da manhã.

Mas o elevador para no andar de baixo.

Volto pro meu lugar. Mais um cigarro, vai faltar cigarros.

Eu podia ter ficado em casa. *I should have stayed home, chez moi.* Curtindo uma praia. Mas fui pro frio, me meti numa fria. Como diria o Juarez: assim não há cu de australiano que aguente. Parecia castigo.

Elas não vêm. Que frio. Simplesmente não vêm dormir em casa, arrumaram um namoradinho ou foram pra casa de Jean-Claude ou da Michèle, resolveram dormir por lá. Só pode ser. E se eu fosse prum hotel? Não, não ia me mexer dali. Se elas não viessem, me deitava no corredor, de casacão e tudo. Ia dormir ali mesmo. Com frio e tudo, meu casacão.

O tempo não passava. Uma enormidade.

Fui agredido e corri atrás deles por cinco, nem dez minutos — e pareceu uma eternidade.

Agora o tempo corria devagar, elas não chegavam, não iam chegar — a cama, nem sonhar.

Sonhar.

Meus olhos estavam irritados. Cigarros.

Não, o medo não vai tomar conta de mim: eu não vou deixar. Saio dessa inteiro nem que seja a porrete. Por que elas não vêm? Era demais. Mas nenhuma possibilidade podia ficar de fora do baralho de confusão daquela, desta, noite longa e lenta em que eu me metera: e se elas simplesmente saíram, fugiram do apartamento porque algum amigo transeiro ou viciado caiu ou mesmo porque a polícia tinha descoberto que elas transavam pó?

Se elas estivessem presas?

E eu ali, dando sopa.

Mas não, a paranoia não ia me pegar. Não tinha paranoia que me fizesse sair dali às três e pouco da manhã, sair para a rua sem saber aonde ir, com aquele frio e cansaço que parecia, este sim, me dominar — um sono!

Quatro horas.

Desisti, me levantei da escada e fui até o corredor, em frente ao apartamento.

Me ajeitei, me estirei. Pus a sacola da lavanderia — sobrevivente — como travesseiro.

E pensei, sentindo o corpo se acostumar ao chão, que nem tudo era azar: seria bem pior se o corredor não tivesse aquele tapete — e as horas não passavam, foi uma longa noite, acho que foi a noite mais longa de toda a minha puta vida, mas ela estava chegando ao fim; eu ia dormir, ia dormir...

3
UM DIA DE SUFOCO (MANHÃ)

Não senti nada.
 Dormi.
 Não percebi nada, que o sono é nada, que o sono é tudo — a gente apaga e pronto: acorda.
 O que senti e percebi foi um barulho de descarga num dos apartamentos próximos — barulho que me acordou.
 Olhei o relógio: 6h.
 Dormira duas horas e pouco.
 Me sentei no chão, preocupado.
 Continuava ouvindo barulho, agora as abluções matinais no apartamento em frente ao de Juarez. O cidadão, Monsieur le Citoyen, devia estar escovando os dentes, torneira aberta, gargarejo.
 O vizinho trabalhador se preparava para mais um dia de batalha.
 E me acordava no melhor do sono.
 Sono, sono. Sentado, mão apoiando o chão, tapete — no corredor do sono. Pensei na possibilidade do vizinho sair de banho tomado e tropeçar naquele estranho — eu, estrangeiro — dormindo quase em frente à sua porta. Que susto — dele. Como é que eu ia explicar? E poderia ter suas consequências: ele iria avisar a *concierge*, que, por sua vez, avisaria a polícia que, por sua vez.
 Pronto.
 Ponto.
 Hora de levantar. Se eu tinha alguma dúvida, ela terminou logo quando vi o outro apartamento, mais próximo do elevador, também emitir os mesmos ruídos característicos — os barulhos da manhã.
 Pareciam de papelão as paredes.

Outra luz se acendeu por debaixo da porta.
As meninas não dormiram em casa.
Me levantei e voltei para a escada — me sentei.
Minha cara, amassada. Senti os olhos vermelhos, doíam.
Se alguma porta se abrisse, desceria as escadas ou fingiria que estava esperando o elevador. Também eu, madrugador, *malgré moi-même*.
O assalto.
Precisava passar na Embaixada para ver como é que se tira passaporte novo. E no *American Express* e no *City Bank* para ver se conseguia que sustassem a troca dos meus *traveller's* ainda nas mãos dos bandidos nazistas ou filhos de uma boa senhora que nasceu na zona.
Acordar de vez: o que fazer primeiro?
Embaixada? Bancos?
Penteei os cabelos com as mãos. Era muito cedo.
Percebi um barulho na porta. Chave.
Me levantei rápido e me pus em frente ao elevador. Apertei o botão. O homem saiu: como imaginara, um francês *typique* de uns trinta anos, terno e gravata, banho tomado, barba feita, cara nova. Eram 6:20 — esse começava cedo. Ele me olhou rapidamente e me deu um *bonjour* regulamentar. Devia ter estranhado meu aspecto, contrastando com o dele, mas não revelou nenhuma surpresa. O casacão ainda disfarçava, mas a cara... Nem água para molhar o rosto — e segurando uma sacola de compras com roupa limpa ainda por cima àquela hora!
Elevador.
Descemos.
Não ia ser nada confortável ficar o dia todo correndo pra cima e pra baixo com aquela sacola. Pediria mais uma vez ao cara do bar em frente para guardá-la. Coloquei a mão no bolso para me certificar de que o dinheiro continuava lá — o dinheiro que me restava, sobra de guerra. No mesmo lugar, menos mal. Podia ser pior.
Da porta do edifício vi que o bar em frente ainda não abrira. Merda agora (tradução de *Merde, alors...*).
Voltarei depois.
Por ora, tomar café em outra freguesia.
Caminhei até a Place des Vosges, um frio que vou te contar. Aquela cor do amanhecer de inverno em Paris: parecia que ia chover. Tempo cerrado, chê: cinza virou chumbo.

O café da Place des Vosges também estava fechado.
Atravessei a praça e fui até a rue de Rivoli.
Finalmente um café aberto.
Atravessei a rua e entrei.
Trabalhadores conversavam e já bebiam seus *ballons de rouge* — in vino veritas.
Pedi um *café au lait*, o nosso proverbial café com leite com uma *tartine beurrée, s'il vous plaît*. Olhei em volta. Saboreei o café e sobretudo a *tartine*, que o pão francês é ótimo. Não tinha pressa, antes das nove horas não iria encontrar nada aberto. Pedi mais um pedaço de pão, minha fome-ansiedade. A dona do bar passava manteiga e, como o anterior, o pão veio com um gosto perfumado. Do perfume das mãos dela, claro. Mas não liguei e o comi com gosto. Os operários batiam papo animadamente, contavam um caso, um caso eles contavam como o caso foi. Eu escutava. Felizmente ninguém ali havia percebido que eu era estrangeiro, chegavam a me incluir na conversa com um olhar. Sorri. Fui assaltado, mas o mundo não tem culpa. Sorri, agradecido por não me considerarem, por não perceberem que eu era, eu sou, afinal, um estrangeiro — um estranho fora do ninho. No fundo, eu estava precisando "me sentir em casa" ainda que em qualquer lugar: um simples olhar às vezes faz bem à gente, uma sensação de *belonging*.
Pedi à dona do bar para ir ao banheiro. Ela me deu a chave.
Paguei a despesa e fui.
Elaborei mentalmente meu plano de ação do dia — por onde começar? — enquanto mijava.
Depois tirei o casaco, abri a camisa. Lavei o rosto. Vou andar o dia inteiro sem documento. Molhei as axilas — que frio. Por sorte, a polícia nunca me deteve, nem quando morei aqui. Que frio. Mas desta vez vinha assistindo a muitas batidas, principalmente nas "ruas" do metrô — *blitz* como aquela durante a Ocupação que quase pegou Mme. Geneviève Antonioz. Só que agora não estavam atrás de resistentes, mas de marginais e *sans papiers*, os sem documentos, como eu (eram parecidos, dependendo do ponto de vista de quem reprime, e da época). Eles ficavam em grupo de quatro ou cinco e mandavam um ou outro parar e pediam documento. Que frio. Os escolhidos eram jovens, árabes, negros, ou simplesmente cabeludos — uma psicolo-

gia visual, de aparência. Passei por várias dessas operações, sempre incólume.

Mas se desse azar? Azar era o que não vinha me faltando ultimamente, *you know*. Vou ter de aguentar mais um dia com a mesma roupa — e a mesma cara, a mesma apreensão, que frio. Mudei pelo menos a camisa depois do banho de gato: tirei a limpa da sacola, coloquei nela a que estava no corpo, me vesti. Que frio.

Será que aqueles dois eram neonazistas?

Entreguei a chave de volta à madame das mãos perfumadas e saí.

Caminhei até a Saint-Gilles.

Antes parei na Place des Vosges: era cedo ainda. Me sentei.

Colegiais muito jovens atravessavam a praça enchendo o espaço de ruídos, vinham brincando, com suas pastas nas costas. Ar matinal. Observava-os: necessidade de me apegar a qualquer coisa que fosse normal, familiar, corriqueira: me sentir em casa.

Em casa.

Não, não foi a cidade, não foi Paris que me agredira. Foram dois sujeitos — nazistas ou ladrões, ladrões nazistas.

Poderia acontecer em qualquer lugar.

Será que. Levantei e andei. O bar já devia estar aberto. Levantei e andei, eu e a minha sacola com as camisas, a única coisa que me restou, agora com uma camisa suja e três limpas.

O bar da Place des Vosges começava a colocar mesas e cadeiras do lado de fora, mesmo com o frio. O bar da Saint-Gilles devia estar aberto, fui pela praça, entrei na rua em frente — uma quadra.

Na esquina da Saint-Gilles avistei o bar: aberto.

Não havia ninguém, só o dono. Dei bom dia, pedi mais um café puro, um *express* e um maço de Gitanes. Tomei café. Paguei e pedi com jeito que ele me guardasse a sacola até o fim da tarde. Desta vez, como eu previa, ele foi simpático: pensou na gratificação. Que não dei, vagamente dei a entender que quando voltasse. *Oui, monsieur, bien sûr*. Perguntei onde era o telefone.

Como sempre, lá embaixo.

Fiquei procurando os endereços do *American Express*, do *City Bank* e da Embaixada. Sabia que a Embaixada ficava em Champs Elysées, mas não me lembrava a que altura.

Tomei nota dos três endereços.

Caminhei para o metrô embora ainda fosse cedo. Baldeação em Bastilha e depois direto pra Champs Elysées. Além da Embaixada, o City Bank também tinha uma agência lá; menos mal. Não sabia onde descer, arriscaria Franklin Roosevelt?

Ou lá em cima, praticamente na Étoile?

Desci lá em cima em Étoile e voltei atrás, caminhando e procurando o número nos prédios, até encontrá-lo. Já havia visto antes o pau da bandeira, da bandeira verde e amarela salve salve que não estava hasteada.

Era cedo, entrei no café ao lado.

A vida é assim: você está com pressa, mas precisa fazer hora. Por causa dos outros, o inferno, Sartre.

Tomei um expresso.

Já eram nove e dez — subi. Reconheci o interior do prédio.

Dentro da Embaixada, um balcão me (nos) separava dos funcionários: era o serviço de atendimento ao público. Expliquei meu caso a um funcionário, que não sabia direito o que me informar. Nem parecia muito a fim. Perguntei então se o cônsul já havia chegado. Ainda não. Falei que era jornalista e que precisava falar com a pessoa encarregada de passaportes. Ele foi ver.

Esperei. Folheei uma revista velha. Brasileira — das que só se lê em barbeiro ou dentista.

O funcionário me avisou que o sr. dr. cônsul já lá estava, como era mesmo o meu nome e o que é que eu desejava. Meu saco. Peguei um papel e escrevi: "Sou Mário Livramento, jornalista, e estou de passagem, a serviço. Ontem à noite fui assaltado e me levaram, entre outras coisas, meu passaporte. Preciso urgente tirar outro ou ter uma declaração, enquanto isso, de que fui roubado."

E assinei.

O homem foi e voltou. Faz *favoire* — e era português ainda por cima. Nada contra, mas por que não contratavam brasileiros para trabalhar na Embaixada brasileira? Não é nacionalismo: seria coerência.

Entrei na sala do sr. dr. cônsul.

Ele me recebeu cerimonioso, me tratou de senhor o tempo todo — formal nas roupas e nas palavras. Expliquei.

Infelizmente. Pois não era que. E então. Como? Sim, claro. Compreendia. Mas o senhor.

Ele estava falando: sobre o roubo o senhor precisa avisar a polícia.

Não vou poder lhe dar o documento que o senhor precisa. É a polícia que fornece esse documento. Com ele em mãos, o senhor vem aqui, paga uma taxa de setecentos francos (pronto, lá se vai quase metade do dinheiro que sobrou), traz a carteira de identidade ou a certidão de nascimento.

Ora eu não vou viajar pelo mundo carregando minha certidão de nascimento. Quanto à carteira de identidade, bem, poderia ter sido imprudência, mas não me ocorreu trazê-la comigo, já que minha identidade na viagem era o passaporte.

— Infelizmente é o que se pede — disse o cônsul.

— Mas, como? Não há outra maneira? O que eu não posso é ficar sem passaporte.

— A única maneira, já que o senhor não trouxe sua identidade, é trazer aqui duas pessoas que testemunhem pelo senhor.

— Testemunhem como?

— Que digam que o senhor é quem o senhor diz que é.

Bonito: eu tinha que provar que eu era eu, ou melhor, precisava catar duas pessoas que provassem que eu era eu. Porque eu próprio não bastava, não era levado em conta. Ensaiei um pequeno e arrasador discurso contra a burocracia absurda, mas era melhor ir com calma — afinal, o problema era meu, e ele não estava muito para conversa: cumpria regras e regulamentos.

Paciência.

O nazismo tem várias formas: burocracia às vezes é uma delas. Por que será que o Itamaraty tinha fama de eficiente — principalmente nos "grandes" assuntos — e, ao mesmo tempo, era tão mediocremente repartição pública nacional (mesmo no exterior) quando se tratava de atendimento ao público? Não era a primeira vez que isso acontecia comigo no exterior: ser atendido por funcionário de má vontade, como se a gente fosse um intruso: lá vem aquele brasileiro me dar trabalho. E seria obrigação. Muito bem, arrumaria as duas pessoas, mas passar na polícia para pedir um atestado de que eu havia sido assaltado — olha o risco de novo!

O que fazer?

E mais uma tarefa: arrumar dois cristãos em Paris que viessem comigo até a Embaixada, que saco.

Desci Champs Elysées, sempre uma bela avenida mesmo com você de mau humor, e, lá embaixo, bem depois da estação Franklin Roosevelt, avistei a agência do *City Bank*.

Entrei. Expliquei o caso para um funcionário. Ele me disse para falar com a sra. não-sei-quem e me apontou o local. Tinha gente na minha frente.

Chegou logo a minha vez.

Contei o caso de novo. Ela deu sinais de ser solidária — até que enfim. Francesa, meia-idade, simpática. Mas explicou que, infelizmente, precisava ir até onde o diabo perdeu as botas para registrar não sei o quê, com não sabia quem e depois então voltar aqui. Podia pegar o metrô ali mesmo, direto, quatro estações passando Étoile. Fora da cidade, já subúrbio. Só não fiz mais um discurso contra a burocracia porque afinal ela foi simpática e de nada iria adiantar: precisava cumprir o ritual, seguir minha *via crucis*.

Fui e voltei em meia hora.

(Lá também tinha fila: para ajudar a esticar meus nervos.)

Ela me viu chegar e me atendeu logo. Queria agora os números dos *traveller's*. Procurei, vasculhei os bolsos. Nada. Ou deixei no Brasil ou estavam na bolsa roubada. Nesse caso, demoraria alguns dias: precisavam se comunicar com a matriz de Nova York. A não ser que eu conseguisse os números na agência onde comprara os *traveller's*. No Brasil?

Mais uma tarefa: telefonar para Susana, Denise ou Alice para descascar esse pepino urgente.

As coisas não são fáceis.

Entre assaltante e assaltado existem várias diferenças: o assaltante corre risco, mas fica com o dinheiro; o assaltado corre risco e perde o dinheiro, além disso ainda leva a pior por ter que enfrentar a burocracia dos homens: precisa se virar mais do que bolacha em boca de velha.

Na próxima geração vou nascer assaltante.

Metrô para Opéra. Não tinha certeza se para ir até o American Express precisava descer em Opéra ou Madeleine, mas, de qualquer forma, as duas estações ficavam perto.

Fui, expliquei, constatei: ficava tudo registrado, mas eu precisava ter os números dos *traveller's*.

— Sim, senhora, providenciarei — aliás, hoje era dia de providenciar mesmo, tanto faz, uma providência a mais outra a menos, meu saco.

Onze horas.

Me explicaram (já nem sabia quem) que precisava ir à delegacia do bairro onde fora roubado. A delegacia ficava umas três paradas antes — vindo do norte da cidade — de Chemin Vert.

Foi minha próxima "providência".

Mas, na dita delegacia, me informaram que não era lá. Pela rua onde o assalto ocorrera, a delegacia era outra.

Meu saco. Mais burocracia. Era numa rua atrás do Centro Beaubourg, rue Beaubourg mesmo, número tal, metrô tal. Era longe?

Não muito, pode caminhar por esta rua à esquerda, vai se informando.

Fui me informando.

Uma pinoia. Perto, uma pinoia: caminhei mais de dez quadras até achar a bendita delegacia. Meio ressabiado. Com um pé atrás. E outro na frente para entrar.

Preparei minha melhor cara, meu ar mais tranquilo embora estivesse a ponto de, mais uma vez (vou acabar sabendo de cor), explicar o assalto.

Que me levaram, *monsieur*, meu passaporte.

Me certifiquei que era ali mesmo, olhei a placa pela segunda vez:

PRÉFECTURE DE POLICE
Commissariat des quartiers
ARCHIVES SAINTE-AVOYE
44, rue Beaubourg
75003 PARIS

Prendi a respiração e entrei — fosse o que Deus quisesse.

Mais um balcão para "atender o público". Três homens e uma mulher se ocupavam com máquinas de escrever, conversavam — e um deles atendia alguém.

Logo seria a minha vez.

Estava mais tranquilo. Uma repartição pública — e não acreditava que seriam organizados a ponto de acionarem, na mesma hora e no mesmo dia, o nome de alguém para checar em todas as delegacias se nada existia contra ele. Depois, eu estava ali como vítima — não ocorreria a eles, isto é, eles não teriam como saber que eu estava sendo procurado devido a uma denúncia anônima e falsa.

E sobre a qual seria difícil eu me explicar.

O que explicava agora pela centésima vez era o que havia me acontecido na noite anterior. Mas não precisei ir muito adiante.

O funcionário estava acostumado, pegou logo um formulário e começou a me fazer perguntas, escrevendo a caneta.

Meu sobrenome.

Meu nome.

Foi roubo, não foi?

Foi.

Lista de coisas roubadas (*Designation de documents*): passaporte, carteira de identidade (não tinha certeza, mas...), *traveller's checks* do *First National City Bank* e do *American Express*, dois mil francos. Só isso?

Queria mais o francês.

De importante, só. Datou: 29/11/80. Pediu minha data de nascimento. Local de. Endereço. E agora? Fingi que não entendi para ganhar tempo. Endereço no Brasil? Papel de bobo às vezes funciona. Não, *monsieur*, aqui de Paris. Ah, sim, de Paris. Atualmente não estava morando em lugar nenhum, nem mesmo na casa do meu amigo traficante eu podia entrar mais, pois os sacanas me levaram a chave.

Não disse nada disso. Disse:

— Hôtel de la Loire, rue de Sommerard, não sei o número.

Ele escreveu, assinou, carimbou e me deu a cópia da declaração, guardando o original. Antes, fez eu assinar todas elas.

Era só isso?

Era.

Agradeci e saí.

Saí aliviado.

Tinha um bar do outro lado. Mais um café.

Enquanto bebia, dei uma olhada no *Récépissé de déclaration de perte ou de vol de pièces d'identité*. Em tipo mínimo, fiquei sabendo que o artigo 154 do Código Penal punia com prisão de três meses a dois anos e uma multa de quinhentos a cinco mil francos quem, entre outras coisas, prestasse falsas declarações (não era o meu caso) ou fornecesse falsas informações (era o meu caso).

Havia informado falsamente meu endereço em Paris — isso seria um crime?

O formulário dizia que sim.

Paguei o café e saí.

4
UM DIA DE SUFOCO (TARDE)

AINDA DAVA PARA OBSERVAR — nunca é demais — que Paris era linda. Num intervalo do sufoco, entre um ponto e outro da cidade, entre um burocrata mal-humorado e um outro pouco mais simpático, olhava a vida das ruas — no colorido dar hora do almoço.

Rue de Rivoli.

Comer alguma coisa rápida — omelete *avec des pommes frites* —, e aproveitar que estava no bairro para da um pulo na rue Saint-Gilles, ver se alguém tinha chegado.

Se não, deixaria outro bilhete.

Parei num bistrô perto do Hôtel de Ville e pedi uma omelete. Com batatas fritas e um copo de vinho *rouge*. Levantei e comprei um bloco de papel de carta na caixa. Voltei pro meu posto e escrevi um bilhete para o editor Alfredão explicando meu último sufoco, que se qualquer coisa me acontecesse etc. Não sei o que ele poderia fazer com esses meus relatórios aparentemente alarmistas, pelo menos assustados. Talvez ler e guardar numa gaveta, comentando com alguém ao lado: acho que nosso jornalista pirou de vez, ficou com mania de perseguição. Ou então me levaria a sério e, por precaução, guardaria tudo no cofre, onde guardou nosso plano de trabalho para que ninguém roubasse a ideia. Ou julgaria melhor divulgar pela imprensa? Pedir que não: poderia ser pior pra mim. Depois que saísse daqui, tudo bem. Por enquanto ainda estava no meio do redemoinho, perto do ninho de marimbondos, da teia da aranha — e ainda ficaria na França pelo menos até resolver o problema do passaporte e passar uns dias em Lyon.

E se resolvessem ir até o apartamento? Os ladrões ou neonazistas ou neonazistas ladrões? Tinha me esquecido dessa possibilidade: levaram a chave que estava na bolsa. Será que.

Não, não ia ser fácil, só se a tentassem em apartamento por apartamento — pois nem a *concierge*, que nunca mostrava a cara, sequer sabia que eu estava no apartamento do Juarez. Ao mesmo tempo, "brasileiros" poderia ser a palavra mágica: tem uns brasileiros no apartamento tal. Não haveria naquele prédio dois apartamentos com *brésiliens*.

Nada a fazer. Um risco a mais, um risco a menos. Minhas coisas estavam lá dentro. E eu sem chave na mão.

Fiz o trajeto a pé pela rue de Rivoli, ali da altura do Hôtel de Ville (Juarez passou comigo em frente dele uma vez e disse, gozando: esse é o melhor hotel de Paris), Place des Vosges, rue Saint-Gilles.

Ninguém.

Não voltaram, as estroinas. Olhei por debaixo da porta: meu bilhete continuava lá. Para reforçar, escrevi outro: "Passei aqui às 14h. Estou na mesma. Ainda não dormi. Volto à tardinha etc."

Não assinei: saberiam vendo o primeiro bilhete.

Continuar a *via crucis*: entrar no metrô e voltar a Champs Elysées. Até o escritório de relações públicas da Varig. Na minha época, os correspondentes costumavam passar por lá pelo menos uma vez por dia. E perto havia uma telefônica — ou telefonaria da Varig mesmo, a cobrar. Para Alice, Susana ou Denise. Minha ideia na Varig era "pegar" dois jornalistas conhecidos para irem comigo até a Embaixada e testemunharem. Que eu era eu e não Yasser Arafat, François Mitterrand, Zé do Boné, João da Silva ou o homem que tentou matar o papa. Porque, segundo a burocracia itamaratyana parecia que eu estava sob suspeita, ou em crise de identidade ou crise de documento de identidade. Ora, eu sou eu e Karl Barbie é o diabo — que os carregue. Calma, precisava fazer tudo direitinho como mandava o figurino — a corrida de obstáculos estava cada vez mais contra o relógio. Não poderia ficar muito tempo na França. O trabalho ia terminar em Lyon, o dinheiro podia acabar no meio do caminho — como é que eu ficava?

Planejar tudo. Dentro do corte orçamentário da presente gestão, devido às variantes inesperadas de um assalto que iria gerar nova crise sistêmica e mundial, quer dizer, pessoal, e dos vetores daí decorrentes — e, assim sendo, nestes termos, pedia deferimento.

E queria meu passaporte, porra.

No escritório da Varig, uma telefonista-recepcionista lia uma revista feminina.

Ninguém mais. Fiquei um pouco aflito: meu clima, meu pique, era outro. Os nervos. Daqui a pouco os nervos vão saltar (onde é que li isso?). Ela perguntou o que é que eu desejava? Você — quase digo, que ela não era de se jogar fora, velho cafajeste. Disse que era jornalista, estava procurando (dei um nome que me ocorreu) ou outro correspondente.

Eles já haviam passado, geralmente vinham entre meio-dia e uma hora.

Outro azar.

— Vou dar uma olhada nos jornais — disse. — Pode ser que ainda apareça alguém.

— À vontade.

À vontade me sentei na confortável poltrona, peguei um dos jornais do Rio de uma semana atrás, folheei-o. Nunca mais lera nada sobre o Brasil. Os jornais da terra não davam destaque. Meu mundo girando como um moinho fora de compasso e eu ali, no bem-bom, lendo jornal. Iria me acalmar: afinal, os problemas do Brasil eram bem maiores que os meus. Nada a fazer por enquanto, a não ser telefonar. Fiz cálculos mentais: que horas seriam no Brasil? 2:20, menos quatro, 22:20. Boa hora.

Será que Alice estava em casa?

Ou Susana havia voltado da praia?

E Denise, será que ela.

Esperaria um pouco mais, enquanto isso passava os olhos no *Jornal do Brasil*.

Inflação.

Oposição pede mudança do modelo econômico.

Fala-se em recessão, o Governo nega.

As amenidades cariocas continuam amenas, claro. Tudo azul na América do Sul.

A crise vem aí — já está aí?

Assaltos em Ipanema: as vítimas agora são as crianças — vítimas de assaltantes também crianças.

Vida mansa em Ipanema, um uisquinho no Baixo Leblon, sol adoidado — e foram todos para praia.

Peguei outro jornal, mais recente. Na primeira página: morreu Nelson Rodrigues.

Que coisa. Ainda anteontem. Há alguns meses precisei ir ao *Globo* e, assim que o elevador parou para eu subir, ele vinha descendo: me saudou e me pediu um cigarro com certa aflição: notei a mão trêmula. Depois soube que ele estava doente e proibido de fumar. Nos despedimos, ele dando as primeiras tragadas, como um menino que fuma escondido. Eu o havia entrevistado durante a repressão, quando corria o boato que o "reacionário" Nelson convivia com os torturadores de seu filho Nelsinho, preso como "terrorista". Fiz-lhe a pergunta de chofre: sem se abalar, ele não só desmentiu a versão como falou do filho com carinho, que eram amigos, ia visitá-lo sempre, se respeitavam. Pela primeira vez, veio à tona a sua versão, que era verdadeira, como depois verifiquei.

Larguei o jornal e fui cantar a telefonista para fazer uma ligação para o Brasil, frisando o "a cobrar" antes que ela se negasse. Expliquei, como preâmbulo, minha condição de assaltado, o que já estava virando um cacoete. Ela ficou sensibilizada, blá-blá-blá, e fez a ligação.

Do outro lado responderam que demoraria meia hora.

Disse que iria esperar.

Mas foram só 15 minutos, e o telefone tocou. Era pra mim. Saltei da poltrona:

— Alô, Alice?

— Onde é que você está, seu maluco?

— Um beijo. Aqui em Paris. Mas escuta com atenção: roubaram meus *traveller's* e...

— O quê? Roubaram?...

— É, mas fica tranquila. Fui assaltado. Agora está tudo bem.

— Assaltado? Como é que pode!

— Pode sim, Alice, acontece de vez em quando. Preste atenção senão a ligação vai ficar cara, depois eu acerto aí com você. É bom ouvir tua voz, mas...

E mais uma vez expliquei, mudando a ordem das palavras e as vírgulas para não virar papagaio e sendo o mais sintético possível — e cheguei ao que interessava: que ela fosse até a agência tal do banco tal na cidade e descobrisse o número dos meus talões etc. etc., que no dia seguinte ligaria pra ela, não tinha telefone pois ainda não sabia qual o hotel que eu ia ficar à noite.

Fiz uma cruzinha mental em mais uma etapa cumprida.

Resolvi passar mais uma vez na Embaixada.

Quem sabe a sorte não tivesse mudado e alguém acabasse aparecendo por lá com minha bolsa?

Mas a Embaixada estava fechada. Trabalham duro esses caras: são 4:30.

O trajeto de volta. O metrô nessa hora, meio cheio.

Desci em Chemin Vert, nos meus caminhos verdes, e fiz o mesmo itinerário da noite anterior, que me levou a ser assaltado.

Era cedo ainda, e uma cena como aquela não se repetiria duas vezes na vida — nem em filme.

Se bem que às vezes se repete — mas nunca são iguais.

Não estavam. Haja saco. Será que dançaram? Viajaram de repente? Voltaram pro Brasil? Desapareceram? E Juarez, por que não chegava de Londres ou de Roma, sei lá? Eram imprevisíveis. Escrevi mais um bilhete, o terceiro:

"Estou fazendo hora no café da Place des Vosges. Situação na mesma. Mais tarde passo aqui. Tchau."

Cada vez menos tensos, os bilhetes. A gente se acostuma com tudo. Por via das dúvidas, apanhei a sacola com as camisas no bar em frente.

Fui pra praça. Estava frio: sentei numa mesa lá dentro. Um *armagnac*? Por enquanto, não. Estava exausto. E não ia começar tudo de novo. Pedi um *ballon de rouge,* depois de ler um cartaz na parede:

Le Beaujolais est arrivé.

Um *Beaujolais*, disse pro garçom.

Repassei a jornada a limpo, saboreando o *Beaujolais* da nova safra. Não fora muito produtivo — o dia, não a safra. Mas pelo menos fiz o que podia: alertei sobre os *traveller's* e me informei do que precisava fazer. Duas testemunhas — arrumo amanhã ou ainda hoje por telefone — e setecentos francos. Mais um roubo. Só que o de ontem não teve burocracia nem conversa mole como desculpa. O nazismo está em toda a parte. Na velha burocracia subdesenvolvida também, não se esqueçam, crianças.

A paranoia passou. Mas o perigo não passou. Não andava mais olhando pros lados pra ver se surgia um neonazista bem-arrumado ou um orangotango mais velho e bem-barbeado pela frente. Mas convinha não baixar a guarda.

Eu estava exausto, moído por dentro, com a mesma roupa — fazer o quê, se elas não voltassem hoje de novo? Telefonaria para Ana e.

Não: o número do telefone dela e os outros números todos foram-se com a bolsa. Talvez estivesse tudo no fundo do Sena a essas horas. Os peixinhos estavam comendo. Todo condor tem seu dia de urubu.

O que eu não podia era ficar parado ao relento.

Se não, um urubu vinha e cagava na minha cabeça. Era só o que estava faltando.

Diazinho de sorte está aí.

Dia que mal terminou ainda: mal começa a noite. Cruzei os dedos, bato na madeira — chô, urubu, chô! — eu queria dormir, sonhar talvez.

5
UM DIA DE SUFOCO (NOITE)

É COMO O DESCARRILHAR DE UM TREM: quando a locomotiva salta fora dos trilhos, os outros vagões vão atrás.

Tem dia que é assim: você se levanta e já começa a sair tudo errado e segue errado até o fim do dia.
Direitinho.
Nesses casos, o melhor é voltar pra cama.
Mas eu não tinha cama para voltar.
Gina e Luísa não chegaram.
Nem Juarez — assim não tem cu de australiano que aguente.
Meus bilhetes continuavam debaixo da porta.
Mistério? Será que a casa caiu?
Desisti.
O que fazer?
Não tinha muitas opções e — cansaço, lei da inércia, sei lá — acabei me resolvendo pela mais perigosa delas: um hotel.
Sim, iria para um hotel — e perto.
Era arriscado, sabia. Eles costumam mandar as fichas de registro para a polícia, e a polícia podia resolver me fazer uma visitinha para que explicasse — eu não sei de nada, não tenho nada a ver com isso — por que saíra de repente do Hôtel de la Loire — ora, seu guarda, *c'est pas comme ça*, formiga não é elefante, coisa&tal.
Mas não acreditava. Não acreditava que daria tempo, porque:
a) eles não seriam tão eficientes assim;
b) não deviam mandar as fichas para a delegacia à noite e sim no dia seguinte, e até lá, babau!, eu já estaria longe;

c) o departamento que recebe e checa essas fichas não era o mesmo, com certeza, que o departamento que cuida da repressão ao tóxico.

Portanto, um hotel.

Portanto, uma cama.

Para o meu corpo descansar, meus ossos moídos repousarem.

Para um banho tomar, que eu não sou francês nem nada, *monsieur*, não me chamo François nem moro em Niterói. Camisas limpas ainda tinha três — diretamente da lavanderia, passando por uma noitada no Danton, por travesseiro na cama-corredor e por uma breve estada no bar da Saint-Gilles. Um pouco amassadas, mas *ça va*.

Minha nuca enrijecida de tanta tensão, minha cabeça era um nevoeiro só — tensão e nevoeiro que iriam se desfazer por algumas horas quando caísse na cama.

Ah, uma cama!

O primeiro hotel que me veio à mente ficava na ruazinha que saía da Place des Vosges e ia até a Rivoli.

E foi para lá que me dirigi, contornando a praça já escura — e eu cabreiro com a escuridão.

Frio, frio.

Entrei e perguntei se tinha um quarto livre, o homem disse que sim e foi colocando a ficha de hóspede na minha frente — a maldita ficha que poderia (não, não acreditava, não queria acreditar) me trazer mais complicações ainda. O homem perguntou por quantos dias eu ia ficar, respondi que só um. Perguntou pela mala. Mala? Levantei o braço e mostrei a sacola de butique com as camisas e ele me olhou meio arrevesado — eu devia estar com cara de pilantra, marginal.

E aí o homem disse que eu precisava pagar adiantado, *s'il vous plaît*.

Meu saco.

Foi o estopim.

Adiantado?

Virei pra ele:

— E se eu resolver não pagar adiantado, o que é que acontece? Me diga, hein?

— *Attendez, monsieur*...

— "Attendez" porra nenhuma, seu francesinho de merda, se você acha que eu vou dar o cano no seu hotelzinho de merda está muito enganado, mas bem que você merecia, e acontece que eu fui assaltado ontem e que.

O homem me olhou com a cara patética, ficou vermelho, parecia zangado, mas contido, ao mesmo tempo pedia desculpas, mas são as regras, o regulamento, *monsieur* — peguei a ficha e rasguei-a na frente dele, dei meia-volta e saí do hotel.

Não seria desta vez que eu iria me jogar numa cama.

Apressei o passo e entrei na rue de Rivoli em direção à Bastilha.

Não tinha sido muito justo com o homenzinho do hotel, é verdade, mas que me fez bem o desabafo, isso fez. Comecei a rir na rua. Me lembrei da velha piada: o major que levou um esporro do coronel encontra o capitão e dá um espinafro nele; o capitão por sua vez esculhamba o tenente, que sai dali e xinga o sargento; o sargento tranquilamente dá um esporro no recruta; que, em seguida, dá um pontapé num vira-lata que estava passando. Fui injusto, mas não ia me prestar a ser o vira-lata dessa piada sem graça; ele tinha razão: hóspede sem mala paga adiantado — e eu podia ter pago, mas o homenzinho tinha um ar arrogante, e eu estava com o pavio curto, o hotel era meio caro, e, afinal de contas, eu precisava desforrar com alguém, não é mesmo?

No Boulevard Beaumarchais, perto da Bastilha, vi um hotel.

Desta vez não iria discutir: pagava logo. Sem papo.

Oui, pago e não bufo.

Descansar, dormir, sonhar — exausto. A cabeça acelerada, a mil.

Aconteceu tudo direito, *comme il faut*. O homem me indicou como chegar ao quarto no terceiro andar, saía à esquerda do elevador etc.

Sacola no chão, tranquei a porta e me deitei de roupa, barriga para cima, olhando o teto.

Acendi um cigarro.

O que meu corpo pedia, minha cabeça negava: descanso.

Me levantei e dei uma geral no quarto: fui até a janela, olhei pra fora; fui até o banheiro, notei que só tinha uma toalha pequena — voltei pra cama. Abri o *Libération* e passei os olhos: uma nota pequena falava da passagem de Lula, "o grande líder dos metalúrgicos brasileiros", por Paris.

Não ia conseguir dormir. Essa possibilidade me deixou mais nervoso ainda.

Me levantei.

Saí.

O primeiro descanso — a primeira cama — em 48 horas, e eu aceso, ligado como se tivesse me "aplicado".

Dei uma volta até a Bastilha, não iria longe.

Comer? Por que não, enquanto tivesse dinheiro?

Entrei num restaurante pequeno e comprido que prometia comida boa e barata. Pedi um *steak au poivre* que era um contrafilé *au poivre*, mas que veio com batata frita e uma boa salada de alface com nozes.

Saí e voltei, mas no caminho entrei num bar para comprar cigarros — bar cheio, com gente em pé, ar meio barra. Me olharam: que eu era uma figura estranha ali, não fazia parte daquele mundo. Fingi que não notei, só me faltava mais essa: confusão num bar para fechar o dia com chave de ouro. Esperei o homem me dar o troco, enquanto ouvia dois árabes conversando animadamente — um deles disse que "esses franceses são uns *hara, mon vieux*", e me lembrei de uma família libanesa que morava ao lado da minha no Sul: os garotos diziam nome feio em libanês e "hara" ou "rara" era merda, parece. Ainda me olhavam.

Quase que só árabes no bar: me confundiam com francês. Logo eu que tinha certa simpatia por eles.

Resolvi sair assim que o homem trouxe meu troco.

Desta vez a primeira coisa que fiz foi tomar banho, hora da digestão. A comida mal se assentara, tudo bem. Lavei a cueca. Saí do banho nu e coloquei a cueca em cima do *chauffage*. Em meia hora, está seca.

Nu debaixo das cobertas. A luz da cabeceira acesa.

Minha cabeça também.

Sentei na cama. Fui até o casacão e peguei no bolso o papel com os números dos telefones de Silviano e Maurício — os únicos que tinha.

Pedi uma linha.

Silviano estava em casa.

Contei pra ele — estava ficando um *expert* — o caso todo, o caso eu conto como o caso foi. Pois deu-se que. Acontece que aconteceu. Logo depois que a gente se despediu, veja só. Quando ia chegando em casa, na porta do edifício. Sufoco. Passei o dia de um lado pro outro. Que coisa. Pois. Silviano levantou a hipótese de eu ter sido seguido desde o Danton: aquele bar à noite é malfrequentado. Disse que poderia ser, mas não acreditava. Mais provável que do Châtelet. Assim por diante. Coisa&tal. Ele se solidarizou. Agradeci. Por dentro. A tensão ainda está incrustada, morando no meu pescoço — relaxar quem há de? Como? Sim, claro. A gente se fala.

O sono não vinha, nove horas, ainda nove horas da noite, um espanto crescia dentro de mim, precisava controlar o medo, controlar para o medo não me controlar — havia reagido sem saber como nem por quê mas ainda faltava alguma coisa para eu assimilar direitinho aquele golpe — mas esquece.

Não esqueço.

Não via Maurício há mais de dez anos.

Ligava pra ele? Falando, desabafaria.

— Uma linha, por favor.

Disse quem eu era. Conversamos.

Sim, claro. Há quanto tempo. Não diga. É mesmo.

O caso eu conto como o caso foi — e contei mais ainda, no ímpeto do desabafo: falei do haxixe e da cocaína que colocaram na minha mala —, e nesse momento ele fez-se em silêncio como se pensasse se acreditava ou não (não estaria esse cara pirado como tantos outros da sua geração?) — senti o que corria na cabeça dele, mas Maurício ouvia, escutava, não sabia o que dizer — nem precisava. Falava eu. Se achasse que eu estava pirado, pirado e meio. Sabia que não. Pirado é o mundo, a Odessa que nos pariu, que pariu esse mundo que está aí, de majestades e burocratas e tecnocratas e militares. Assalto? Maurício ficou surpreso: estava em Paris há mais de dez anos e era o primeiro caso de brasileiro assaltado de que ouvia falar.

Imaginei a Paris em que ele vivia há dez anos — longe dos *basfonds* da vida.

Nos despedimos.

Fechei a porta à chave, pus o trinco.

Olhei pela janela.

Não, não tinha nenhum agente da Odessa debaixo da cama.

Apaguei a luz da cabeceira.

Apaguei.

6
A PRAIA E A NEVE

Era um sol de Van Gogh, um sol de Van Gogh desenhando um dia lindo e a praia esparramada no horizonte e meu corpo relaxando na areia
— que calor!
e Alice, Denise e Susana saíam do mar
e saíam do mar como num anúncio colorido de televisão
e as três se aproximavam coloridas com seus biquínis transparentes e douradas e sorrindo
— que calor!
e elas vinham do mar e do sol de Van Gogh e se sentaram a minha volta e fiquei no círculo de luz na berlinda e
— A Odessa quer te entregar o passaporte (Alice).
— Stephen Loncar quer de volta as fotos que você roubou (Susana).
— Bernonville é Barbie; Barbie é Bernonville (Denise).
Denise, Alice, Susana.
Praia, sol, que calor!
Passaporte, fotos, uma sensação de.
E alguém me dá uma gravata por trás e acordo assustado.
Lentamente.
Nove e meia. Dormi direto. Sonhei.
O calor vinha do *chauffage,* joguei as cobertas pro lado.

Levantei nu em pelo e fui até a janela. Abri-a um pouco, olhei. Será que.
Mais essa: estava nevando. Flocos de algodão caíam no barulhento Boulevard de Beaumarchais: eu estava em Paris. Um sol por dentro

há pouco, e agora aquela neve caindo. Que descompasso. Copacabana estava muito longe da Bastilha, flocos de neve caindo — poucos, mas era neve.

E frio.

Encostei a janela. Peguei a cueca em cima do *chauffage*. Estava dura de seca. Vesti-a e fui até o banheiro. Lavei o rosto, me olhei no espelho: olheiras. Os dentes iam esperar: sem escova nem pasta. Outro dia pela frente, meu desconforto.

Pegar as coisas e sair do hotel, eis a questão — que não era questão, mas a ordem natural das coisas. A não ser que. E sair logo, antes que a tal ficha seguisse sua trajetória e repousasse na mesa de algum policial cumpridor de seu (deles lá) dever.

Nem pensar.

Sair do hotel, tomar um bom café e tratar da vida, desta vida sem passaporte nem sorte. (Por enquanto...)

Desci e me despedi do hoteleiro, nunca mais nos veremos, *monsieur*.

Alma de gato — gato preto em campo de neve (não chegava a tanto: ruas molhadas, neve caindo, só isso), enfrentando o mau agouro das almas-de-gato e urubus, chô!

Deixei a sacola com as camisas no bar da Saint-Gilles e fui até o apartamento para atestar mais uma vez que — *personne* estava lá.

Peguei o metrô para Champs Elysées. Agradável a neve, mas foram poucas ruas.

E mais um e pouco quarteirão nos Champs Elysées, até eu entrar na Varig.

Cheguei cedo, nenhum correspondente à vista.

A telefonista fez a mesma ligação a cobrar do dia anterior.

Falei com Alice, zonza de sono (era cedo no Rio) e tomei nota dos números dos *traveller's* — e conversamos, disse que sonhei com ela na praia, de biquíni transparente, ela me disse "Que bom" e me mandou um beijo, que calor, aqui está nevando, ah, é, a gente se vê *one of these days*.

Fui até o City Bank no outro lado da rua. Dei os números para a moça de ontem a fim de deter os cheques roubados e receber outros — será que daria tempo?

Voltei para a Varig, fiquei folheando uma revista. Ninguém ainda.

Como o Brasil é maravilhoso, colorido e sem problemas, a se julgar por essas revistas de dentista.

Chegou o primeiro jornalista. Só o conhecia de vista e de nome: Rodrigo Mesquita, do *Estadão*. Não era correspondente, devia estar de passagem.

Continuei folheando a revista, depois um jornal. Rodrigo pegou com a telefonista o que parecia ser um malote do *Estadão* e começou a examiná-lo.

Fui até o banheiro.

Quando voltei, quem vi eu? A correspondente da *Isto É*. Conhecia Rosa Freire: trabalhamos juntos numa revista mensal, há uns sete anos. Ela entrou com outro (supunha eu) jornalista. Ela ainda não sabia, mas ia ser uma das testemunhas na Embaixada — podia testemunhar que eu era eu e não Dorival Caimmy ou Nelson Cavaquinho.

Depois da surpresa, ela me apresentou Rodrigo e o outro, Napoleão Saboya, que havia sido dos *Diários Associados* na época em que os *Diários Associados* existiam.

Conversamos.

Adivinhem o que contei para eles?

Acertaram. Minha odisseia. Fui assaltado etc.&tal, vocês sabem. E a Embaixada exige que duas testemunhas comprovem que.

Aceitaram — se propuseram a ir comigo.

Despacharam suas matérias ou pegaram seus jornais e subimos os quatro conversando Champs Elysées acima. Tudo iria se resolver, tudo-tudo vai dar certo como dois e dois.

E assim por diante — ah, essa fascinante profissão!

Pedimos para falar com o cônsul.

Que nos recebeu logo, mais simpático — seria a presença dos correspondentes brasileiros? Agora ele parecia não ter mais dúvidas de que eu era eu, mas as formalidades, o senhor sabe.

Sabia. Sou sequestrado num dia, num outro um jovem drogado quase morre nos meus braços, depois sou assaltado, mas compreendo, as formalidades...

O cônsul me perguntou meu nome completo. Mário Livramento, disse. Ele explicou: encontraram uma bolsa na rua, mas o último sobrenome do passaporte não confere, era outro.

Eu havia me esquecido! Falei:

— Claro, Nascimento! O sobrenome saiu trocado, mas dentro do passaporte há uma correção. É meu mesmo. Mas por quê? Acharam?
— Parece que sim. Uma pessoa ligou, não quis se identificar. Disse que passaria na Embaixada com a bolsa e o passaporte. Só não posso afirmar quando, se hoje ou amanhã.
Alívio.
Alívio? Mais do que isso.
Desanuviado, conversamos os cinco, fazendo hora. Enquanto isso minha cabeça não parava de funcionar: por que a pessoa não havia se identificado? Haveria alguma coisa dentro da bolsa, alguma coisa comprometedora? Seria a própria polícia? Esquece. Ter de volta o passaporte já era alguma coisa. Livre de novo para viajar, andar pelas ruas sem preocupações, me mandar para Lyon, para Viena.
Fiquei de voltar uns 15 minutos antes do final do expediente. Arriscaria.
Se a bolsa não tivesse chegado, voltaria no dia seguinte. E quem quer que fosse que viria trazê-la não me avistaria — pensei.
As testemunhas, Rodrigo, Rosa e Saboya, não foram necessárias.
Descemos juntos e tomamos um café de confraternização no bar embaixo, que fiz questão de pagar. Trocamos telefones, agradeci e nos despedimos.
Peguei o metrô para ir até o American Express, por via das dúvidas. Chegava lá e dava o número dos *traveller's* roubados para ver se os conseguia de volta.
Lá mesmo em Opéra comi alguma coisa e voltei depois para Champs Elysées.
Rotina. O funcionário da recepção já estava se tornando íntimo.
— A bolsa chegou — me disse ele.
E me mandou entrar direto na sala do cônsul.
Que eu me sentasse, disse o cônsul, e foi me passando o passaporte e a bolsa.
Peguei-os com cuidado, como se não acreditasse. A bolsa estava suja, arranhada e com a alça arrebentada — mas inteira. Segurei o passaporte: agora era um homem com identidade, sem crise de (documento de) identidade. Etc. Fui mexendo. Os papéis continuavam lá, as cadernetas não. E os dois mil francos também não, claro. Que eu já os contabilizara entre perdas e danos. Abri o fecho ecler onde

estariam os *traveller's* pois notei pelo volume que havia ainda alguma coisa lá dentro.

Havia: os *traveller's*.

— Incrível — me contendo para não dar um pulo, virei para o cônsul: — Eles simplesmente deixaram os *traveller's checks*... Ficaram com medo da dificuldade de descontá-los. Só pode ser isso. Devem ser amadores...

Mas havia uma outra possibilidade que não cheguei a falar para o cônsul: o "assalto" não era para roubar e sim para me assustar mais uma vez ou, de alguma forma que ainda não percebera, me encrencar de vez com a polícia. Os dois mil francos dançaram, é verdade, mas fazia parte da jogada: pareceria roubo e não seria demais para quem fez o serviço.

Continuei vasculhando a bolsa. Abri um compartimento mínimo onde mal cabiam algumas moedas e notei um embrulho em papel branco — fechei-o logo antes que o cônsul visse.

Papelote de cocaína!

O mesmo golpe, o mesmo processo utilizado no hotel. Que falta de imaginação! Depois veria com cuidado — tinha certeza de que nada havia guardado ali.

Agradeci, me despedi e saí da Embaixada, me sentindo contente com os dólares e o passaporte de volta, mas preocupado com o papelote na bolsa.

Nas escadas — evitei o elevador — confirmei: era mesmo cocaína.

Saí, fui andando para pegar o metrô, olhando para trás de vez em quando. Havia, sim, um homem parado com o *Le Monde* na mão quando saí do edifício.

Suspeitei.

Paranoia?

Não, quase certeza.

E ele vinha agora descendo na mesma direção que eu.

Entrei no primeiro bar que encontrei e fui direto pro banheiro.

Se quisesse me seguir, tudo bem, mas não ia me pegar num flagrante de cocaína, isso não. Tranquei a porta e me desvencilhei do grama de pó. Joguei-o na privada, pensando enquanto dava descarga: lá vai dinheiro puro, ouro branco por água abaixo, como diria Juarez.

Saí novamente e não vi mais ninguém.

Mais tranquilo, entrei na *bouche* do metrô, em direção a Chemin Vert. Seria mais uma tentativa de pelo menos recuperar minha mala. Precisava dela pra viajar para Lyon.

O sufoco estava chegando ao fim.

Bem que Alice (ou Denise?) havia me avisado no sonho: a Odessa quer te entregar o passaporte. E os *traveller's*.

E o pó, quase que caio de novo. Me distraí e nem pensei no meu perseguidor: não o vi mais, deve ter se perdido ou desistido.

Aleluia! Aleluia! — quase canto a *Aleluia* de Haendel inteira, se eu soubesse. Até que enfim.

Havia gente no apartamento.

Gina me abriu a porta:

— Coitado. Li teus bilhetes — e me beijou.

— Mas onde é que vocês se meteram?

— Nós fomos pra *campagne*. O gatinho tava muito ruim aqui em Paris, e a gente achou melhor levar ele pro campo por uns dias.

Eu no maior sufoco, e eles passeando na *campagne*. Coisas da vida.

Michèle também estava lá e se aproximou de mim e me deu um beijo na boca, suave.

— Gostei — disse pra ela. — Experimenta de novo.

Ela sorriu e me beijou mais uma vez.

— Taí. Valeu a pena tanto sufoco.

Queriam saber como é que tinha sido. O caso eu conto como. Comecei do começo, já sabia a história de trás pra diante. Mas me sentia descontraído por estar de volta, minhas coisas, minha mala.

Depois fui tomar banho. Íamos, sair os três.

Quando acabara de me vestir, uma campainha na porta me deixou de sobreaviso, como se me avisasse que nem tudo havia terminado. Senti uma leve tensão, mas me controlei.

Podia ser Luísa.

Ou Jean-Claude, o "gatinho". Ou mesmo Juarez.

Gina foi até a porta e perguntou quem era.

Não responderam. Ela me olhou.

Tocaram de novo.

— *Qui est-lá?* — perguntou.

Nada. Campainha de novo.

Gina olhou para Michèle e olhou para mim, interrogativa, mas viu na minha cara uma interrogação maior ainda.

Seria o sujeito que me havia seguido?

Foi então que ouvimos uma voz, forte, em francês sem sotaque:

— Abram a porta! É a autoridade!

Curioso: ele não disse "Polícia!"

O VOO ANTES DA HORA

O ROSTO DE GINA ERA UM MEDO SÓ, era só medo: os olhos crescendo — mas ela respondeu em cima:
— Um momento que vou apanhar a chave.
E correu pro quarto.
Sabia onde ela ia: esconder ou jogar fora a droga.
Meu saco, devia ser meus sete anos de azar que estavam começando, e com toda a força. O que eles queriam comigo? — porque a esta altura eu não tinha dúvidas de que era por mim que eles procuravam e não por causa da droga de Juarez.
Corri atrás de Gina para dizer que jogasse tudo fora, mas não foi necessário: ouvi ela puxando a descarga.
Desta vez foi um punho que bateu na porta, com força.
Michèle, linda, estava branca, Michèle linda e branca. Passei por ela e esbocei um sorriso:
— Calma, *ma petite* — e eu estava pedindo calma para mim mesmo.
— E se a gente não abrir? — perguntou Gina.
— Eles arrombam a porta — respondi, pensando que assim seria no Brasil. — Mas deixe que eu abro.
Preparei o espírito, tirei o trinco, torci a chave:
— O que é que os senhores desejam?
Mas eles já estavam dentro de casa.
Eram dois franceses altos e bem-vestidos — terno e gravata.
— Viemos buscá-lo, M. Livramento — falou um deles.
— Buscar? Posso saber por quê?
— O senhor vai viajar!

— Eu vou o quê? — e o outro me mostrou um documento, rápido, mas deu pra ler *Deuxième Bureau* escrito nele.

Não era a polícia, pior: era o
SERVIÇO SECRETO FRANCÊS!

— O senhor tem cinco minutos para fazer a mala — disse o que parecia ser o chefe.

— Mala? Mas pra onde é que eu vou de mala?

— Não insista. Faça como lhe disse.

— Mas eu sou um cidadão brasileiro. Exijo falar com o embaixador do meu país.

— Muito bem, nesse caso, vamos ter de prendê-lo. Na prisão, o senhor poderá se comunicar com seu embaixador.

Não sabia o que dizer.

— Infelizmente não temos tempo, *monsieur*, disse ele; e para o outro agente:

— Jogue tudo na mala dele.

— Não, deixe que eu faço.

As duas garotas eram um silêncio só de espanto.

— Não se preocupem. Não sei bem o que é isso, mas desconfio que estou sendo expulso da França — disse a elas, e dizia pra mim mesmo que desta vez pelo menos não se tratava de ladrões ou nazistas.

Um dos agentes me repreendeu por falar português. Problema dele.

Desisti.

Partida perdida, senhor grande jogador de pôquer.

Entregava minha alma a Deus e meu corpo com mala e tudo aos dois agentes do Serviço Secreto francês, se é que aquela carteirinha não era falsa, se me entendem. A Odessa de novo, meu Deus do céu!? Não parecia, mas. Antes de sair, diria a Gina para avisar a Embaixada do que havia acontecido, que ligasse de um telefone público para não implicá-la nem a Juarez.

Fiz a mala em tempo recorde — ela que nem chegou a ser desfeita realmente nesses dias provisórios e complicados que houve por mal viver em Paris, adeus.

Beijei Gina e beijei Michèle, com seu rosto lindo e branco se despedindo de mim, voltei a beijá-la desta vez na boca, ainda nos veremos, vamos acertar esses ponteiros na hora certa, um dia quem sabe.

Na saída do edifício, havia um carro parado com motorista. O que parecia chefe entrou comigo no banco de trás.

O carro arrancou.

— Posso saber para onde estou indo? — perguntei.

— Fique tranquilo, *monsieur*. É pro seu próprio bem — respondeu o agente ao meu lado. — O senhor está sob risco de morte. O Governo francês não tem condições de lhe dar garantias, e por isso resolvemos que o melhor é o senhor deixar o país.

— Quer dizer que posso me considerar expulso?

— Não. Expulsão é outra coisa, é um processo burocrático. O que estamos fazendo não é oficial, *monsieur*. O senhor não terá passaporte carimbado como expulso, vai apenas sair da França e voltar para o seu país.

— Mas por que tudo isso?

— O senhor andou se metendo com quem não devia. Tem gente encarregada de terminar com a sua vida.

Engoli em seco.

Fiquei quieto.

Assustado.

Não era oficial, mas na prática estava sendo expulso.

Não tive nem tempo de me acostumar com a ideia. E eu estava marcado para morrer, nesse caso a expulsão até que era benéfica. Ou não. E assim por diante — confusão. Curiosidade é a minha profissão, e sou um cara teimoso, minha avó sempre dizia — e me perguntei se a entrada em cena do *Deuxième Bureau* tinha alguma coisa a ver com a bomba que recentemente jogaram numa sinagoga, matando várias pessoas, com o barulho que a imprensa vinha fazendo, o neonazismo crescendo etc. Quer dizer: escolhi o momento errado para vir à França pesquisar sobre a Odessa — que merda!

O carro ia em direção ao aeroporto, não era difícil de saber. Se eu não tivesse passagem, será que eles pagariam minha volta ao Brasil? Mas, não, eu não podia voltar. Não, agora. A um passo de recompor o passado de Bernonville e de descobrir suas relações com Karl Barbie...

Precisava ainda ir a Lyon, depois a Viena para entrevistar Simon Wiesenthal.

Isso: Viena!

Uma ideia. Falei com jeito, como se eu tivesse ainda opção:

— Concordo em sair da França, *monsieur*, mas não posso voltar pro Brasil agora.

Ele me olhou como se ouvisse um disparate. Voltei à carga:

— Quais são as ordens que o senhor recebeu?

Ele me olhou de novo:

— *Comment, monsieur?*

— Quais foram exatamente as ordens que lhe deram?

— Mandá-lo de volta.

— Pense bem: ordem para me mandar de volta pro Brasil ou simplesmente para sair da França? Porque, nesse caso, eu vou para Viena, onde tenho minha última entrevista marcada. De lá volto para casa, que já estou com saudades, o sol, *chez moi*, o senhor entende?

Ele não respondeu.

Ficamos em silêncio.

O carro se aproximava do aeroporto.

— E então? — ainda insisti. — O senhor vai fazer eu perder o emprego. E tenho cinco filhos para sustentar.

Exagerei. Mas devo ter mexido nos brios do cidadão. Quando o carro parou, ele me disse:

— Preste atenção. A ordem que eu tenho é fazê-lo sair da França hoje mesmo. Para onde o senhor vai, é problema seu. O senhor saia agora, compre passagem para o primeiro avião que parta para fora do território francês, e adeus, *monsieur*. Estaremos de olho.

Salvo pelo gongo.

Fiz sinal com a cabeça que concordava e estiquei a mão para agradecer.

Meio sem jeito, ele apertou-a.

— Nós estaremos por aqui, vendo se o senhor viaja e se nada de mal lhe acontece.

— Ótimo — respondi, sem esconder que estava contente.

— *Bon voyage* — ele disse, saindo do carro e entrando no aeroporto atrás de mim.

Encontrei um carrinho livre e coloquei minha mala nele.

Fui me informar onde se comprava passagem para Viena, Áustria.

Meu fiel vigilante ficava sempre a uns cinco metros, fingindo que não me via.

Eu estava tranquilo: em muitos e muitos dias, era a primeira vez, pelo menos, que alguém olhava por mim. E, de qualquer forma, teria de ir a Viena, mais cedo ou mais tarde.

Só não pensava que fosse tão rápido.

Tudo começava a fazer sentido: o sequestro, o quarto revirado com droga plantada na mala; o "assalto" e a devolução da bolsa novamente com droga etc. E como nada disso me impedia de continuar insistindo no trabalho, eles resolveram me liquidar de vez. O *Deuxième Bureau*, que devia estar investigando as atividades dos grupos de extrema direita depois do atentado à sinagoga, percebeu tudo e, para evitar um caso que poderia dar dor de cabeça (pra eles), resolveu me despachar com mala e cuia.

Ao mesmo tempo, salvavam minha vida.

As coisas haviam acontecido rápido demais, eu sabia dos perigos, mas não os sentia concreta e nitidamente — e, confesso, não imaginara que chegassem a ponto de me matar, só por causa de um livro que nem existia ainda e que talvez viesse levantar a lebre — ou as feras.

Comprei a passagem para Viena e ainda tive de esperar duas horas até o avião sair.

Meus anjos da guarda ficaram por lá, me rondando, vendo se eu viajava de verdade.

Antes de entrar no avião, comprei *Le Monde* e *Libération* — e parti para o voo antes da hora, são e salvo.

Sexta parte
O caçador e os sicilianos de Milão

(Viena e Milão – dezembro de 1980)

1
UM TÁXI PARA VIENA D'ÁUSTRIA

UM PASSO À FRENTE E DOIS PASSOS ATRÁS, dizia o velho Lênin.
Ainda não falei em Simon Wiesenthal, o caçador de nazistas? Acho que sim.
Herr Wiesenthal, bitte, could you please...
Soyez gentil, Monsieur Wiesenthal, je suis venu du Brésil... Ich heisse Livramento, Mário Livramento und...
Saí de Paris correndo, graças ao *Deuxième Bureau*, o serviço secreto francês, mas...

AINDA NO BRASIL tentei conseguir uma carta de apresentação e seu endereço com um rabino jovem e cabeludo de São Paulo que se dizia seu amigo, mui amigo. Mas o rabino jovem e cabeludo não cumpriu sua palavra, que era a de mandar a carta pelo correio. Tive a sorte, já na Europa, de me encontrar com Janos Lengyel, correspondente do *Globo* em Berna — e que, na mesma hora, ligou para Simon Wiesenthal.
Que por azar não estava. Mas me deu o número dos telefones e os endereços da casa e do escritório — eu podia falar em seu nome.
Menos mal.
Cheguei em Viena sob tensão, atrapalhado.
Não era para menos. Para quem vem do quente e se mete numa fria. Mas Paris ficara pra trás, com suas armadilhas e seus neonazistas.
Depois eu conto.
Fazia frio e parecia noite. Noite em Viena, contrariando qualquer cartão-postal, meus ouvidos não ouviam o som das valsas de Strauss,

o zunido não vinha de um violino: era o vento. Esse frio europeu estava parecendo a Odessa: podia atacar a qualquer momento, por qualquer lado, em qualquer esquina. E dava arrepios.

A atrapalhação — com mala, casacão, documentos, *traveller's* e dinheiro austríaco trocado ali mesmo no aeroporto, telefonemas, mapa da cidade etc. — foi apenas uma gota d'água no meio do meu sistema nervoso, no meio de uma trama mais intrincada ainda do que imaginara.

Apenas um detalhe: deu-se por conta do meu passaporte que caiu do bolso quando entrei no ônibus que me levaria ao aeroporto. Já estava me ajeitando na poltrona quando uma aeromoça me avisou.

Desci, deixei a mala e apanhei o documento das mãos dela — mãos bonitas.

Agradeci, aliviado.

Era loira, esbelta, os dentes brancos.

Tomei meu lugar de volta e aguardei o ônibus partir.

Pegaria um táxi no ponto final, uma estação — assim me explicaram.

Não consegui ter uma visão da cidade pelo caminho. A noite prematura não permitia. Não passava das seis e pouco da tarde — a noite e a chuva agora molhando o frio, molhando tudo. Minha alma também, alma de gato.

Um letreiro luminoso anunciava três graus abaixo de zero.

Vou virar pinguim.

Assim que cheguei ao aeroporto, liguei para Wiesenthal.

Atendeu uma senhora com voz de esposa. Não falava inglês nem francês, só alemão e iídiche. Deu pra entender que ela me dizia que *Herr* Wiesenthal ainda não havia chegado.

Eu já estava em Viena, o que fazer? Aguardar. A força da circunstância... Aguardei. Eu já estava em Viena e não tinha a mínima garantia de que seria recebido por ele, o caçador de criminosos de guerra.

Que coisa.

Deixa pra lá.

Fiz hora no aeroporto, fui me informar de hotel.

Vinte minutos depois, liguei outra vez. Atenderam.

Atendeu: era ele.

Expliquei, falei no Janos, que já o havia entrevistado.

Ah, sim — e Wiesenthal foi objetivo: poderia me receber na quinta-feira às nove da manhã.

Objetivo, porém inviável para mim: era terça-feira, e eu não podia ficar muitos dias ao vai da valsa em Viena, *bitte*. Considerei que. Será que ele não. Acontece que eu. Etc.

Wiesenthal entendeu, estava bem, me receberia no dia seguinte.

Às nove horas da matina. Quer dizer: de madrugada.

Agradeci, estava combinado, até amanhã, desliguei.

Nove horas — mas que folgado era eu, chegava de repente e queria ser logo recebido por ele e ainda pretendendo que marcasse numa hora mais tarde. Com aquele frio. Esse frio não me facilitava a vida: ficava difícil acordar cedo. Mas valeu, *Herr* Wiesenthal, tudo certo. Como dois e dois são. Pediria no hotel que me acordassem. Escolhi na banca de turismo do aeroporto um hotel de preço razoável e próximo do escritório do "caçador de nazistas". Assim não perderia tempo com condução: acordava 15 minutos antes e ia a pé.

O ônibus do aeroporto me deixou numa enorme estação de trem, dentro da cidade.

Dei azar: era hora do *rush*.

Fila para apanhar táxi. Chuva fininha encharcando tudo. Debaixo da marquise, difícil pegar um carro, pois sempre aparecia um espertinho de terno e gravata que não respeitava a fila.

Fui pra chuva pra me molhar e garantir meu táxi.

O motorista era turco, quer dizer, grego pra mim; e eu devo ter virado grego pra ele, que simplesmente não entendeu o endereço que tentei lhe dizer. Um brasileiro falando mal alemão, e um turco ouvindo mal em alemão, a comunicação ameaçava um impasse.

Dei a ele o nome do hotel e o endereço por escrito. Ele fez sinal com a cabeça: compreendeu.

Preenchi a ficha do hotel, fiz perguntas sobre restaurantes e bares na redondeza e subi para o meu quarto.

Deixei minhas coisas, tomei banho e desci. Levei o casacão para me proteger do frio; a chuva cairia sobre minha cabeça, era uma chuva fininha. Devia ter comprado uma boina ou um chapéu. Não pretendia dormir tarde, mas pensava em dar uma caminhada pela área e talvez jantar.

No hall, quando fui entregar a chave, vi a loira esbelta e de sorriso branco, a aeromoça que me chamara dentro do ônibus para entregar o passaporte.

Ah, solidão da capital mundial da valsa, quem sabe não haveria uma música pelo ar.

Ela me reconheceu.

Será? Nem pisquei: fui direto.

— Se não fosse você, eu seria um homem sem identidade — disse.

Ela sorriu. E meu *know-how* me dizia: quando mulher sorri, meio caminho andado; se você consegue fazer ela rir então, aí, bem, tem-se a distância já praticamente percorrida.

— Agora para completar seu gesto de humanidade — continuei — e para eu provar meu agradecimento, você não gostaria de assessorar um brasileiro perdido em Viena?

Parecia que ela não havia entendido: deve ter sido a palavra "assessorar".

— Obrigada, mas eu tenho meu trabalho.

— Eu sei. Eu queria dizer: você não gostaria de jantar comigo ou beber alguma coisa?

Desta vez fui eu quem sorriu para reforçar o convite, amenizando a possível surpresa da moça aérea, aeromoça.

Ela também sorriu. E me olhou, parecendo me ver pela primeira vez. Estava me examinando? Respondeu:

— Por que não?

— Ótimo.

— Eu ia sair mesmo para comer alguma coisa.

— Uma mão lava a outra, como se diz na minha terra — e me arrependi; tampouco ia entender a expressão, ainda mais traduzida. Mas ela perguntou:

— E onde é que nós vamos?

— Não tenho a mínima ideia. É a primeira vez que ponho os pés em Viena.

— Então deixa por minha conta.

— É pra já.

Cheguei sozinho e saía bem-acompanhado do hotel.

Foi só então que trocamos nomes, essas coisas.

Íamos a pé. Ali perto.

Ela se chamava Helga e era alemã — dava pra notar: Marlene Dietrich aos 25 anos. Tinha um guarda-chuva, o que nos aproximou mais ainda, bendita sejas, ó chuva fina de Viena!

Caminhamos.

O clima prometia ser agradável — não estou falando do frio, da chuva.

Entramos numa ruela, passamos por uma pracinha com uma igreja que deveria ter uns trezentos anos, três séculos ou mais, perdida ali por entre construções mais recentes. Atravessamos uma rua grande, entramos numa outra, espremida, onde ficava um restaurante alsaciano — ela havia me perguntado se eu gostava de chucrute, e eu disse que sim.

Depois me perguntei: será que gosto? Detalhes.

O restaurante era pequeno e estava cheio.

Havia um lugar, uma mesinha ao canto. Ideal.

Pedimos uma garrafa de vinho alemão, vinho branco para começar. Nem tudo são ameaças e riscos quando se resolve sair atrás dos rastros da Odessa. (Wiesenthal escrevera que os nazistas usaram suas belas mulheres para conseguir favores e escapar dos julgamentos — mas a época era outra... não era?)

A vida continuava e tinha lá seus momentos de satisfação, seus encontros e encantos. Estar ali e beber aquele vinho excelente e olhando e conversando com aquela loira também excelente, e ambos caindo bem — eis um prêmio merecido nos intervalos do trabalho.

Bela Helga. Trocamos ideias, olhares e sorrisos, conversamos sobre Berlim, onde ela morava, e sobre o Rio de Janeiro, onde ela sonhava morar, e bebemos e comemos o chucrute que afinal se revelou muito bom, e bebemos um licorzinho e pagamos a conta e ainda fomos caminhar na chuva de volta — cantando eu na chuva por dentro, minha Lili Marlene.

Chegamos ao hotel, recomendei que me acordassem às oito horas, peguei a chave do 509, e ela a dela, do 306, e subimos juntos no elevador, e fiquei no meio do caminho.

Quer dizer: não cheguei ao quinto andar.

Descemos no terceiro. (Se soubesse, teria economizado a diária.)

Minha primeira e única noite em Viena não poderia ter sido melhor, bela Helga. Mas a valquíria de Berlim exigia que eu desempenhasse o papel de *latin lover*, e acabei dormindo aí pelas cinco da manhã, cansado, preocupado em não acordar para o encontro marcado com Herr Wiesenthal, afinal, a razão da minha estada em Viena.

EU TERIA PERDIDO A HORA, não fosse aquele reloginho interno que a gente tem dentro da cabeça.

(Não é que se esqueceram de ligar da portaria! Ah, não, eu é que não estava no meu quarto...)

Acordei às oito e meia, tonto de sono. Sacudi a cabeça com força pra ver se acordava de vez. Não adiantou. Levantei e fui me arrastando até o banheiro, molhei o rosto. Arregalei os olhos no espelho, me olhando bem para ver se me encontrava. Sim, era eu mesmo, mas que cara! Lá fora parecia ainda escuro, que inverno mais danado. Passei mais água gelada no rosto. Tomei fôlego.

Voltei ao quarto: Helga ressonava sem lençol em cima do corpo nu. *Chauffage* quente, Helga aquecida, descansando, dormindo, em pouso tranquilo, moça aérea que caiu do céu, aeromoça que caiu do céu na minha horta. Colhi aquele fruto com cuidado, saboreei-o com gosto e jeito — e agora, adeus.

Helga no sétimo sono, as roupas jogadas em cima da cadeira, em desalinho, mala no chão.

Peguei minhas roupas, me vesti.

Tinha um folheto em cima da cômoda. Escrevi nele: *Du bist wunderbar. Danke schöne.*

— e coloquei-o em pé contra o abajur para que ela o visse assim que acordasse, que era maravilhosa, muito obrigado. Puxei o lençol, cobrindo um pouco aquele corpo nu, que beleza.

Passei rápido pela portaria, entreguei a chave que só usei para pegar a pasta com papéis. O porteiro disse que chamou meu quarto, mas ninguém respondera; agradeci sem maiores explicações e saí.

Fechei o casaco, tirei o mapa do bolso, um mapa que trazia em destaque o centro de Viena, marquei com o dedo a distância do hotel até a rua do escritório de Wiesenthal, a Salztorgasse: umas seis quadras.

Caminhar é preciso, mesmo com o frio e a escuridão da manhã.

Passei por uma espécie de praça com escada dando para outra rua, num nível bem mais baixo. Seria por ali? Perguntei a um bravo trabalhador já a caminho do batente. Mostrei o mapa e o local marcado. Ele disse que era por ali mesmo, quem tem boca vai a Roma e não se perde em Viena. Esses mapas são bons, mas não explicam essas coisas de vielas, escadas, descidas de níveis: uma cidade tem altos e baixos, avenidas largas e ruas escondidas que não cabem num mapa turístico.

Mais cinco minutos e eu estava em frente ao número 6 da Salztorgasse.

Olhei o relógio: dez para as nove. Tinha tempo.

Dei a volta no quarteirão, procurei um café aberto. Sem comer. Uma quadra e meia dali encontrei um bar envidraçado e de porta fechada. Gente lá dentro.

Forcei a maçaneta e entrei. Pedi café. Fumei o primeiro cigarro,

Pensei no que iria perguntar a Wiesenthal. Tinha tudo na cabeça, mas o problema era exatamente este: a cabeça não estava funcionando. Ao peso das poucas horas dormidas, somem-se os acontecimentos que me fizeram sair correndo de Paris e que — mas esquece. E ontem à noite, depois do jantar não tive tempo de organizar melhor as perguntas, como imaginara. Por quê? Resposta: Helga. Agora era confiar numa certa improvisação, no correr normal da conversa.

Paguei o café e saí.

A porta do edifício trancada. Havia um painel vertical com portões e um microfone embutido. Deslizei o dedo, lendo nome por nome até encontrar

DOKUMENTATIONSZENTRUM

e apertei o botão correspondente.

Aguardei.

Uma voz surgiu das trevas. E agora? Me entenderia? Não quis gastar meu alemão esquecido e capenga, disse em inglês: era o jornalista brasileiro que queria falar com *Herr* Wiesenthal.

A voz entendeu: a porta se abriu.

Subi no elevador estreito.

Desci no terceiro andar, andei pelo corredor. Cheguei em frente ao Centro de Documentação do "caçador de nazistas". Apertei a campainha. Desta vez foram uns olhos que me atenderam quando um pequeno vidro se abriu. Mas a porta não se abriu de todo: uma mulher colocou o rosto e perguntou o que eu queria. Expliquei que tinha uma hora marcada com *Herr* Wiesenthal.

Ela ficou surpresa: hora marcada?

Sim... Pronto: vai ver havia algum problema.

Ela abriu um pouco mais a porta. Parecia não saber de nada — não sabia.

Mas, naquele momento, segurando uma pasta e saindo de uma porta interna, apareceu o próprio Wiesenthal que, antes de prosseguir, lançou-nos um olhar inquisitivo.

Teria também ele esquecido?

Jornalista brasileiro?

Ah, sim, pode entrar.

Seria muito simples matar Simon Wiesenthal, pensei ao ingressar no saguão interno que dava para um conjunto de três ou quatro salas. Fosse eu um ex-nazista, um neonazista, quem quer que tivesse razão para tal, e era só disparar o revólver e matá-lo ali mesmo, ele e a secretária para não deixar testemunha.

Mas eu sou de paz e fui conduzido para a segunda sala à esquerda de quem entra.

Wiesenthal era alto e forte e tinha o rosto — a conjunção do nariz e olhos — de uma águia: um corpo de urso com um rosto de águia. A barriga saliente, não de se notar à primeira vista devido à altura do homem.

Sentados num conjunto de sofás velhos, expus a ele sucintamente meu objetivo. Falei dos problemas inesperados que me haviam atropelado em Paris, o que o deixou surpreso. Trouxera do Brasil algumas fotos para ele ver, informações para checar e muitas perguntas na cabeça.

Falei primeiro em Stephen Loncar, o iugoslavo que havia morrido há pouco em Carazinho. Wiesenthal chamou a secretária e pediu uma pasta. Ele examinou o que parecia ser uma lista — uma lista de nazistas desaparecidos na poeira. Ele fez que não com a cabeça: não havia nenhum Loncar na lista. Significava isso que Loncar não era nazista? Eu sabia que a "prova" dada pela imprensa brasileira era falsa: uma fotografia de um cunhado dele, fardado de tenente. Mas lhe mostrei outra foto, a que havia surrupiado na casa do próprio Loncar: ele num grupo com um tipo de farda desconhecido. Wiesenthal olhou e matou logo a charada:

— É a Ustaka.
— O que é isso? — perguntei.
— A SS da Croácia — respondeu ele.

Ficava assim, por vias transversas — ou seja, graças a uma outra prova, e única, e a que estava em meu poder e havia sido negligenciada pela polícia de Carazinho —, provado que Stephen Loncar teria sido nazista.

Mostrei-lhe em seguida a foto do enterro de um nazista mais graduado, Gustav Franz Wagner, com dois senhores que seguiam o caixão, dois alemães que nunca foram identificados e que, anonimamente, haviam pago o enterro de Wagner e o acompanharam à "última morada".

Wiesenthal olhou a foto com cuidado, colocou-a na minha frente. E disse:

— Esses dois, com toda certeza, são da Odessa.
— O que é que o faz pensar assim?
— Porque pagaram tudo, não se identificaram e é possível que nem conhecessem Wagner pessoalmente — disse ele. — Prestaram uma espécie de assistência social do grupo, entre companheiros.
— Mas então a Odessa existe de fato? — aproveitei para esclarecer de vez.
— Com outro nome. A Odessa foi criada em 1946, 1947, por antigos membros da SS, e deixou de existir em 1952. Eles formavam grupos de três, no máximo cinco pessoas. Passaram a se chamar *depois Kameradenwerk*. Existem grupos assim em Buenos Aires, na Bolívia, no Paraguai, no Rio, em São Paulo e talvez em Porto Alegre e no interior gaúcho. Na primeira fase de sua existência, a Odessa tinha como papel ajudar os ex-nazistas a sair da Alemanha.
— E por onde eles saíam?
— Havia três rotas: uma conduzia da Alemanha à Áustria e Itália, e daí para a Espanha; a segunda levava-os aos países árabes do Oriente Médio, onde até hoje técnicos nazistas são bem cotados; e a terceira rota ligava a Alemanha aos países da América Latina, principalmente à Argentina de Perón, mas também ao Brasil e, mais recentemente, ao Paraguai, que se tornou o refúgio favorito da elite da SS.
— Quer dizer que eles eram eficientes? Eram ou são...

— Eles foram muito eficientes na época, possivelmente contando um pouco com a displicência dos Aliados. A Odessa, na Alemanha, chegou a ajudar alguns nazistas a fugir das prisões. E havia muito dinheiro por trás, um fundo secreto em dólares, libras e marcos.

— E como é que eles agiam quando em outros países?

— Nos lugares para onde esses nazistas se destinavam, a Odessa tratava de estabelecer seus membros, colocá-los em empregos, fazer com que progredissem na vida. A primeira coisa que eles faziam era manter ótimas relações com a polícia local, pois através dela ficavam sabendo o que estava para acontecer, controlavam a situação.

— Ainda existem muitos nazistas na América Latina?

— Os ex-nazistas hoje querem morrer em paz — responde Wiesenthal, com um indisfarçável ar *blasé*, talvez cansado de tanto pesquisar e falar sobre o mesmo assunto. — Com exceção de Karl Barbie, que é amigo dos ditadores. Mas a Odessa vive ainda da venda, por dez ou vinte mil dólares, de títulos de cônsul honorário, que eles vendem aqui mesmo na Europa, dividindo o dinheiro com certas autoridades. O título dá direito a passar carros com chapas diplomáticas pela fronteira, por exemplo.

— E Karl Barbie?

— Barbie foi sempre um negociante, um intermediário na venda de armas, nem sempre legais. Recentemente, cem tanques foram vendidos à Bolívia tendo Barbie como intermediário — e Wiesenthal se levanta, pega uma pasta e me mostra uma carta que escrevera como protesto à companhia austríaca Steyr Daimlerque Punch A. G., que vendera armas a Barbie.

— Barbie teve um sócio no Peru — prossegue Wiesenthal, se sentando. — Chamava-se Frederico Schwind, que já morreu. Schwind esteve ligado aos falsos marcos que foram fabricados pelos nazistas. Parece que ele, na época, ficou encarregado de trocar esses marcos falsificados por dólares verdadeiros.

— E Martin Borman ainda está vivo?

— Não, já morreu.

— E Mengele?

— Joseph Mengele está vivo. Depois que oferecemos sessenta mil dólares para qualquer informação que nos levasse a ele, recebemos muitas pistas. Mas o que se pode concluir é que ele está constantemente mudando de cidade e às vezes de país. Por uns tempos, pensamos tê-lo localizado em Colonia Dignidad, uma isolada colônia de origem alemã que fica no Chile. Mas parece que foi alarme falso. Mais tarde, conseguimos localizá-lo em Santa Cruz, na Bolívia, acompanhado de um médico, amigo seu. Infelizmente desapareceu de lá antes que pudéssemos agir. A última informação digna de crédito diz que Mengele está em Rio Negro, no Uruguai, pelo menos estava lá em outubro de 1980. Pelo que sabemos, seu estado de saúde não é dos melhores. Agora aumentamos nossa oferta por informação para cem mil dólares. Temos uma série delas, mas infelizmente não posso revelá-las.

De repente Simon Wiesenthal ficou em silêncio e pegou novamente e ficou olhando a foto do enterro de Gustav Franz Wagner, com os dois alemães misteriosos. Depois falou:

— Você sabe que seu país se negou a dar extradição a Wagner por causa de um erro de datilografia?

— Não, não sabia — falei.

— Cento e cinquenta mil judeus foram mortos em Sobibor, onde Wagner trabalhava. O *Dokumentationszentrum* conseguiu que quatro países pedissem a extradição de Wagner. Os pedidos de Israel, Polônia e Áustria foram simplesmente rejeitados pela justiça brasileira. O pedido da Alemanha Ocidental chegou à Suprema Corte de Brasília. E, por causa de um simples erro (1947 transformou-se em 1974), a Corte brasileira, acreditando que Wagner estava na lista de foragidos da Alemanha Ocidental apenas desde 1974 (quer dizer, mais de vinte anos depois de Sobibor e do fim da guerra), negou o pedido e colocou-o em liberdade.

Wiesenthal ainda segurava a fotografia.

Perguntei se gostaria de ficar com a foto.

Ele disse que sim e me agradeceu.

Estava na hora. Ele dera sinais de que estava ocupado.

Fiz uma última pergunta: o nome Hans Castrop estaria na sua lista? Ele a consultou e fez que não com a cabeça. Como eu imaginava.

Era hora de me despedir — afinal ele me dissera que me receberia entre nove e dez horas e já passava das dez.

O velho caçador me acompanhou até a porta.

Não ficaria muito tempo em Viena. Na verdade, partiria naquele mesmo dia.

Missão cumprida.

Não tinha tempo, disposição ou dinheiro para fazer turismo.

Daria uma volta a pé ali pelo centro, depois iria almoçar.

After lunch, pegaria o trem para Milão.

Quando cheguei ao hotel tinha um envelope na portaria em meu nome. Peguei-o, surpreso. O nome vinha escrito errado. Quem seria? Só podia ser...

Abri-o: era de Helga, e vinha em inglês:

"*I'm on my way. You know what? I love Brazil. You're a good lover, baby. Bye, bye...*"

Parece que eu contribuí para difundir o bom nome do Brasil no exterior.

2
OS SICILIANOS

Saí de Viena com a entrevista e uma lembrança. A entrevista era concreta, importante para meu trabalho; já a lembrança, bem, era agradável, mas iria desaparecer na distância e no tempo, voando pra longe, ó aeromoça de uma noite vienense. Mas sobre um e outro — o entrevistado chamava-se Simon Wiesenthal; a aeromoça, Helga — já falei em outra oportunidade, se não me engano.

(Ah, sim, foi no capitulo anterior!)

De Viena não vi quase nada. Vi o aeroporto, a rodoviária, algumas ruas, o hotel, a aeromoça e Wiesenthal. Nem seus famosos bosques visitei — bosques onde, dizem, crianças, de vez em quando, se enforcavam. (Fiquei impressionado com esta história que ouvi de dois ingleses uma vez antes de partir: Viena era a capital mundial do suicídio infantil — seria o estranho humor britânico? Mas Hans Castrop, em Petrópolis, já havia me falado de alguma coisa parecida.) Poderia ter ficado mais tempo, mas alguma coisa me impelia — talvez a adrenalina que continuava pingando em meu sangue depois da minha aventura francesa.

Precisava desacelerar, não conseguia.

Resolvi descer para o Sul. À procura do sol.

O Sul era o Norte — o Norte da Itália.

Estava previsto, não, não sairia do meu caminho: Milano, Milão, comer um bife à milanesa, aqui vou eu, com armas e bagagens, mala e cuia. Correndo atrás, deixando atrás de mim um rastro confuso de bandidos, nazistas, burocratas, Serviço Secreto, o escambau — de gente que sequer conhecia, mas que estava a fim da minha cabeça. Ao mesmo tempo, já tinha o trabalho em andamento — sou teimoso, minha avó sempre dizia.

Em Milão, procuraria algum vínculo que unisse a estranha morte do editor milionário Feltrinelli com outros assassinatos — com a sra. dona Odessa. Depois, o ideal seria seguir para Lyon a fim de encerrar o levantamento das vidas pregressas de Barbie e Bernonville — mas a esta altura do campeonato seria arriscado voltar à França.

Ou não?

Arriscado era conversar com um estranho num trem — dizia Hitchcock num filme antigo. Mas nem estava eu num trem nem num filme de suspense, por isso me pareceu natural que o passageiro ao lado puxasse conversa — ele pensou que eu fosse italiano; pelo jeito tenho aparência de tudo, menos de brasileiro — e, na verdade, viemos conversando a viagem toda. Era um homem simples, morador da Sicília, e não largou do meu pé depois que soube que eu era brasileiro: quando jovem, havia emigrado para São Paulo e atualmente era dono de um bar na Catânia. Tinha ido a Viena visitar um amigo e ia ficar um dia em Milão também para visitar outro amigo. Hum, pensei, cheirava à velha confraria, à irmandade mafiosa. Preconceito meu, claro. Ele era gentil, atencioso.

Ao descer do trem, caí na besteira de perguntar pra ele se conhecia algum hotel barato em Milão — e ele respondeu que fazia questão que eu fosse pra pensão do amigo dele (o mesmo que ia visitar) e dali mesmo ligou pra pensão pra ver se tinha quarto vago e voltou me dizendo que estava lotado, mas que seu amigo daria um jeito.

Que diabo de jeito seria esse, pensei, se estava lotado?

Ah, esses italianos! Na verdade sua gentileza era de tal ordem que não me deixava margem para recusar sua atenção. Fiquei sem ação — e deixei-me levar. A essas alturas, até ter um amigo "mafioso" poderia ter lá sua vantagem, pensei comigo na minha maluca dialética.

Ele não quis pegar táxi, esperamos um ônibus.

Paramos em frente ao número 47 da Corso Buenos Aires — a Penzione Albergo Lima ficava num dos andares do edifício. Na avenida Buenos Aires — o engraçado é que a primeira impressão que tive de Milão era justamente que a cidade se parecia (o contrário, claro) com a capital argentina: os prédios, as pessoas, as ruas.

Fomos recebidos por um siciliano pequeno, agitado, simpático, com o rosto parecido com Charles Aznavour — mas um Charles Aznavour de origem bem pobre, as faces chupadas. Grandes abraços e efusões quando viu o amigo que vinha de longe — e recebi eu as sobras desta efusão, afinal, um amigo do seu amigo era um amigo também, qualquer coisa assim.

Parecia que, de repente, eu estava de volta a uma cidade do interior brasileiro. Só que falavam siciliano e italiano.

Mostrou o quarto de Lorenzo, que assim se chama meu companheiro de viagem, e que, no dia seguinte, quando ele partisse, o quarto seria meu.

E hoje? — pensei. Mas não deu tempo de perguntar, ele me levou até outro quarto, abriu a porta, e avistei um jovem sentado na cama — e havia outra cama ao lado, vazia. Ele me olhou esperando minha aprovação: a outra cama seria a minha. Não gostei da ideia, dei a entender que preferia um quarto sozinho, quem sabe se, amanhã... Mas ele logo reagiu: muito bem, não tem problema — falando mais para Lorenzo, pois parecia não entender meu italiano espanholado:

— Ele dorme no meu quarto, eu me arrumo.

Não havia saída. Coisa da gentileza siciliana.

Fomos para a cozinha, ele nos serviu café. "Aznavour" contava piadas e ria antes da hora. De vez em quando, falava em siciliano, aí mesmo que eu não entendia nada. Apareceu uma senhora que devia ser auxiliar dele: muito simples, um buço que não era mais buço, era bigode — e um ar apalermado. "Aznavour" se divertia mexendo com ela.

Fomos jantar fora, Lorenzo e eu; ali no quarteirão, um restaurante conhecido dele. Simples, com boa comida e bom vinho.

Voltamos para a pensão. Eu estava cansado, ele também.

No dia seguinte, devagar, começaria a explorar Milão.

Só que ele foi para o quarto dele e eu para o "quarto" do "Aznavour", que não era quarto, mas aquela cozinha onde tomamos café: uma cama que ficava retirada, contra a parede. E onde ficava a televisão. Era a hora do noticiário e passou um *flash* sobre o julgamento de um grupo das Brigadas Vermelhas da cidade. A mulher de bigode olhava sem parecer entender. E eu teria de ficar ali, sem privacidade, naquele entra e sai. Que saco. Mas, assim que terminou o noticiário, "Aznavour" me apontou a cama que já estava pronta, de roupa limpa, e disse que eu podia dormir à vontade e se afastou.

A mulher de bigode desapareceu atrás de uma porta, *buonna notte*. No fundo, achei engraçado. "Aznavour" era siciliano, mas arrumara uma solução de português para minha hospedagem: deixei claro que não gostava da ideia de dormir com um estranho no quarto, e ele disse que não tinha problema, eu dormiria no "quarto" dele — e não é que, já deitado, percebi que ele improvisava uma cama num divã velho! Ia dormir ali. Qual a diferença? — pensei. Apenas que não era lado a lado: a peça era comprida, ficava do outro lado. A vida tem altos e baixos: uma noite estou com uma bela alemã no quarto, na outra com um feio siciliano.

Sem reclamações.

Espírito esportivo.

Amanhã será um outro dia.

(Ou *Amanhã será tarde demais* como dizia um filme antiquíssimo com Pier Angeli?)

Minha primeira noite de sono em Milão não foi engraçada. Dali a pouco, "Aznavour" se deitou e apagou a luz e caiu num sono profundo e ressonante que só iria cessar no dia seguinte. E quem disse que eu conseguia dormir? Fiquei ouvindo os barulhos da noite. A mulher de bigode, que dormia no quarto dos fundos fechado apenas por um pano, tossia e se remexia na cama. "Aznavour" roncava e, de vez em quando, parecia se agitar todo na cama improvisada. E eu ouvindo. Fiquei muito tempo assim, olhos abertos, ouvindo os roncos de um e as tosses da outra, *malledetta* sinfonia noturna. Depois devo ter adormecido, mas era um sono leve, qualquer remexida mais brusca na outra cama, eu me acordava. Tenso. Devia ter ido para um hotel, por minha conta e risco. Ao mesmo tempo, havia um ar caseiro ali, e sobretudo a solidariedade dos sicilianos me era meio coibitiva, não deixando margens para dizer não, sinto muito, obrigado, mas eu prefiro. Esquece.

Dormi finalmente.

Finalmente acordei.

Fui despertado pelos barulhos matinais: hóspedes pelo corredor, torneiras e chuveiros abertos, descargas puxadas e a mulher de bigode e o "Aznavour" passando ao largo da minha cama, que *imbroglio*. (Será que é assim que se diz?)

Sete e meia. Madrugada. Ainda insisti com o sono, mas sem conseguir prendê-lo mais.

Às 8:15 estava de pé.

"Aznazour" me deu um *buon giorno*, me perguntou se eu dormi bem e disse que *il signore Lorenzo* já havia partido e que deixara recomendações para me tratar muito bem, um hóspede especial.

Tomei um banho e tomei café.

O banho estava frio, e o café também.

"Aznavour" me mostrou meu futuro quarto, disse que ia arrumá-lo, que podia ficar tranquilo, depois levava minha mala pra lá.

Eu estava tranquilo. Ainda mais agora, longe da Odessa e protegido pela recomendação do *fratello* Lorenzo.

Máfia *versus* Odessa — essa guerra seria interessante.

Fui conhecer Milão, me situar, fazer contatos.

3
OS DEMÔNIOS

POIS É, ME LEMBREI DE UM FILME NEORREALISTA que marcou a minha adolescência: *Miracolo a Milano*. Não que tenha ocorrido nenhum milagre nesta minha estada em Milão, que eu saiba, mas tanto Lorenzo quanto "Aznavour" e *la donna* de bigode pareciam coadjuvantes escolhidos a dedo por Victorio de Sicca.

Tirei dois dias para não fazer nada.

Não fazer nada significava: em primeiro lugar, não fazer nada mesmo; depois, passear pelo Duomo e arredores; ir a um cinema; visitar um museu (estava fechado) e uma igrejinha com um painel de Leonardo da Vinci; ir ao teatro (*Os demônios* de Dostoievski/Camus, levado pelo Teatro de Cracóvia, direção de Andrew Wajda) e comprar um par de botas.

Vir à Itália e não comprar um par de sapatos é como ir a Roma e não ver o papa.

Comprei meu par de papas, quer dizer, de botas, na Corso Victor Emmanuel: lindas e pretas. E que custou caro, mas me permiti o luxo, assim como os dois dias de férias — merecia, não merecia? Estava economizando na Penzione Albergo de Lima, onde acabei ficando numa *camera doppia* só pra mim, sob os olhares atenciosos do "Charles Aznavour" e a atenção servil da mulher de bigode — além de ter de ouvir as piadas do siciliano. Pagava sete mil liras (não pelas piadas). Num hotel, mesmo barato, não me sairia a diária por menos de dez mil liras.

Mas sol que é bom, *pas de tout*. (Tradução: neca de pitibiriba.)

No terceiro dia, comecei a me mexer.

Procurei, na lista, o endereço do Instituto Brasileiro do Café.

Peguei o metrô na Praça Lima até o Duomo. Ia procurar um conhecido do Brasil que trabalhava no IBC.

Conversamos em volta de um cafezinho brasileiro. Ao saber do que se tratava (falei por alto), ele me disse que encontrou o ex-ministro nazista Albert Speer no último Festival de Jazz de Montreux. E nada mais me disse sobre o assunto.

Mas ele me apresentou à Arlete Rangel ou Jacira Domingues ou Jacira Rangel. Três nomes, três explicações: o primeiro era o nome artístico dos tempos em que, como radioatriz, ela brilhava nas novelas da Rádio Nacional; o segundo era de quando estava casada com Heron ("Alô, alô, Repórter Esso, alô...") Domingues; e o último, seu nome de solteira.

Ela foi minha "secretária", me apresentando pessoas, me ajudando a tirar xerox de jornais e de documentos relativos ao Caso Feltrinelli. Não tinha tempo de ficar pesquisando, então o mais prático era xerocar o que fosse interessante. Acabei com tanto material sobre o excêntrico milionário esquerdista que poderia escrever um livro só sobre ele — não era o que pretendia.

Queria apenas ver se descobria algum vínculo entre Feltrinelli e vendedores de armas (Odessa), que seriam repassadas para as Brigadas Vermelhas e para os palestinos — esses "demônios" dostoievskianos do "terrorismo" contemporâneo.

Esta possibilidade era uma trama à parte, tão enrolada ou mais do que qualquer outra. Feltrinelli simplesmente explodiu em pedaços num bairro de Milão, ao tentar montar uma bomba (era o que se dizia oficialmente: por que manipularia ele próprio uma bomba?). Ao mesmo tempo, uma terrorista alemã do grupo Baader Meinhoff assassinava o cônsul boliviano em Bonn, na Alemanha; na Bolívia e no Peru, outras pessoas eram mortas; no Rio, o conde Bernonville; e, na Itália, o próprio delegado milanês que investigava a morte de Feltrinelli também foi assassinado. Era uma cadeia, uma sucessão de crimes. Ora, havia provas de que Karl Barbie funcionava como intermediário de venda de armas — e Wiesenthal me confirmou isso. Feltrinelli, mesmo sendo da esquerda radical, teria se metido com os nazistas da Odessa para comprar armas. E alguma coisa aconteceu, e ele e outros tantos acabaram mortos. Nada se descobriu sobre o caso, nem em Bonn, nem na Bolívia, nem no Rio de Janeiro, nem em Milão.

As vítimas — ou o que restava delas — foram enterradas e o assunto enterrado com elas.

Fiquei sete dias em Milão. Sete dias ouvindo as piadas do siciliano "Aznavour", de manhã e à noite quando ele estava acordado; sete dias passeando e levantando material sobre Feltrinelli nas bibliotecas que guardavam os jornais do período. Sempre com a ajuda de Jacira/Arlete.

Tentei falar com as duas viúvas de Feltrinelli, mas nenhuma delas se encontrava na cidade.

Sinto muito, estava na hora de partir.
Muito bem, mas partir para onde?
Voltar?
Seguir em frente?
Não era um turista disponível que podia a seu bel-prazer ir para esse ou aquele canto (ou deveria dizer, aqui em Milão, *bel canto*?). Com dados adicionais em mãos — a entrevista com Wiesenthal, a pasta de xerox —, a ida a Lyon se fazia mais necessária ainda, para amarrar o trabalho, para costurar as lacunas da pesquisa.

Voltar à França, portanto?
Mas como?
E o perigo, dos dois lados, da Odessa e do *Deuxième Bureau*?
Não fora eu praticamente expulso do país?
Aí é que está: não!
O agente do Serviço Secreto não poderia ter sido mais claro: não se tratava de uma expulsão oficial... E disse mais: que a ordem era eu sair imediatamente da França.

Ordem cumprida: saí.
Acontece que nada foi dito sobre se eu podia voltar ou não.
Eis a brecha.
Se não era oficial minha "saída" do país, nada poderia ocorrer, em princípio, se eu entrasse normalmente na França, ainda mais por Lyon. E dez dias quase se passaram. A poeira deve ter se assentado. Seria mais perigoso se eu fosse direto para Paris. Mas era Lyon que eu tinha em mente, era por Lyon que eu ingressaria em território francês — Lyon, coração da Resistência, onde Jean Moulin foi torturado por Karl Barbie-Altmann; onde Bernonville agia abertamen-

te do lado dos nazistas na França ocupada de Vichy e do marechal Pétain etc.

Minha avó sempre dizia, eu sou um sujeito...

Fui até o Duomo.

Dentro da galeria ficava a Telefônica.

Pedi uma ligação para Paris.

Michèle! Michèle ficou surpresa quando atendeu. E pareceu contente:

— Quase morri de susto naquele dia. Mas o que é que te aconteceu depois?

— Nada, tudo tranquilo. Embarquei para Viena.

— E onde é que você está agora?

— Em Milão. Como é que vai esse sorriso branco?

— Precisando do sol da Bahia.

— Deixe assim. Não tá precisando de nada.

— Você volta pra Paris?

— Bem que eu queria, mas não seria muito razoável.

— Seria bom.

— Não diz isso de novo, que eu embarco hoje mesmo. Também queria te ver.

— Entendo que seja arriscado. Você vai continuar aí em Milão?

— Estou pensando em ir até Lyon. Acredito que não haja problema. De lá, não sei ainda, talvez retorne à Itália para apanhar o avião de volta.

— Eu tenho um grande amigo em Lyon, você pode ficar na casa dele.

— Seria ótimo.

— Peraí que eu vou te dar o endereço. Vou procurando aqui, pode falar que eu estou ouvindo. Escute, e se eu for te encontrar em Lyon?

— *Mais c'est genial.* Se eu for realmente, te aviso.

— Avise sim. Tome nota aí...

Michèle me passou o telefone de Charles não sei o quê. Era parisiense, vivia em Lyon — dava aula de filosofia.

— Eu ligo de Lyon. O que é que você fez com aquela pasta de documentos?

— Está aqui, bem-guardada. Eu ia tentar descobrir seu endereço para mandar pelo correio.

— Ótimo, mas segure aí. Depois a gente vê o que faz. Um beijo, francesinha linda.

Ela riu antes de desligar.

Fui tomar um café sentado dentro daquela galeria bonita e espaçosa e que (não fosse um sacrilégio dizer em voz alta) me lembrava da Galeria Menescal de Copacabana.

Agora mesmo que ia para Lyon: não correria o risco da maldita ficha de hotel e ainda havia a possibilidade de me encontrar com Michèle.

Saí do Duomo procurando a agência da Varig.

Desta vez os "demônios" não me perseguiram — os "demônios" da Odessa nem os outros, das Brigadas Vermelhas, que a história com eles era outra.

Jacira e seu marido italiano, um velho *partigiano*, fizeram questão de me levar ao aeroporto.

Sétima parte
A morte à espreita, a volta por cima

(Lyon, França – dezembro de 1980)

1
NINGUÉM SEGUE MEUS PASSOS — POR ENQUANTO

A AMEAÇA DE TENSÃO QUE PERCEBI em mim, antes e durante minha entrada na França, não tinha razão de ser.

Passei pela alfândega direto, sem nada a declarar. Ninguém me pediu nada: carimbaram a entrada no passaporte e pronto.

Pode ser que mais tarde — deixa pra lá.

Desembaraçado, liguei para Charles do aeroporto mesmo. Charles já estava sabendo do seu hóspede *brésilien*: Michèle havia ligado. Gente boa é outra coisa. Notei que ele me "tutuanhou" (me tratou por "tu") ao telefone, o que não era muito comum. Charles me disse que estava indo com a família para Paris em duas horas — onde é que eu estava?

— No aeroporto — respondi.

— Faça o seguinte: pegue um táxi e venha pra cá.

— Mas pra onde? — eu não sabia o endereço.

— Venha até a Place Carnot, esquina com rue Victor Hugo. Eu estarei lá te esperando. Em trinta minutos, está bem?

Estava.

Depois de muito azar, muita sorte.

Ia ter um apartamento só pra mim — e sem dar bandeira de ficar em hotel.

Charles usava *blue jeans* e cabelos compridos. Era professor de *Philo*, mas não tinha nada de acadêmico: era um ex-estudante de maio de 1968, na Sorbonne, um ex-trotskista, ex-"mao", ex-colaborador de *La Cause du Peuple*, essas coisas. Deu pra fazer esse retrato 3x4 dele — retrato de uma geração, vide *La Chinoise* — com o que Michèle me contou e na meia hora que estivemos juntos.

Charles me apanhou na Place Carnot.

Seu apartamento era num edifício velho, numa rua transversal da praça, terceiro andar. Ele me apresentou sua mulher, ocupada com os preparativos e com o filho pequeno.

O apartamento era imenso: sete peças. Móveis surrados, mesa na sala que daria para umas oito ou dez pessoas. Charles me mostrou o que seria meu quarto, o quarto da criança — cheio de brinquedos. Ia ser uma volta à infância. Me levou até o banheiro, me ensinou como ligava a água quente — "depois do banho, desligue, senão explode". Disse para desligar também o *chauffage* quando não estivesse em casa. E, por favor, não esqueça de levar o lixo para baixo — e mais recomendações, mas sempre com jeito. Afinal, eles estavam sendo gentis deixando o apartamento com tudo dentro para um estranho. Ainda existe gente legal no mundo.

Agradeci muito e disse que podiam viajar tranquilos, não vai haver explosão da água quente, nem vou revirar nada. (Não sei se entenderam meu humor.) Cuido bem do apartamento, obrigado mais uma vez, quando quiserem ir ao Brasil, já sabem, é só avisar.

Partiram.

Fiquei sozinho naquela imensidão.

Fiz o reconhecimento do terreno, senão acabava me perdendo. Liguei a água quente e deixei encher a banheira que podia caber uma família dentro. Fui até a cozinha, passei pelas peças, olhando, curioso; voltei ao banheiro e à banheira, coloquei a mão e retirei-a logo: água pelando.

Quase cheia. Desliguei a água quente, deixei escorrer água fria.

Uma perna depois da outra, meu corpo entrou n'água.

Banheira folgada. Mergulho o corpo.

Aproveito a Operação Banheira Profunda para pensar — pensar sempre, tendo sempre de fazer alguma coisa.

As perguntas dentro da cabeça.

De novo, mais uma vez:

o que fazer?

por onde começar?

com quem falar?

que jornais antigos procurar?

e onde?

voltaria pro Brasil antes das festas de fim de ano (tinha me esquecido)

ligaria pra Michèle pra ela vir compartilhar essa banheira, quer dizer, esse apartamento comigo?

quando é que eu vou perder essa mania de macho *brasiliensis*?

não iria ela atrapalhar meu trabalho?

mesmo tendo em conta que mulher não faz mal a ninguém, não seria demais?

mas Michèle era diferente — Michèle era diferente?

linda, o sorriso branco — seria capaz de me apaixonar por uma mulher por causa de clima, conversa, de um sorriso?

e de um beijo rápido, aliás, dois?

será que M. Alexis Thomas, o velho procurador da Justiça que funcionou contra os traidores entre 1944 e 1951, iria me receber?

não estaria gagá a essas alturas?

E assim por diante.

Tantas perguntas, nenhuma resposta.

A culpa era da banheira e da água quente. Mas tudo ia se resolver.

Primeiro passo: um mapa da mina. Precisava de um mapa da cidade. Não tinha ainda a mínima ideia de como seria Lyon. Nem onde é que eu estava.

No centro? (Acho que sim.)

Num bairro afastado?

Achava que no centro. Perto da praça ficava a estação de trem.

Banho tomado — relaxei tanto que quase dormi — me vesti.

Sair.

Já era noite, nada a fazer.

A não ser jantar — a única coisa que sabia de Lyon, além da presença nazista e das aventuras da *maquis* no passado, é que era uma cidade famosa por sua *cuisine*, seus restaurantes.

Ai, meu apetite, Gargantua! (Aliás, também sabia que aqui havia nascido, há séculos, Rabelais: meu pai sempre falava nele.)

Fui até a praça, trajeto conhecido, o único. Quem tem boca vai a Roma, vai a qualquer cidade — de lá tomei uma direção. Quem tem boca não se perde em Lyon. E, se se perde, acaba se achando. Ou como diria um filósofo distraído: como é que eu posso me perder se eu estou dentro de mim? Ora, claro: quem se perde *são os outros*; não podia me perder, pois estava em mim.

E em Lyon, quem diria. Frio, só pra variar. Meu casacão emprestado cumpria sua função.

Fui subindo pela rua que me pareceu mais iluminada e que se chamava rue Victor Hugo. Esse nome me perseguia, a Odessa não tinha nada a ver com isso: primeiro foi Mme. Hugo, do Hôtel de la Loire; depois o museu, na Place des Vosges; e agora essa rua que seria meu trajeto habitual em Lyon. Coisa de francês: concluí que Victor Hugo, em matéria de nome de logradouros públicos, correspondia ao nosso Duque de Caxias. Um poeta e um marechal: diferença significativa.

Avistei um hotel. Com desculpa de saber o preço da diária, levei alguns prospectos sobre a cidade. Num deles, um mapinha do centro. Já tinha régua e compasso. Perguntei ao hoteleiro onde havia um bom restaurante por perto.

Andava tranquilo — ninguém da Odessa estava seguindo meus passos, ninguém.

Por enquanto.

Como, por enquanto? Paranoia, para com isso! Como iriam saber que eu estava em Lyon, a tantos quilômetros de Paris, depois de passar por Viena e Milão? Se estivesse em Paris, sim, podia ficar de orelha em pé. Mas, aqui?

Para com isso, cara.

Cheguei a uma praça que soube ser a Praça Bellecour.

Já conhecia de fotografia e de nome, muito prazer. Quase tudo da história da cidade se passou por aqui. Na época da Ocupação sobretudo. As fotografias que vi durante as pesquisas mostravam um tapete de... cadáveres. Quem precisasse passar tinha que passar por cima deles. Foi uma matança famosa de franceses, como "resposta" às atividades dos *partisans*: um dia, a cidade amanheceu com cadáveres de *citoyens*.

Obra de Barbie?

Era possível.

Depois da praça, havia uma rua inteira de restaurantes. Passei em frente de um por um, vendo a lista de pratos e preços. Sem pressa, olhando as pessoas, percebendo o mesmo ar francês, mas, ao mesmo tempo, diferente do ar de Paris.

Entrei num restaurante de peixes. Nem dos mais caros, nem dos mais baratos. Havia uma única mesa livre, e foi pra lá que eu me dirigi, conduzido pelo garçom. Olhei em volta: casais, alguns jovens.

Pedi um vinho e me levantei para telefonar.

Seria tarde demais para um senhor idoso?

O telefone tocou três vezes, e uma voz sussurrante atendeu do outro lado.

Expliquei a M. Thomas quem eu era, o que estava pretendendo — se ele não poderia me receber para uma entrevista.

Como?

Além do mais, o homem era surdo.

Repeti, deixando as sílabas saírem bem claras, evitando assim o sotaque *sud-américain*.

— *Attendez, monsieur* — me disse, e em seguida: — *Oui, bien sûr*.

Já tinha o endereço dele, peguei-o no Instituto de História do Tempo Presente, mas ele fez questão de me explicar como chegar lá, "é uma rua à beira do rio".

Amanhã, sim, sem falta, depois do almoço, sim, obrigado.

Ele ainda disse: *"Vous savez, monsieur,* eu tenho 89 anos..."

Voltei para meu peixe que chegou quase comigo à mesa.

Inaugurada a temporada de caça — de trabalho, em Lyon. Pelo telefone.

Amanhã começarei a parte final do *affair* Bernonville&Barbie, bebia meu vinho, que caía bem.

Não adianta, Odessa, minha avó sempre dizia: esse menino é teimoso. Costumo terminar o que comecei, não sou nenhum James Bond, mas vocês também não são nenhum dr. No, e o dr. Caligari envelheceu e se aposentou, foi substituído pelo dr. Strangelove, que não mora na Europa e nem vai esquentar a cabeça com um simples e teimoso jornalista brasileiro.

Porque nessa corrida de gato e rato, eu me recuso a ser o rato — ou o queijo.

O queijo, aliás, estava ótimo. Um camembert no ponto. Passei manteiga no pão e um pedaço de camembert em cima, que bom. Bebi meu vinho. O casal de estudantes conversava sobre política, quem era melhor no Partido Socialista, Mitterrand ou Michel Rocard? Giscard d'Estaing que se cuide.

Fazer o quilo, como se dizia. Depois de jantar dei uma volta pelos arredores. Olhei os cartazes de cinema, os filmes já haviam começado. Olhei as fotos.

Caminhei, vi uma livraria ainda aberta. Olhava os títulos, nenhuma intenção de comprar. Numa mesa de saldo, a tradução francesa — *traduit du brésilien par...* — de um romance de Autran Dourado. Dez francos. Comprei. Deixaria de presente para Charles, pela gentileza do apartamento.

A volta, o mesmo caminho. O vinho é sábio no inverno: diminui o frio. Peguei a mesma rue Victor Hugo iluminada que me trouxe. Quanto mais me afastava, mais me aproximava do apartamento — não era curioso?

Pouca gente nas ruas, um ar de fim de noite: onze horas.
Estava me sentindo em paz com o mundo.
Bom peixe, bom vinho, bom queijo — e, daqui a pouco, bom sono.
Mais adiante, ninguém na rua, só eu e minha sombra — luz nos postes.
Perto da praça vi, ainda de longe, dois homens encostados na esquina.
Pois é.
E, se eu dobrasse a esquina, desse meia-volta na quadra?
Pressentimento? Medo?
Gato escaldado não põe mão em cumbuca.
Mas caminhei. Era tarde para dar meia-volta.
Em frente.
Passei por eles, olhei-os normalmente.
Eles me olharam.
Continuei.
Um deles veio na minha direção.
E agora?
Virei o corpo e fiquei de frente pra ele, assim encarava a fera.
— *Excusez-moi, monsieur...*
Sim?
— *...avez-vous une cigarrete, s'il vous plaît?*
Olhei um e olhei o outro, na sombra.
Será quê?
Esquece.
Dei um cigarro pra ele.

2
A FORTALEZA E O PROCURADOR

Fantasmas e fantasmas a minha volta.
Eram sombras, vultos.
Abri os olhos:
eram os brinquedos do filho do dono da casa, quando acordei.
Estranhei o colchão no início e me acordei uma vez só, os olhos se abrindo e tentando entender aqueles semoventes *mobiles* e bonecos e bichos de pano espalhados pelo quarto, mas dormi de novo e desta vez foi um sono profundo e dentro dele ameaçou crescer um sonho em que Denise, Alice e Susana se misturavam com o homem sem o polegar da mão esquerda do crime do Lido e mais Wiesenthal e Barbie e Bernonville e Michèle, que aparecia à distância, uma moça toda branca, iluminada, e a paisagem era o verde espalhado dos pampas com emas desengonçadas e vacas vistosas deslizando pelos campos —
adiós, pampa mía.
Onde estou?
Estou em Lyon, interior da França, Europa.
É inverno: olhai os lírios do campo.
Inverno: olhai os lixos da cidade.

Antes de sair, me lembrei da recomendação de Charles para descer o lixo todos os dias.
Michèle, ah, Michèle — no final do dia, telefono para ela.
Desci as escadas com o saco de lixo e joguei-o numa enorme lata na entrada do prédio.
Era cedo, cedo para o encontro com o velho procurador.

Caminhar, olhar a cidade, comer — chegaria na hora marcada, no local indicado.

A rue Victor Hugo unia as praças Carnot e Bellecour, perto da qual ficava a rua dos restaurantes e, a partir da qual, parecia, a cidade começava realmente.

Meu dedo acompanhando no mapa a rua a seguir.

Antes entrei num café, pedi um *express*.

Era de esquina: a matança teria sido em frente deste mesmo café?

Um tapete estendido de cadáveres de militantes ou de franceses comuns assassinados *"pour l'exemple"* pelos nazistas acampados em Lyon. Ainda tinha a foto nos meus olhos — vi-a várias vezes quando pesquisava — e era uma cena digna de um filme de Al Capone: uma Noite de São Bartolomeu da Ocupação.

O tempo não passava. Ia chegar ao encontro antes da hora.

Trocar pernas pela cidade haveria de ser agradável, mas não podia perder tempo.

Procurei na minha caderneta o endereço da Fortaleza de Montluc, depois procurei a rua no mapa. Não a encontrei, devia ser longe do centro. Mesmo assim, resolvi ir até lá.

Peguei um táxi, fui olhando as ruas.

Cheguei e fui direto conversar com o guarda na entrada.

Queria só entrar e dar uma olhada.

Não podia.

Sinto muito, *monsieur,* só com licença especial.

Mais burocracia. Não teria tempo.

Fiquei por ali olhando aquelas paredes cinzas, tristeza escrita em pedra — aquelas paredes que abrigaram (força de expressão) prisioneiros políticos; fortaleza que escondera em suas masmorras judeus, comunistas, "francoatiradores", resistentes de toda a ordem — sob o tacão do "carniceiro de Lyon", o oficial da elite SS Karl Barbie, atualmente o tranquilo *señor* Karl Altmann que avistara em Santa Cruz de la Sierra.

No portal, em letras grandes, lê-se:

"Prision Militaire."

Teria outro nome na época? Checar. E, num bloco de granito, uma inscrição evoca

"la France germanique",

os trágicos anos da Segunda Guerra, com os nazistas em território francês. No poder. Tirei minha caderneta e copiei com cuidado, palavra por palavra, traduzindo depois:

"Na prisão da Fortaleza Montluc, de 1941 a 1944, vários milhares de patriotas franceses foram encarcerados antes de serem executados ou deportados para campos de extermínio nazistas."

Em outro local, outra inscrição:

"Cerca de 15 mil homens, mulheres e crianças da área de Lyon foram detidos, centenas deles torturados, mais de novecentos executados e massacrados e milhares de outros deportados. Lembre-se."

Quinze mil homens, mais de novecentos assassinados.

À minha maneira, e sem ter nada aparentemente a ver com isso — porque eu o tinha, como ser humano —, eu estava lembrando, e iria tentar fazer as pessoas lembrarem mais uma vez quando terminasse meu livro. (Aguarde, Alfredão.) Nesta mesma hora em que eu ali me encontrava, Karl Barbie devia estar tomando chazinho de coca em sua casa em La Paz ou cheirando uma carreirinha de cocaína em Santa Cruz, aproveitando-se de um novo carregamento para vender.

A igualdade entre os homens é um ideal — mas, todos os dias, na prática, vemos que não é bem assim. Quem deveria estar "morando" na Fortaleza de Montluc, atrás destas cinzas muralhas, era o *señor* Altmann — mas o que é que eu tinha a ver com isso?

Nada.

Tudo.

É o assunto do meu livro, a Odessa, ex-nazistas, crimes misteriosos que se seguiram depois da Guerra, impunidade, prepotência, sequestro (meu) e assalto (a mim), coerção, impunidade — que este é um problema de todo dia. *Herr* Barbie, *señor* Altmann — e os Barbies de hoje espalhando o medo.

"Esse guri é muito teimoso", minha avó sempre dizia.

Peguei o táxi de volta.

Já era hora.

O táxi me deixou perto da rua do procurador aposentado.

Em frente do prédio beirando o rio Rhône, na porta, outra placa: "Aqui morreu André Thomas, 20 anos, em 1944, assassinado na luta da Libertação."

Seria parente de M. Thomas? Com certeza.

Subi as escadas.

Sete lances, seis andares — pé-direito altíssimo. Edifício antigo. Estou fora de forma.

Pouco iluminado o corredor: tentei descobrir o apartamento, não são muitos por andar.

Toquei a campainha.

Nunca havia visto M. Thomas antes, mas o reconheci assim que ele abriu a porta. Quase quarenta anos tinham se passado — eu nem havia nascido —, mas ele mantinha os mesmos traços, os mesmos olhos espremidos no rosto de linhas e nariz fortes que eu já vira em fotos de jornais da época. Estava mais gordo e mais velho, com certeza, os ombros curvados e certa dificuldade em locomover as pernas cansadas. (Lembrava-me de uma foto em particular: ele discursando no tribunal do júri contra a Gestapo francesa. O primeiro desses processos deu-se em Paris, em 1º de janeiro de 1945.)

Afável, introduziu-me na casa.

Fomos para um dos cantos da enorme sala com móveis tão velhos quanto os acontecimentos que eram a razão da minha visita.

Expliquei-lhe sucintamente o que pretendia.

Ele me ouviu em silêncio, curioso e desejando colaborar, mas me perguntei se ainda havia memória naquele senhor desprotegido em sua velhice, com os olhos fazendo força para brilhar, para se apegar em alguma coisa que ainda lhe trouxesse uma presença de vida, vida que parecia ficar-lhe distante, mas que resistia a perdê-la.

Tirei meu gravador de bolso e coloquei-o na mesinha próxima. Deixei-o ligado e comecei a fazer perguntas.

No começo, a primeira decepção:

— Conde Jacques-Charles Noël Duge de Bernonville?

Não se lembrava.

— Ele foi assassinado no Rio de Janeiro, em 1972 — lembrei.

Não sabia.

— Talvez ele não tenha sido processado aqui em Lyon — disse.

Era possível.

Sobre Karl Barbie, sim, se lembrava, era o todo-poderoso, o vice-rei nazista. Estava na *Amérique du Sud*.
— Quem poderia ter matado o conde? — insisti.
— Não sei... talvez algum Comando da Resistência.
Como?
Nunca ouvira falar que havia Comandos da Resistência, grupos que, como os Comandos Israelitas, saíam para "justiçar" criminosos de guerra. Era uma hipótese, nova, mas era também a opinião dele. Ao mesmo tempo, digna de atenção já que partia de um ex-procurador da Justiça francesa da época.
Gravei os dois lados da fita.
Nossa conversa deu um bom pano de fundo, mas não chegou a acrescentar muitos dados ao que eu já sabia, pelo menos, detalhes novos. Perguntei então sobre André Thomas, da placa da entrada do seu edifício, e ele me diz que era seu irmão mais novo.
Desliguei o gravador, o assunto já se esgotara.
Continuamos a conversar descontraidamente.
Fui até a janela: ele queria me mostrar a vista sobre o Rhône — que não é *une rivière* mas *un fleuve* como me corrigiu o motorista de táxi. Uma bela vista. Ele me apontou a ponte em frente (por baixo dela corria o metrô) e me disse que os alemães haviam destruído todas as pontes que ligavam os bairros da cidade. Para se ir de um lado para outro pegava-se um barco, pagando quarenta *sous*, me dizia.
Depois da Guerra, as pontes foram reconstruídas.
Era uma figura digna, esse M. Alexis Thomas. Pensei nisso ao me sentar de novo, sob sua insistência.
A aparência era de pobre e solitário (ele me confirma que mora sozinho). Não é fácil, aos 89 anos.
Ele ainda quer saber do Brasil e, por incrível que pareça, a lembrança que tem do país é... D. Pedro II. Quando era criança, soube ou seu pai contou pra ele — não entendi direito — sobre uma das visitas do Imperador do Brasil à França, e que era um homem inteligente, amigo das artes.
M. Thomas.
Foi dele a imagem mais sensível e patética dessa minha viagem, dos encontros que tive e mantive: aquele fim de papo, ele me levando até a porta e me dizendo que o grande pavor da vida dele era o dia em

que não mais pudesse subir ou descer aquelas escadas (o prédio não tinha elevador). Imaginei-o ilhado naquele gigantesco apartamento, sem poder fazer compras, sem ter o que comer, se isolando dos outros, do mundo, da França que ajudara a reconstruir depois da vitória aliada, fazendo justiça para os perseguidos e humilhados, colocando na cadeia os colaboradores e os traidores, que não foram poucos.

Ele merecia melhor sorte — que vida!

— Merci beaucoup, M. Thomas. Et au revoir — apertei sua mão com força, respeito.

NA CALÇADA, tirei meu mapa do bolso e examinei-o.

A rue Duquesne não ficava longe. Era do outro lado do *fleuve Rhône*.

Atravessei a ponte que fora destruída e reconstruída.

Do outro lado, pediria explicações.

Estava no caminho certo.

Caminhei pela rue Duquesne procurando o nº 17.

Parei em frente, olhando.

Era ali que funcionava a antiga Conference Ampère, onde o conde Bernonville instalara o seu QG. Agora uma placa anunciava: *"Pères Jésuites — Provinciales de Mediterranée."* No prédio ao lado, o de nº 19, funcionava uma companhia de seguros, Groupe Druout. Tinha sido um hotel particular, desalojado para Bernonville se instalar com a família.

As coisas mudam, mudaram.

Voltei ao primeiro prédio, dos *"Pères Jésuites"*. A porta se abriu e apareceu um senhor. Perguntei se ali não funcionava a Conférence Ampère.

— Sim — me disse ele, surpreso, provavelmente um jesuíta "à paisana". — Era uma *maison des jeunes* dos jesuítas; foi extinta há uns 15 anos.

Mas ele não estava para muita conversa e me olhou intrigado e seguiu seu caminho. Fiquei sabendo que o edifício já pertencia aos jesuítas na época e funcionou, ao mesmo tempo, como QG de um colaborador. Teria sido requisitado pelas autoridades do governo Vichy ou pela Gestapo?

Ou teria havido colaboração lá entre os jesuítas e eles?

Entrei num bar e fui para o telefone. Insistia em falar com o lendário dr. Dugujon. Liguei pra casa dele, me responderam que estava na Prefeitura. Liguei pra Prefeitura, me disseram que, infelizmente, ele não poderia me atender, tinha a agenda cheia — e fiquei sabendo que além de prefeito de Caluire (meio bairro, meio cidade, ligada a Lyon) ele era deputado da região em Paris.

O dr. Dugujon era médico, e foi em sua casa-consultório que caiu um grupo importante de resistentes — entre eles o herói Jean Moulin. Karl Barbie comandou a ação de surpresa e prendeu todo mundo que aparentemente aguardava consultas — menos um que conseguiu escapar: Renê Hardy. Ora, sobre Hardy (que havia sido preso pouco tempo antes e liberado estranhamente logo depois) caíram suspeitas de delação, e ele foi processado várias vezes depois da Guerra. Sua traição não foi provada na Justiça, embora as suspeitas permaneçam até hoje. O fato é que, nesse dia, Moulin foi capturado. Barbie só sabia o codinome dele, "Max"; desconhecia quem, entre os presos, era Moulin. Mas depois de muita tortura e por eliminação, descobriu o líder. Vendo-o então à beira da morte devido ao "tratamento especial" a ele dado, Barbie despachou-o num trem para Paris, de onde seria remetido à Alemanha.

Jean Moulin morreu no meio do caminho.

Percebi que seria impossível falar com Dugujon. Queria saber se ouvia dele alguma coisa sobre Bernonville e Barbie, alguma referência que não encontrei em nenhuma de suas entrevistas (poucas, aliás). Mas o homem era um herói francês, político ocupado etc.

Peguei um táxi na esquina da Duquesne e disse para o motorista seguir até a Biblioteca Municipal.

Só me restava pesquisar jornais da época — os que eu não descobrira em Paris.

A Biblioteca ficava num conjunto novo da cidade, bem longe da Lyon antiga. Paguei 15 francos e me dirigi ao prédio — que, por azar, estava fechado.

Dia de folga. *Merde, alors*, que não há metrô que passe pelo bairro. Teria de morrer com mais 15 ou 20 francos.

Fui direto para o apartamento.

Enchi a banheira em que cabia uma família e fiquei de molho.

Pensando: não ia voltar agora pro Brasil, não. Se fosse, ia ter um problema "técnico": como iria fazer com Alice, Susana e Denise durante as festas de fim de ano? Escalá-las por horários? Impossível. Bobagem. Precisaria dar uma explicação aqui, mentir ali.

Com a pesquisa dos jornais na Biblioteca que poderia fazer amanhã de manhã, minha função em Lyon chegava ao fim.

Não ia valer a pena dizer para Michèle vir se encontrar comigo.

Eu é que iria.

Porque só havia um caminho: Paris.

E o risco?

Ora, o risco.

Risco é pra se correr. Afinal, a Odessa e o *Deuxième Bureau* deviam ter coisas mais importantes pra fazer do que se ocupar de mim; já deviam ter se esquecido que eu existia; pelo menos a Odessa devia saber que eu fora "convidado" a sair da França.

Risco, sim, mas risco calculado.

Depois do banho, ligaria para Michèle — me aguarda, *mon chou*, que aqui vou eu.

Vamos fazer uma festa, Paris.

Deus é grande, e Paris não é nenhuma vila onde eu possa ser encontrado por qualquer nazista enfurecido.

Ficava em segredo: só entre você e eu, Michèle.

Ninguém vai saber que estou de volta. Ah, esta fascinante profissão!

Michèle, aqui vou eu, pensei sem cogitar nos perigos escondidos.

3
FANTASMAS DE CARNE E OSSO

Meus passos não estavam sendo seguidos, porque eu não estava dando passo nenhum.

Pelo menos do lado de fora.

Fiquei trancado no apartamento.

Cheguei em Paris há dez dias, com mala e cuia.

Peguei um trem no Perrache (Lyon) e desci na Gare de Lyon (Paris). Em poucas horas.

E fui direto para o apartamento de Michèle.

Ela mora na rue de Rivoli entre a Place des Vosges e a Bastilha, perto da Saint-Gilles, a rua do assalto — bairro conhecido.

Nos dois primeiros dias, ainda saí normalmente; mas, depois, me recolhi de vez.

Tinha minhas razões para isso.

É que eu vi um fantasma — um fantasma de carne e osso, um fantasma vivo, fantasma nazista que vinha de longe só pra me assustar: vinha lá de Santa Cruz de la Sierra, *Amérique du Sud*, e assim por diante.

O caso, eu conto como o caso foi.

Um dia, num café aqui perto, vi passando pela rua um homem que me intrigou: achei que o conhecia.

De onde? Será que. Não. Ou então.

Pra falar a verdade, não deu para vê-lo direito.

Mas era ele.

Pouco a pouco, a certeza foi crescendo em mim: era, sim, o homem que bebia conhaque enquanto Johnny Alf tocava piano, o homem sem o polegar da mão esquerda que bebia conhaque e que uma noite, há anos, eu vi matar um outro numa boate da Praça do Lido e, tempos depois, avistei no mesmo bar em que eu e Karl Barbie havíamos conversado.

Não acreditei.

Mas tinha de acreditar.

Não acreditava.

Mas eram meus olhos que viam — que viram inclusive o dedo sem polegar.

Parecia impossível — mas não era. Precisei me convencer.

Foi o suficiente — e não seria? — para atiçar minha paranoia, que não era paranoia coisa nenhuma: era perseguição mesmo. Dizia uma piada que o problema do paranoico é que ele *realmente* está sendo perseguido — se era assim, então eu estava paranoico.

As pontas do balaio começavam a se unir: Barbie mandou um emissário para que os comparsas daqui cuidassem de mim: ou faziam eu parar com meu trabalho, ou acabassem logo comigo — e aí entrou em cena o *Deuxième Bureau* e me mandou passear.

E agora era a volta.

E agora eu estava de volta: teimoso (minha avó tinha razão). Tarde demais para lamentar.

Não falei nada para Michèle, mas resolvi não sair de casa. Praticamente não botava meu nariz na rua. Aproveitei para ordenar o material, as notas, xeroxes, tirar entrevistas do gravador etc. Trabalho não faltava. Ficava batendo na pequena máquina Olivetti de Michèle, quando ela não estava trabalhando ou tocando Mozart ou jazz na sua flauta transversa.

Quando ela não estava tocando ou trabalhando, ela — bem, hum...

Bem, foi, estava sendo uma lua de mel e sobre lua de mel não se fala muito com estranhos. Michèle me acolhera e me amava e eu a amava e a acolhera — surpreendente Michèle, Mi da música, Mi de mim, Mi de Mi-chè-le. Além do sorriso e do companheirismo — que corpo. Como essas roupas de inverno escondem o jogo, o jogo que o corpo tem de (se) jogar na vida — mas, tirando-a, tirando a roupa, bem, hum...

Pois então, e assim por diante — a flauta tocando Mozart.

JUAREZ, O *BON-VIVANT*, o bom contador de história, estava na cidade rodando numa motocicleta nova. Mi havia se encontrado com ele.

Juarez disse, "Que legal, ele está de volta, vamos nos encontrar", e Michèle disse que iria até lá, talvez eu fosse também.

Se não fosse, que ele aparecesse.

Pensei: chega de paranoia-que-não-é-paranoia. Não aguentava mais ficar trancado em casa.

— Vou, sim — disse pra ela.

— Ótimo — disse Mi. — Eu tenho de passar numa editora, quer que eu venha aqui na volta?

— Não precisa. Nos encontramos lá. A que horas?

— Seis, seis e meia, *ça va*?

— *Ça va, mon petit*.

Michèle sabia fazer cafezinho. Antes de sair, me avisou:

— Tem café quentinho.

Que graça.

— *Merci, Mi*.

Fiquei na máquina, gravador ao lado. A entrevista com M. Thomas estava me dando trabalho. A voz ficou baixa, às vezes precisava escutar duas, três vezes a mesma frase. Vai ser bom dar uma saída, ainda que para andar três quarteirões e entrar num outro prédio. M. Thomas tem uma voz familiar, pausada, terna — mas a entonação, vou te contar.

Tomei café. Deixei passar muito tempo: estava frio.

Liguei o som de Michèle, coloquei o último disco de Marianne Faithfull, *Broken English* (quem já tinha me falado nela antes?), que eu gostava muito. Era uma das fixações recentes de Michèle, junto com Nina Hagen e os grupos Talking Head e The Police.

Ah, essa juventude! Doce pássaro...

Fui pro banheiro. Fiz a barba. Liguei o chuveiro.

Os preparativos de uma saída pela cidade.

Depois de cinco dias preso era, se não a liberdade, pelo menos a *libération temporaire*.

Pensando bem, já podia voltar pro Brasil.

Só havia um problema.

Ou três.

Talvez quatro.

E as festas de fim de ano? Como conciliar Alice, Denise, Susana e Michèle, ainda por cima, que deu a entender que iria pro Brasil comigo?

E agora, José?

Era mais complicado do que driblar a Odessa. Exagero. Alice, Susana e Denise que me perdoem. Mandarei mais cartões-postais. Chegando lá converso com cada uma delas, vamos continuar amigos, eu e as Três Mulheres do Sabonete Araxá. Eu tenho esse dom de ficar amigo antes, durante e depois de qualquer envolvimento.

Mas, enfim, já me decidira: voltaria no ano que vem. Em janeiro. Daqui a dez dias, 15, voltaria. Com mala, cuia, pesquisa feita e talvez Michèle. Por enquanto, diga ao povo que fico. Natal será *Noël* — com Michèle que não vai passá-lo com a família na Normandia. *Réveillon* será *réveillon* mesmo, mas aqui — já tinha festa pra ir.

E assim foi. Assim seria. Pois, pois. Ora se — então?

Sair, portanto.

Passei pela *concierge*, uma portuguesinha jovem que me saudou, "Como vai, sr. doutoire".

Entrei no bar da esquina e pedi uma dose de uísque. Era um minicálice, uma minidose — e esse inverno que não acabava mais? O bar, cheio de estudantes. Bebiam, comiam, jogavam nas maquininhas eletrônicas. Burburinho, murmúrio, gente — o que é bom para quem escutava apenas a máquina de escrever e o barulho de carro entrando pela janela (e a flauta de Mi, que valia a pena).

A linha reta é o caminho mais curto entre dois pontos — mas eu não queria o caminho mais curto, por isso segui pela rue de Rivoli, depois entrei na rue Vieille du Temple e depois, sempre à direita, peguei a rue des Francs Bourgeois de volta, pois, se não me enganava, ia dar na Place des Vosges — dali até a Saint-Gilles eram só duas quadras.

Vinha pelo meio da rua na Francs Bourgeois, absorvido com os velhos edifícios que me encantavam, a própria rua estreita e envolvente, e eis que sou obrigado, com um gesto de corpo, a me desviar de um carro: mesmo vindo devagar, ele quase me pega por trás.

Filho da puta — penso em bom português.

E não pensei em mais nada porque em nada posso pensar pois em seguida vem outro carro visivelmente na contramão e de repente é um grande brilho de luz nos meus olhos e eu quase fico cego. Alguém então se inclina por trás de mim — só dá pra perceber que os dois carros pararam e as portas se abriram —, e uma voz cortante me atravessa os ouvidos, os miolos, e um golpe de mão quase me leva ao chão enquanto mãos me seguram e ouço um grito que se responde a si mesmo ao longo da solidão da rua, mas sinto que é meu aquele grito que vai e vem, que é da minha boca que ele continua saindo, saindo — tento respirar pela boca mas me agarram e eu arfando à minha volta rostos que não vejo vozes que não escuto e que dão ordens e também gritam murmúrios por entre dentes — estou morrendo devagar estou caindo caindo caindo e a rua ali a cidade, a maldita.

Sou arrastado!

e às vezes a dor se concentra num só ponto do meu corpo atrás da cabeça na nuca às vezes percebo que me carregam que me jogam em algum lugar e estou espremido e a dor se ramifica por minhas veias e músculos um jato de sangue saindo do meu corpo do meu corpo. No escuro que não vejo é como se houvesse nada qualquer coisa tanto faz o fim quase nada; mas já não sofro mais não sofro — a dor. Um golpe de mão tardio — de onde vem essa mão que me alucina? — me desperta o medo, sim, o medo.

Ai! faz frio, eu devia ter ficado em casa, eu devia, em casa — onde estou?

Não estou, faz frio, esse metal, carro andando? contra as minhas costas — eu quero que esses caras desapareçam ou apareçam claramente, meus olhos, esse escuro — que os barulhos cessem e que.

Essa poeira pela boca, água, água, eu queria mergulhar mas que fosse de vez, dormir e no entanto.

Mas eis que volto a mim — onde estou? para onde vou? Novamente sou chamado a mim pela dor que se alastra pelas veias e pelos músculos e ossos, meus olhos fechados. Ainda me debato — ou acho que me debato, urro, berro, xingo em silêncio e voz alta, ouço meus gritos muito longos, muito longe, e a voz que me atravessa os ouvidos, os miolos, a cabeça diz brutalmente que não que não que não que não e que não — mas compreendo, não entendo mais.

Escuro.
Visões.
Luzes.
Rumores.
Chiar de carro.
Estou bem.

Sei que é estúpido, mas estou bem.
Branco.
Dor nas mãos, braços, boca, dor nos olhos.
Estou bem.
Estou mal.
— *Ne bouge pas.*
Não me movo, não me "bujo", assim. Assim — rosto de mulher. Abrir bem a boca na hora de gritar o grito inútil e necessário e definitivo talvez.
Os olhos.
Não se mova.
Não me movo.
Fique calmo.
Fico calmo.
Fique frio.
Fico.
Assim.
Ondas passam pela minha cabeça, ondas.
Água, meus cabelos n'água, essa poeira, poeira — mergulho agora, ressurjo, luz, escuridão — assim morro e renasço assim
        assim
              assim

4
A QUEDA

Mas estava me afogando, ar, ar — água, água fria, um jato.

Agarrado, me seguravam, água caindo, voltei a mim, pernas tentando se afirmar.

Primeiro um olho, depois o outro.

Primeiro o olho esquerdo, doía menos.

Abri: uma cortina d'água.

Já respirava.

Via água caindo em mim em jatos fortes e atrás, rostos, do outro lado dela, da água: o olho direito estava difícil — abri-o ou pensei que o abri e nada via.

A água parou.

Diziam qualquer coisa numa língua que — não sabia.

Não percebia, mas a voz era dura, sem sutileza — isso compreendia.

Via uma cor avermelhada se misturando com a água na banheira — pois estava numa banheira — enquanto tentava me firmar nas pernas: era sangue, sangue?, e me puxavam para fora, não conseguia colaborar, minha cabeça não acompanhava meus atos, meus pés não encontravam apoio, resvalavam, água escorrendo no chão.

Conseguiram me colocar em pé, em cima dos ladrilhos, mas precisavam me segurar.

Eram três vultos, três.

Dois deles me seguravam pelas axilas e me levavam para longe da banheira.

Atravessei um corredor, e era um corredor muito, muito comprido.

Meus pés não tinham serventia: deslizavam.

Arrastado.

Entraram, entramos numa outra peça e me colocaram, me jogaram numa cadeira.

Minha cabeça caiu.

Eles ficaram do lado, atrás.

Tentei levantá-la, a cabeça, com a ajuda de uma mão nos meus cabelos, atrás, segurando com força.

Meus olhos dançavam, fazia força para fixá-los: vi então.

Não queria, não podia ver mas via: enxergava.

Na minha frente "Edward G. Robinson", impecável, bem-vestido, bem-barbeado, armando um sorriso, filho da puta.

Compreendi.

Compreendi tudo.

Num instante entendi o que não queria entender.

Ele me encarava. Não retirei os olhos cansados, dificuldade em manter a cabeça em pé.

— Seja bem-vindo seu cabeça-dura — disse ele. — E preste atenção: o senhor só tem uma chance, veja bem, uma chance, de sair com vida dessa. É responder a minhas perguntas, está compreendendo?

Estava: significava que não tinha chance nenhuma de sair com vida.

Se não falasse, morreria. Se falasse, morreria também. Se entregasse o ouro pros bandidos — o que eu sentia era raiva, a mais pura, honesta, humana e salutar raiva, uma raiva que não me serviria para nada na presente conjuntura.

Não era questão de teimosia, minha avó, mas de não sucumbir antes da hora. Entregar os pontos era morrer antes — era o fim da minha aventura, da minha pretensão me metendo onde não tinha sido chamado, cutucando onça com vara curta num ninho de marimbondos.

— A primeira pergunta é a seguinte — disse ele. — Onde é que o senhor está morando?

Queriam o quê? Envolver Michèle? Não. Mas a envolveriam de qualquer maneira. Queriam minhas pesquisas, as entrevistas.

— Não estou morando — respondi.

Ele fez um sinal. Ao mesmo tempo senti um tapa na nuca que só não me jogou pra fora da cadeira porque outra mão me amparou.

Fiquei tonto — zunindo.

— Onde o senhor está parando?

— Debaixo da ponte — murmurei.

Outro tapa.

Caí no chão — levantaram, me sentaram de novo.

— Se o senhor quiser conversar, tire esses brutamontes daqui — disse, fazendo força pra gritar.

Com a mão, ele fez sinal para que se afastassem.

— Então vamos começar de novo — disse.

— Antes que o senhor comece — levantei a cabeça e falei —, deixe eu lhe dizer que não tenho nada que possa lhe interessar. Andei fazendo turismo. Não consigo imaginar que importância o senhor me dá nessa história toda.

— Eu é que sei — respondeu ele. — O melhor é o senhor responder...

— Não vou responder nada, não tenho nada pra responder — exagerei na histeria.

— Quer dizer que o senhor nunca esteve no Bar Soledad em Santa Cruz de la Sierra, com *Herr* Altmann?

Me deu um arrepio pelo corpo todo — e eu que nem lembrava mais como se chamava aquele bar: Solidão, que ironia... Automaticamente olhei pro lado e vi que um dos dois orangotangos era o homem sem o polegar na mão esquerda.

O assassino do Lido!

Agora mesmo que eu não saía com vida...

— Não, não vou negar. Estive, sim, esse seu comparsa aí também esteve lá tomando conhaque...

"Edward G. Robinson" faz cara de surpresa. Continuei:

— Mas naquela época eu ainda pensava em fazer o tal livro. Depois de ser sequestrado, de ser roubado e expulso da França, desisti. Posso ser cabeça-dura, mas não sou burro nem maluco.

Fiquei quieto, esperei. Ele me olhou arrevesado, voltou à carga:

— O senhor não está entendendo: se não colaborar, nós vamos terminar com a sua vida.

Resignado. Resignado? Fiz cara de quem entregou os pontos:

— Sei. Justamente por ter percebido isso, não adianta eu falar mais nada — meu corpo doía, a cabeça. — E o senhor pode fazer comigo o que bem entender. Já me considero morto.

Ele ficou possesso. Seu grande argumento — minha possível morte — se esvaziava um pouco.

Controlou-se — dava para ver tudo isso na cara dele.

Virou-se então para seus homens e falou em alemão, desta vez entendi:

— Levem ele daqui! E deem uma boa coça nesse pilantra.

Ai, meu Deus! — fui sendo arrastado, não mexia um músculo, eles teriam de fazer força, pilantra é a mãe. E agora? E agora, o que seria de mim? Deus é grande, mas eu sou pequeno, por que não deixava logo eles irem no apartamento e pegarem minhas coisas — terminava logo com isso? Bem que o *Deuxième Bureau* havia me expulsado da França, eu nunca deveria ter voltado...

Me jogaram numa peça escura.

O homem sem o polegar me deu um pontapé — me recolhi todo, vendo estrelas.

Os dois outros me levantaram — um deles era o mesmo do dia em que fui sequestrado — e o assassino sem polegar me deu um soco na boca do estômago e eu me dobrei em dois, segurado pelos outros, e eles me largaram e eu caí como um pacote vazio.

— Deixa ele aí — disse um deles. — Depois a gente volta.

Não ouvi mais nada.

Não vi mais nada.

Não senti mais nada.

UM PESO PROFUNDO.

A impressão é que eu estava dormindo há mais de oito horas — mas podia ser só há uma hora.

Meus olhos se abriram — só eles. Com dificuldade.

Imóvel. Fiquei no mesmo lugar, duro, sem me mexer.

Meu corpo era uma dor só, da cabeça aos pés.

Meus olhos se viraram pro alto, pro chão.

Sozinho no quarto escuro. Havia um catre contra a parede, uma porta aberta, outra fechada.

A porta aberta me chamava — me arrastei até ela mui lentamente evitando a dor.

Era um banheiro pequeno, não tinha saída.

Tentei ficar em pé diante da pia, não consegui. Com a cabeça baixa, abaixo da pia, liguei a torneira, molhei a mão, passei-a no rosto. E repeti várias vezes o mesmo movimento, mas só consegui salpicar meu rosto. Fiz força, reuni toda a minha energia e me ergui, usando a pia como apoio.

Parado, me segurando — não consegui me ver no espelho: só um vulto, o fantasma era eu. Molhei a mão, enchi-a e levei-a ao rosto. Escancarei os olhos, não conseguia muito, olhei no espelho anuviado: aquele rosto era o meu?

Um desespero me invadiu, um desespero — nunca mais seria o mesmo, nunca mais, eu e meu rosto seremos sempre esta pasta disforme, meu Deus.

Abri o espelho. Nada dentro. Apenas uma lâmina. Uma lâmina de gilete enferrujada. Peguei-a, fiquei segurando aquela lâmina à altura do pescoço e olhando a imagem daquele vulto segurando uma lâmina à altura do pescoço. Tudo negro, negro — aquela mistura de desânimo e desespero. Mexi meu braço com a lâmina, aproximei-a do pescoço e tentei cortar a minha pele, mas meu braço custava a me obedecer e o máximo que consegui foi fazer um pequeno e superficial corte, uma pontinha de sangue — joguei a lâmina na pia.

E vomitei — vomitei tudo o que tinha e o que não tinha no estômago.

Voltei ao chão.

Me arrastando como um gato, animal ferido, fui pro quarto.

Custei até chegar ao catre, colchão velho. Consegui subir e me jogar, deitando de bruços.

Pensava e evitava pensar. Gemia e evitava gemer. Doía o corpo, mas não queria chorar.

Levemente me virei de lado. Olhei o quarto, vendo-o pela primeira vez — um vazio. Luz só da janelinha do banheiro e da fresta na porta. Nenhuma janela — de quantas estrelas é este hotel? Masmorra, Fortaleza de Montluc, campos de concentração, solução final, câmaras de gás, extermínio em massa — morte e morte e morte, assassinos, assassinos, assassinos.

Inclinei meu corpo da cama para o chão.

Caí.

Me arrastei até o banheiro.

Ainda tinha o isqueiro no bolso.

Jornais velhos num canto.

De gatinhas até o banheiro, guiado pela fresta de luz. Cheguei, me agarrei na pia, ergui o corpo, peguei a lâmina na pia, voltei pro chão.

Tentei me erguer, caí de novo.

Fui até o canto do quarto, peguei os jornais um por um com a boca e coloquei-os na porta de saída, amassando as folhas, rasgando as folhas em tiras.

Consegui ficar em pé, mas curvado e com muito esforço. Fui até a cama, com a gilete comecei a rasgar o colchão velho, dei vários talhos com força, com raiva. Coloquei a mão e tirei as painas, a lã — o forro. Peguei uma braçada e levei-a até a porta.

Fui e vim, fui e vim — até formar um monte grande.

Peguei com dificuldade o isqueiro no bolso. Acendi um pedaço de jornal e outro e mais outro.

Assoprei.

Me afastei — de quatro de novo. Fiquei olhando, uma fumaça negra e sem chamas começava a me atingir.

Recuei.

Tossi, tossi de olhos fechados, a fumaça escura se ampliava — e estavam forçando a porta, estavam, a porta se abriu e entraram os três orangotangos.

Um deles se ocupou de mim: me segurava com força, puxava.

— Seu filho da puta — disse em alemão, entendi pelo tom da voz.

Fui arrastado pelo corredor, ele me puxava pelos braços, meu corpo lastrando o chão ia pra onde ele me levava.

Abriu uma porta e me jogou lá dentro.

— Espera que vai sobrar pra você — e fechou a porta e saiu.

Eu estava no chão.

Uma janela, vi uma janela — "vai sobrar pra você".

Me arrastei até a janela.

Tentei abri-la, tentei, não conseguia.

Meus dedos procuravam um trinco, alguma coisa.

Consegui: soltei a fechadura. Janela emperrada, fiz força.

Lá fora, a noite.

Janela aberta.

Coloquei a perna sobre o peitoril, as mãos me agarrando nele, uma perna e depois outra — virei o ventre pra baixo, atravessado, meu corpo se inclinava, foi se abaixando, agora para o outro lado, não via nada, onde estava?,

meu corpo foi se inclinando, se abaixando,

minhas mãos ainda seguravam o peitoril, estava do lado de fora, meus pés procurando apoio, procuravam apoio mas não encontravam

eu estava caindo

              c

                    a

                          i

                              n

                                  d

                                      o

Oitava parte
Adeus, Odessa

1
FILHO DA PÁTRIA AMADA

Depois do breu, do nada,
 depois da escuridão do sono,
 vozes.
 As vozes
 vinham de longe.
 De muito longe,
 de longe,
 mais próximas agora.
 Eram vozes conhecidas...
 (Ainda escutei essas vozes por algum tempo na escuridão dos olhos fechados.)

— Mas ele está melhorando — disse a voz feminina.
 — Nasceu de novo — disse a voz masculina.
 — Está se mexendo. — falou a voz de mulher.
 — Será que vai acordar? — disse a voz masculina
 — Vai sim — disse a voz feminina.
 — Ele é bom jogador de pôquer, nem rodada de fogo ele perde — diz a voz de homem.

Pôquer?
 Rodada de fogo?
 Abri os olhos.
 E vi. Estava vivo.
 E vivos estavam ao meu lado Michèle e Juarez.
 Olhei bem pra eles, fixei os olhos.

Eles sorriam.

— Onde é que eu estou? — perguntei.

— No hospital — disse Michèle e me deu um beijo na testa.

— Hospital — tentava entender. — E estou bem? Quebrei alguma costela?

— Não, só o braço esquerdo — disse Michèle. — O importante é que você está vivo e mais uns dias vai sair daqui.

— Vivo!? — e olhei para o meu braço engessado.

— Agradeça ao Juarez — disse Michèle.

Juarez sorria, me olhando.

— Ao Juarez? — eu sem entender e ele ali com sua cara de gozador.

— Se não fosse ele, você não estaria aqui.

Meu cérebro andava devagar.

— Juarez vinha na moto — me disse ela, segurando minha mão — quando viu dois carros encurralarem um transeunte... Conte você, Juarez.

— Vi uns caras dando uma prensa em você — falou Juarez. — Parei a moto e fiquei na minha. Foi só quando tavam te levando no carro que te reconheci. Aí eles partiram, e eu fui atrás. Só parei quando eles pararam. Te carregaram pra dentro dum prédio, e aí eu tomei nota da placa do carro e do endereço.

Eu já estava me sentindo melhor.

— Aí fui para um telefone e, sem me identificar, claro, que eu e os "home", você sabe... Dei outro nome, expliquei, falei que você era o jornalista mais conhecido da América Latina e amigo pessoal do presidente da República...

— Para, Juarez, que eu não posso rir — falei. — Amigo do presidente da República?!

— O que é que você queria? — disse Juarez, também rindo. — Era pra eles não brincarem em serviço. Se eu dissesse que você era um mero jogador de pôquer, eles não iam nem se tocar.

— Mas como é que eu não morri? — me lembrei da janela, da queda.

— Aí já é por conta da tua sorte. Desde aquelas partidas de pôquer lá em Santa Cruz que eu sei que sorte é contigo mesmo...

— Assim não tem cu de australiano que aguente — disse eu, rindo.

— Podes crer — falou Juarez. — Um prato indigesto, não tem mesmo cu de australiano que aguente, xará. Mas aí eu estava lá e vi você caindo, ainda pensei, "Nessa ele se fodeu", mas, então, você conhece essas comédias francesas? o cara cai do segundo andar bem em cima de um toldo e...

— Eu caí em cima de um toldo?

— Caiu e rasgou o toldo todo. Era uma loja de flores, a sorte que estava fechada.

Eu me sentia sem força, mas não consegui conter o riso; Juarez era engraçado contando, mas eu ria era de alívio, sei lá. Michèle ria também, e Juarez olhava, sorriso nos lábios. Só parei de rir quando senti dores no corpo.

Michèle disse que ia chamar a enfermeira. Então, Juarez falou:

— Mas tem uma coisa que Michèle não sabe nem você — e Juarez fez cara séria. — Os homens estavam me pressionando. Quer dizer: eu fiquei sabendo que tinha vindo gente da Bolívia atrás de você, e aquele companheiro de prisão meu, lá de Santa Cruz, mandou que me procurassem. Aí eu fiquei no maior sufoco, dizia pra eles que não tinha ideia de onde você estava e você lá em casa, dormindo com a gente. Não sabia o que fazer. Se eu te avisasse, eles ficavam contra mim, então resolvi viajar.

Entendi por que ele estava sempre fora, então.

— Mas não entreguei o ouro. Fiquei aliviado quando soube que você tinha sido expulso da França. Pensei: agora ele está salvo. Mas aí encontrei a Michèle, e ela me disse que você tinha voltado. Não entendi mais nada. No dia em que a gente ia se encontrar, eu ia te contar tudo, pra ver se você se mandava de novo.

— De qualquer forma — acenei a mão pra ele —, fico te devendo essa, cara.

Juarez segurou minha mão e imitou uma voz de ator, interpretando:

— "Creio que esse é o começo de uma bela amizade...", como diria Claude Rains pro Humphrey Bogart no final de *Casablanca*

Nesse momento entraram a enfermeira e Michèle.

— Ele precisa de repouso, é melhor os senhores saírem — disse a enfermeira.

— Delicada a moça — falou Juarez, em português.

— Não deem bola — fiquei impaciente. Eu queria saber o resto — E o que é que aconteceu com eles?

— A coisa foi feia — disse Juarez. — Um deles resolveu reagir e morreu na hora. Ouvi tiro lá dentro e vi ele sendo carregado. Os outros dois, os "home" seguraram.

— Os outros dois? Então eram três? Não eram quatro?

— Peraí, não me confunda — disse Juarez. — Um morto e dois algemados, portanto: três.

— E quem era o morto?

— Não deu pra ver.

— Pense bem. Você que conhece cinema: tinha alguém parecido com o Edward G. Robinson?

— Não. Edward G. Robinson tinha a cara redonda. Acho que não. Só se for o morto.

— Senhores, por favor, são ordens médicas — disse a enfermeira.

— Já vai, minha senhora — falei. — Não acredito. Ele não reagiria. Deve ter sido o homem sem polegar.

— Bem, você não ia querer que eu visse se ele tinha polegar ou não... — disse Juarez.

— É, deve ter sido ele. Deus castiga. Ele era um assassino. "Edward G. Robinson" não devia estar lá na hora. Ou conseguiu fugir.

A enfermeira parou de tomar suas providências e insistiu para que me deixassem sozinho.

— Vou indo — disse Juarez. — Já não estou mais naquele apartamento. Tou num hotel. Vou voltar pro Brasil. De qualquer forma, não adianta mais eu ficar brincando de bandido. Esse negócio de máfia do pó, nazistas, muito barra pesada... Afinal, nós somos filhos da pátria amada...

Michèle ainda ficou mais um pouco. A enfermeira resmungou qualquer coisa, enquanto colocava o termômetro.

Michèle segurava a minha mão. Conversamos em português por causa da enfermeira.

A enfermeira tirou o termômetro. Olhou-o contra a luz, sacudiu-o:

— Está sem febre — disse.

Menos mal.

Cismava com meus botões: como "Edward G. Robinson" conseguira escapar? Talvez ele agora se acalmasse, se metesse na toca, viajasse, largasse do meu pé. E a polícia francesa? Com certeza vão querer que eu deponha e depois, gentilmente, iriam me expulsar, e desta vez com carimbo no passaporte, o escambau.

Pensei, mas não falei nada disso para Michèle.

— Ainda vai dar pra gente ir ao *réveillon* — ela disse.

— Será? — pensava mais na expulsão da França do que na possível recuperação. — O médico tem alguma previsão de alta?

— Ele disse que você está clinicamente perfeito. Só o braço quebrado, mais nada. No começo, você delirou uns dois dias seguidos. Por falar nisso, quem são os sicilianos?

— Sicilianos? — Milão estava longe da minha cabeça.

— É, no sonho você falou em Barbie, Bernonville e nos sicilianos.

— Coitados, eles não têm nada a ver com isso. É um pessoal que eu conheci em Milão. *Tutti buona gente.*

— E falou na sua avó também.

— Na minha avó?

— Que ela sempre dizia...

— Já sei: que eu sou muito teimoso.

— Isso.

Rimos os dois.

Era bom ficar com Michèle ao lado, me distraía. Esquecia o que passou, o que estava por vir — era eu e ela e aquela luz de fim de tarde num hospital longe de casa, numa cidade que insistia em me expulsar embora eu gostasse dela, gostasse, como de Mi — Mi de Michèle.

Adormeci.

2
ADEUS, ODESSA; ADEUS, NOIA

UMA RÉSTIA DE LUZ, um barulho leve e...
Acordei com o médico entrando no quarto.
Era um médico jovem, teria a minha idade.
Ele se aproximou depois de um *Bonjour* sorridente, examinou a tabuleta nos pés da cama com as anotações da enfermeira, tomou o meu pulso, depois olhou para mim e disse:
— Agora parece que esta tudo bem, *monsieur*.
Mexi o corpo com cuidado, percebendo o gesso no braço. Ele notou minha surpresa:
— E o braço? — consegui dizer.
— Vai ter de fazer fisioterapia...
— Quanto tempo, doutor?
— Um pouco... *Il faut patienter*... O resto, até que o senhor teve uma boa recuperação.
Nem quis saber o que era o *resto*. Falei:
— Quer dizer que eu posso sair...
— Bem, isso já não é comigo. — disse ele, fazendo mistério.
Minha cabeça estava lenta demais para eu acompanhar qualquer tipo de mistério.
— Como assim ? — foi o que consegui dizer.
— Clinicamente o senhor pode sair hoje e só voltar aqui para tirar o gesso do braço, se quiser...
— Não estou entendendo. Se estou bem clinicamente, por que não posso sair?
— Não disse que o senhor não pode sair. Disse que não depende de mim, não sou eu quem decide.

— Quem é então, se o senhor não se importa de eu perguntar?

— Não lhe disseram que o senhor está sob a guarda do Ministério do Interior?

— Ministério do Interior? Só me faltava mais essa — desabafei, e pensei logo em expulsão ou, o que seria pior, em prisão.

— Olhe ele aí — disse o médico, no momento em que entrava um senhor de terno e gravata.

Engoli em seco.

Reconheci-o.

Ia ser expulso, sem sombra de dúvida.

Era o sujeito do *Deuxième Bureau* que me levara delicadamente até o aeroporto para que eu saísse da França.

Ele deve ter lido o ar de preocupação do meu rosto, pois sorriu e pediu para que o médico nos deixasse a sós. Depois falou:

— Pode ficar tranquilo. Está se sentindo melhor?

— Tranquilo? Só me diga uma coisa: desta vez vai ser expulsão, com carimbo no passaporte, esses vexames todos?

Ele riu:

— Nada disso. Pelo contrário. Estou aqui por ordens diretas do nosso ministro do Interior. Graças ao senhor, uma rede de nazistas e neonazistas foi desbaratada. E há ainda a suspeita de que pelo menos um dos presos seja o mesmo que jogou uma bomba numa sinagoga, há uns três meses, matando vários inocentes.

Parecia que eu estava ouvindo tudo com os olhos, tão grandes eles deviam estar.

— Portanto — continuou — o senhor só volta para seu país se esta for a sua vontade. Mas desde logo lhe comunico que o senhor poderá ficar na França, em qualquer lugar da França, pelo tempo que desejar, e como nosso convidado.

Já viram filme do Jerry Lewis? A cara dele? Pois devo ter feito cara de pateta, olhava pra ele de uma maneira estranha, tanto que ele chegou a repetir algumas frases, pensando que eu não estivesse entendendo a língua francesa.

— O senhor compreende — prosseguiu —, o senhor é convidado do Governo francês. Pelo menos por alguns meses, terá toda a estadia aqui por nossa conta. Precisará apenas prestar depoimento, mera formalidade, e, na época do julgamento dos dois nazistas, o senhor será chamado como testemunha. Mesmo se estiver no Brasil, lhe enviaremos passagem de ida e volta, entende?

Entendia, claro: não estava entendendo nada.

A roda-viva deste mundo girava rápido demais para uma cabeça formada em Santana do Livramento, chê, mesmo com pós-graduação em malandragem carioca, cara.

Que barra: um dia me convidavam para sair do país, no dia seguinte me convidavam a ficar com tudo pago.

Ele me estendeu a mão:

— Parabéns. O senhor fez um bom trabalho.

(Trabalho? Que trabalho? Eu fui perseguido, apanhei, eu...)

— Quer dizer que... estou livre? — ainda perguntei.

— Livre e com tratamento especial do Governo. Aqui meu número de telefone — e deixou o que parecia ser um cartão em cima da mesinha. — Só pedimos muita discrição sobre o que aconteceu. A França anda preocupada, o senhor entende, não convém divulgar certos episódios para não alarmar a opinião pública. O senhor sabe, já tivemos muitos problemas com os nazistas, e eles são sempre uma ameaça.

Sabia.

Como sabia.

Não estava mais desconfiado: a situação havia mudado, e mudado a meu favor.

Sorri para o agente do *Deuxième Bureau*, sorri para mim mesmo, sorri para a vida que recomeçava, para Michèle que chegaria daqui a pouco — sorri e fui fazendo meus planos: iria pro Sul da França, me hospedaria num hotel à beira-mar, talvez em San Juan les Pins, em Cannes, Saint-Tropez, eu e minha garota-música em do re mi michèle, na perfeita Clave de Sol da Provence — iria descansar, fazendo nada, se tivesse ânimo adiantaria trabalho, começaria a escrever meu livro

Os mortos estão vivos,

ou, depois de escutar Sonny Rollins,

A NOITE DE MIL OLHOS,

minha avó sempre dizia, eu sou um guri teimoso e coisa&loisa

— e assim por diante.

Antes eu pensava, maldito dia em que resolvi subir no bar do Terrazze Italia, para ouvir Johnny Alf. Agora agradecia a ele, e a música me veio à cabeça:

"*Brisa! ó brisa, fica pois talvez, quem sabe,*
o inesperado traga uma surpresa..."

Não via a hora de Michèle chegar.

Escreveria cartas e cartas para o Brasil: alô, pessoal, não me esperem tão cedo, Mário Livramento virou herói na França, uma mistura de James Bond com Policarpo Quaresma, Humphrey Bogart do jornalismo pátrio.

Não, não iria trabalhar no livro por enquanto que ninguém é de ferro — afinal, sou personagem ou sou escritor?

Ia ficar um bom tempo comendo e bebendo do bom e do melhor — merecia, não acham?

(Me esqueci da fisioterapia...)

Claro: não tem cu de australiano que aguente, como diria Juarez, mais uma vez a Europa se curvava diante do Brasil, nós somos filhos da pátria amada, puta que o pariu, salve, salve, pátria armada, gentil!

Adeus, Odessa.
Adeus, noia.
Johnny Alf continuava cantando:
"*Ah, se a juventude que essa brisa canta*
ficasse aqui comigo mais um pouco
eu poderia esquecer a dor..."

Michèle chegou.

"Tudo o que principia acaba.
Aquilo que é justo, que Deus deu a cada um de nós,
termina assim mesmo."
Mestre Pastinha

OBRAS DE FLÁVIO MOREIRA DA COSTA

ROMANCE
Alma-de-gato. Rio de Janeiro: Agir, 2008.
O país dos ponteiros desencontrados. Rio de Janeiro: Agir, 2004.
O equilibrista do arame farpado. Rio de Janeiro: Record, 1997.
Às margens plácidas. São Paulo: Ática, 1978.
As armas e os barões. Rio de Janeiro: Imago, 1975.
A perseguição. Rio de Janeiro: Francisco Alves, 1973.
O desastronauta. Rio de Janeiro: Expressão e Cultura, 1971.

POLICIAL
Três casos policiais de Mario Livramento. Rio de Janeiro: Ediouro, 2003.
Modelo para morrer. Rio de Janeiro: Record, 1999.
Avenida Atlântica. Rio de Janeiro: Rio Fundo, 1992.
Os mortos estão vivos. Rio de Janeiro: Record, 1984.

LIVROS DE ARTE
Rio de Janeiro: marcos de uma evolução. Rio de Janeiro: Booklink, 2002.

INFANTOJUVENIL
O almanaque do Dr. Ross. São Paulo: Nacional, 1985.

HUMOR
Nonadas: o livro das bobagens. Rio de Janeiro: Francisco Alves, 2000.

ENTREVISTA
Vida de artista. Porto Alegre: Sulina, 1985.

ENSAIO
Crime, espionagem e poder. Rio de Janeiro: Record, 1987.
Cinema moderno cinema novo. Rio de Janeiro: José Álvaro, 1996.
Franz Kafka: o profeta do espanto. São Paulo: Brasiliense, 1983.

CRÍTICA LITERÁRIA
Os subúrbios da criação. São Paulo: Polis, 1979.

CONTOS
Nem todo canário é belga. Rio de Janeiro: Record, 1998.
Malvadeza Durão. Rio de Janeiro: Record, 1982.
Os espectadores. São Paulo: Símbolo, 1976.

BIOGRAFIA
Nelson Cavaquinho. Rio de Janeiro: Relume-Dumará/RioArte, 2000.

ANTOLOGIAS
Contos de amor e desamor. Rio de Janeiro: Agir, 2010.
Os melhores contos brasileiros de todos os tempos. Rio de Janeiro: Nova Fronteira, 2010.
Os melhores contos da América Latina. Rio de Janeiro: Agir, 2008.
Os melhores contos de aventura. Rio de Janeiro: Agir, 2008.
Os melhores contos de loucura. Rio de Janeiro: Ediouro, 2007.
Os melhores contos de cães e gatos. Rio de Janeiro: Ediouro, 2007.
Os melhores contos bíblicos. Rio de Janeiro: Ediouro, 2006.
Os melhores contos fantásticos. Rio de Janeiro: Nova Fronteira, 2006.
Aquarelas do Brasil: contos de música popular. Rio de Janeiro: Agir, 2005.
Grandes contos populares do mundo todo. Rio de Janeiro, 2005.
Os melhores contos de medo, horror e morte. Rio de Janeiro: Nova Fronteira, 2005.
Crime feito em casa: contos policiais brasileiros. Rio de Janeiro: Record, 2005.
13 dos melhores contos da mitologia da literatura universal. Rio de Janeiro: Ediouro, 2004.-
100 melhores histórias eróticas da literatura universal. Rio de Janeiro: Ediouro, 2003.
13 dos melhores contos de vampiros. Rio de Janeiro: Ediouro, 2003.
Os 100 melhores contos de crime & mistério da literatura universal. Rio de Janeiro: Ediouro, 2002.
Os 100 melhores contos de humor da literatura universal. Rio de Janeiro: Ediouro, 2001.
Onze em campo e um banco de primeira. Rio de Janeiro: Relume-Dumará, 1998.
Viver de rir II: um livro cheio de graça. Rio de Janeiro: Record, 1997.
Crime à brasileira. Rio de Janeiro: Francisco Alves, 1995.
O mais belo país é o teu sonho. Rio de Janeiro: Record, 1995.
Viver de rir: obras primas do conto de humor. Rio de Janeiro:Record, 1994.
A nova Califórnia e outros contos de Lima Barreto. Rio de Janeiro:Revan,1993.
Plebiscito e outros contos de humor de Arthur de Azevedo. Rio de Janeiro: Revan, 1993.
Onze em campo. Rio de Janeiro: Francisco Alves, 1986.
Antologia do conto gaúcho. Porto Alegre: Simões, 1970.

Este livro foi impresso para a Editora Nova Fronteira pela Ediouro
Gráfica em novembro de 2010.
O papel do miolo é pólen soft 70g/m², e o da capa, cartão 250g/m².